ISBN: 978-3-98595-021-8

Covergestaltung & Satz: Simplicity Book Cover Design, www.simplicity-bcd.de

Lektorat: Marie Döling, www.writeinpieces.jimdofree.com
Korrektorat: Rebecca Geisler

April G. Dark
Weinstraße Süd 24
67098 Bad Dürkheim

info@april-dark.com
www.april-dark.com

Druck:
PRINT GROUP Sp. z o.o.
ul. Księcia Witolda 7
71-063 Szczecin (Polen)

TRIGGERWARNUNG

In diesem Buch werden die Themen Tod und Verlust aufgegriffen.

Falls Du eine detailliertere Beschreibung möchtest, weil Du befürchtest, dass diese Themen negative Gefühle in dir auslösen oder für dich nur schwer zu ertragen sein könnten, findest Du auf Seite 297 eine genauere Auflistung, die jedoch nicht spoilerfrei ist.

PLAYLIST

Coles Lied:
***2WEI feat. Edda Hayes:** In the End*

Sophies Lied:
***Kina feat. Adriana Proenza:** Can we kiss forever?*

2WEI: Insomnia
2WEI: Hurt
OOMPH!: The Power of Love
Yoav feat. Emily Browning: Where is my Mind?
Edith Whiskers: Home
floral cash: You're somebody else
Frankie goes to Hollywood: The Power of Love
Pat Benatar: Love is a Battlefield
The Police: Every Breath you take
Kate Bush: Running up that Hill
Eric Carmen: Hungry Eyes
Cutting Crew: (I just) Died in your Arms
Dramarama: Anything, anything
Lorn: Lock bites Key
Ludovico Einaudi: Experience

COLE

Das Schicksal ist eine hinterhältige Schlange. Sie verfolgt dich, quält dich, stößt ihre Giftzähne in dein Fleisch und sieht dir dann mit einem teuflischen Grinsen dabei zu, wie du elendig verreckst; manchmal sogar mehrfach, weil die erste Dosis des Gifts nicht ausreicht, um dir die Lichter gänzlich auszupusten. Und in neun von zehn Fällen kannst du absolut nichts dagegen tun.

Zumindest ist das die Erfahrung, die ich in den fast dreißig Jahren meines Daseins gemacht habe. Und davon war ich die letzten Jahre mehr tot als lebendig, da das Schicksal offenbar einen Scheißspaß daran hat, mich langsam und qualvoll verrecken zu lassen.

»Wie geht es deiner Hand?«, will Theo am anderen Ende der Leitung wissen und erinnert mich damit an den letzten und beinah finalen Stoß, den das Schicksal mir verpasst hat. Ich weiß bis heute nicht, warum ich das Glück hatte, dem Tod von der Schippe zu springen. Und noch viel weniger weiß ich, ob ich dafür dankbar sein soll oder nicht.

»Unverändert. Seit vier Jahren.« Meine Stimme ist tonlos, während ich bei den Worten auf meine rechte Hand hinunterblicke und die Finger krümme, um sie dann wieder zu strecken. Das vernarbte Gewebe auf der Handfläche spannt und schmerzt bei der Bewegung, aber das ist nichts im Vergleich zu dem, was der Grund für diese Narben war.

Theo seufzt. »Wieso machst du dir unnötig das Leben schwer? Du weißt, dass man das behandeln kann.«

»Es geht mir gut. Ich brauche keine Therapie oder Behandlung oder was auch immer«, entgegne ich mit ruhiger Stimme, wobei ich jedoch die Augen verdrehe.

Ich darf den Schmerz nicht verlieren. Ich brauche ihn, um mich an das zu erinnern, was ich zerstört habe. Es wäre sinnlos, ihm das erneut zu erklären. Er hält es für märtyrerisch und unsinnig, womit er nicht ganz unrecht hat, aber das kümmert mich nicht.

Mein Anwalt Theodore Eliander, der seit sechs Jahren auch ein guter Freund ist, brummt unzufrieden. Ihm ist mehr als klar, dass es keinen Zweck hat, weiter auf mich einzureden, doch ich habe die leise Vermutung, dass er bei mir irgendeine seltsame Art von Vatergefühlen auszuleben versucht. Und wenn ich ehrlich bin – was ich ihm gegenüber in diesem Punkt jedoch niemals sein werde –, ist er tatsächlich auf eine verquere Weise wie der Vater, den ich nie hatte. Denn die Typen aus den unzähligen Pflegefamilien, die diesen Part hätten übernehmen sollen, haben alle kläglich versagt.

Theo schweigt eine Weile, und nachdem ich meinen Kaffee geleert habe, will ich ihn schon fragen, ob er noch dran ist, doch er kommt mir zuvor.

»Hör mal, Cole …« Seine Stimme klingt seltsam unsicher, was bei mir die Alarmglocken aufschrillen lässt. »Bist du morgen da? Ich würde gern vorbeikommen.«

Seufzend lasse ich mich in die Polster der Couch sinken. »Ich bin immer hier. Das weißt du doch. Wo soll ich auch sonst sein?«, frage ich mit sarkastischem Unterton. »Die Kids sind hier. Ich kann sie schlecht allein lassen.«

»Okay. Gut.«

Sein Rumgedruckse gefällt mir überhaupt nicht. Wenn er so drauf ist, verbirgt er etwas, und im Grunde gibt es nur eine Sache, bei der er sich mir gegenüber bedeckt hält.

»Was ist los?«, will ich daher wissen, während ich meine rechte Hand zur Faust balle, was den altbekannten Schmerz aufkommen lässt, der sich nun mit meiner aufkeimenden inneren Unruhe vermischt.

»Nichts. Ich muss jetzt auflegen.«

Der Mistkerl versucht tatsächlich, mich abzuwimmeln!

»*Theo.*« Ich habe den autoritären Tonfall in den letzten Jahren perfektioniert, nur leider wirkt er bei ihm nicht; hat er noch nie, aber ich muss es dennoch versuchen.

»Bis morgen, Cole. Und versuch zu schlafen.« Dann legt er auf.

Dieser verdammte Wichser.

Wutschnaubend werfe ich das Handy auf den Couchtisch. Es schlittert einige Zentimeter, bleibt aber kurz vor der Tischkante liegen, wobei es egal wäre, wenn es runterfällt. Es ist keins dieser überteuerten Smartphones, sondern ein solides, beinah unzerstörbares Mobiltelefon, wie es Handwerker und Bauarbeiter besitzen. Nachdem ich binnen weniger Monate vier Handys entsorgen musste, weil sie durch Dreck, Stürze oder Hundebisse das Zeitliche gesegnet haben, entschied ich, dass etwas Praktischeres hermuss. Das Teil sieht mittlerweile ziemlich mitgenommen aus – vor allem die Hundezähne haben tiefe Spuren hinterlassen –, aber es funktioniert einwandfrei, und das ist alles, was zählt.

Mein Blick gleitet unbewusst zu dem neusten der Armeeschränke, wobei *neu* hier kaum das richtige Wort ist. Er steht bereits seit fünfeinhalb Jahren hier oben und muss davor schon etliche Dekaden im Keller meines Lagerhauses seinen Dienst getan haben. Doch Sophie hat mit der Zeit mehr Platz gebraucht. Also habe ich ihn aus dem Keller geholt, gemeinsam mit ihr geschrubbt, die kaputten Schlösser ausgetauscht und ihn letztendlich in den ersten Stock geschleppt, um ihn neben meine Schränke zu stellen.

Ich habe den Klang ihres Lachens noch immer in den Ohren; weiß noch genau, wie sich lange blonde Strähnen aus ihrem Zopf lösten und an ihren Wangen klebten, weil wir wie kleine Kinder eine Wasserschlacht angezettelt haben. Wie Buster bellend um uns herumgesprungen ist, während sie um Gnade flehte, weil ich es mir nicht habe nehmen lassen, sie von oben bis unten nasszuspritzen, und sie in der kühlen Abendluft des Frühsommers zu frieren begann. Ich kann mich noch genau daran erinnern, wie ich den Wasserschlauch irgendwann achtlos fallenließ, sie mir schnappte und mit ihr nach oben ging, um ihr die nassen Klamotten vom Leib zu reißen. Und daran, dass der Wassertank leergelaufen war, als wir endlich wieder nach unten gingen, weil ich ihr nicht widerstehen konnte, als ich all den Stoff von ihrem Körper geschält hatte.

Ich erinnere mich an so vieles aus dieser Zeit …

Doch all das ist Vergangenheit.

Sophie ist nicht mehr hier.

Sie ist gegangen, und obwohl es mich im wahrsten Sinne des Wortes beinah umgebracht hat und mir bis heute den Schlaf raubt, kann ich ihr nicht mal verübeln, dass sie mich verlassen hat.

Ja, Sophie glaubte daran, dass man sich ändern könne. Und bis zu einem gewissen Grad mag das auch stimmen. Doch das Problem ist: Man kann einen Menschen zwar aus der Wut herausholen, aber die Wut nicht aus dem Menschen. Oder so ähnlich. Was weiß ich …

Es war jedenfalls nur eine Frage der Zeit, bis Sophie, die schon lange nicht mehr die unwissende junge Frau war, die sich in mich verliebt hatte, das Weite suchte. In meinem tiefsten Inneren habe ich von Anfang an gewusst, dass es so kommen würde. Ich habe gewusst, dass wir zum Scheitern verurteilt waren, aber nachdem Sophie, Jules und Theo damals Himmel und Hölle in Bewegung gesetzt haben, um mich vor dem Knast zu bewahren, war ich es Sophie schuldig, zumindest zu versuchen, gut genug für sie zu sein.

Doch es funktionierte nicht. Was für eine Überraschung!

Sophie war perfekt – und ich der dunkle Schandfleck daneben, der ihr Leben verpestete. Mit Alkohol, Nichtsnutzerei, unzähligen Schlägereien und noch mehr Alkohol.

Ich war noch immer das Arschloch, das sich prügelte, unentwegt fluchte und seine Sinne in zu viel Bourbon ertränkte, weil ich mich selbst nicht ausstehen konnte. Und so ging Sophie nach zwei Jahren. Nachts. Während ich schlief. Ohne ein einziges Wort.

Natürlich könnte ich sie dafür hassen. Sie hat mich auf die wohl schrecklichste und armseligste Weise verlassen, die es geben kann. Und bei Gott … Manchmal habe ich sie gehasst. Aus tiefstem Herzen. Ich habe ihr die Pest an den Hals gewünscht und sie verflucht. Zumindest so lange, bis mir der Bourbon auf seinem Rückweg nach draußen die Luft zum Fluchen nahm.

»Mister? Sind Sie hier oben?«

Mit einem Kopfschütteln vertreibe ich die Gedanken an Sophie und das, was geschehen ist, und blicke zur Treppe, die nach unten ins Erdgeschoss meines Lagerhauses führt. Nur wenige Augenblicke später taucht Austin auf und sieht sich vorsichtig nach mir um.

»Ja. Und hör auf, mich *Mister* zu nennen. C reicht vollkommen«, antworte ich leicht genervt und stehe auf. »Was ist passiert?«

Die Kids wissen genau, dass sie hier oben nichts verloren haben, also gehe ich davon aus, dass etwas vorgefallen sein muss.

Austin verzieht das Gesicht und weicht meinem Blick aus, als ich auf ihn zugehe. Auf seiner Haut glänzt ein leichter Schweißfilm und sein Atem geht etwas zu schnell. »Tut mir leid, C. Flee ist –«

»Schon okay«, unterbreche ich ihn und beschleunige meine Schritte, da ich bereits ahne, was los ist.

Er macht einen Schritt zur Seite, als ich die Stufen nach unten laufe, und folgt mir dann durch das Erdgeschoss nach draußen. »Da hinten. Bei den Wracks.«

Ich nehme ihm die Leine ab, die er mir hinhält, bevor ich über den staubigen Schotter durch die Abendsonne gehe und eines der ältesten Gebäude hier ansteuere. Dahinter stehen einige Autowracks – LKWs, Pritschenwagen und andere Arbeitsfahrzeuge – und bieten unzählige Versteckmöglichkeiten für einen Pinschermischling, der einen Hang zur Dramatik hat und darum ständig das Weite sucht. Deshalb auch der Name: Flee – *fliehen*.

»Ich wollte nur den Futternapf reinstellen …«, versucht Austin sich neben mir zu erklären, doch ich winke ab. Die kleine Hundedame ist jedem hier schon ausgebüxt; einschließlich mir. Ich nehme es ihm also nicht übel, dass er heute derjenige war, dem es passiert ist. Zumal er sich an die Regeln gehalten hat und gleich zu mir gekommen ist.

Die Kids kennen ihre Grenzen. Sie verlaufen exakt einhundert Meter von meinem Lagerhaus entfernt. Weiter dürfen sie allein und ohne meine Erlaubnis nicht gehen, und der Autofriedhof, auf dem Flee sich so gern versteckt, liegt außerhalb dieser Grenze.

»Mach dich nicht verrückt«, beruhige ich den Fünfzehnjährigen, der entgegen seiner Vergangenheit gerade mächtig die Hosen vollzuhaben scheint. »Geh zurück. Ich finde die Kleine schon.«

»Sicher?«

»Ja. Hilf den anderen, damit es pünktlich Essen gibt.«

»Okay. Danke, C.«

Er wirft mir noch ein unsicheres Lächeln zu, bevor er auf dem Absatz kehrtmacht und zurückläuft.

Als ich das bereits verfallene Gebäude erreiche, raschelt

es in einem der Büsche, aber ich wundere mich nicht, als Buster mir wenige Sekunden später entgegenspringt. Flee würde niemals freiwillig aus ihrem Versteck kommen, während der kleine Scheißer, der nun seit über sechs Jahren an meiner Seite ist und alles mit ansah, was ich verbockt habe, jeden Abend von allein nach Hause kommt, ohne dass ihn jemand rufen oder gar suchen muss.

»Na Kumpel?« Ich gehe in die Hocke und kraule den sandfarbenen Mischling hinter den Ohren. »Du wirst mir nicht verraten, wo sie steckt, habe ich recht?«

Ja, ich rede bis heute mit diesem Hund. Und nein, er antwortet mir noch immer nicht, auch wenn er in der Zeit nach Sophies Verschwinden oft einen Blick draufhatte, als würde er sagen wollen: *Alter … Musstest du das echt so abartig verkacken?*

Buster niest einmal, wobei er seinen Kopf schüttelt, und setzt sich dann unbeirrt in Bewegung, um zum Lagerhaus zu trotten. Manchmal glaube ich, dass er taub geworden ist, weil er nicht mal mit einem Wimpernzucken reagiert, wenn ich mit ihm spreche. Vielleicht geht ihm aber auch nur meine Visage auf die Nerven.

Mit der üblichen Müdigkeit, die ich seit Jahren mit mir herumtrage, hieve ich mich wieder hoch und mache mich daran, die kleine Ausreißerin zu suchen, wobei ich dankbar für die Ablenkung bin, die mir diese Mission bietet.

Eine Stunde später – es hat beinah dreißig Minuten gedauert, Flee zu finden – sitzen wir alle im Erdgeschoss des Lagerhauses, das direkt neben meinem steht. Bis auf den Grundriss gleichen die Häuser sich jedoch kaum noch.

Während in meinem Erdgeschoss mittlerweile jeder freie Quadratmeter von großzügigen Zwingern für Hunde und ein paar Katzen eingenommen wird, finden sich in diesem mehrere Waschräume, eine geräumige Küche, eine Art riesiges Wohnzimmer mit dem Tisch, an dem wir sitzen, und mein Büro. Das Obergeschoss des Gebäudes habe ich in zwei Bereiche mit je einem großen Schlafraum und einem Badezimmer unterteilt – einer für die Mädchen, einer für die Jungs.

Ich war gegen diese Trennung, aber da der Staat mein Boss ist, musste ich mich fügen. Man überlässt mir in dieser Einrichtung, in der ich straffällige Jugendliche betreue, zwar viel, aber eben nicht alles. Es gibt klare Vorschriften, und eine davon lautet, dass weibliche und männliche Jugendliche unter 18 Jahren keinesfalls – ich wiederhole: *keinesfalls!* – in gemischten Schlafräumen untergebracht werden dürfen. Das verächtliche Lachen, das ich von mir gegeben habe, als die offenbar ziemlich weltfremden Bürohengste mir diese Regel vorlasen, brachte mir Blicke ein, die ich zu gern fotografisch festgehalten hätte.

Ich persönlich vertrete ja die Meinung, dass die Kids Mittel und Wege finden, sich trotz getrennter Schlafzimmer miteinander zu vergnügen, aber für diesen Fall bekommen die Jungs von mir zu Beginn ihres Aufenthaltes zwei Dinge: Eine deftige Standpauke, in der ich ihnen klarmache, dass sie es sich nicht mit mir verscherzen wollen, nur weil sie einem Rock hinterhergejagt sind, und eine Packung Gummis, weil ich genau weiß, dass die Hormone stärker sind als Vernunft und Angst, und ich keinen Bock darauf habe, hier das Anstandsmädchen zu spielen. Soll heißen: Sie schlafen in diesem Haus, ich in meinem.

Die zuständigen Sachbearbeiter liegen mir zwar damit in den Ohren, dass ich das nicht mehr lange so handhaben kann – das mit dem Schlafen ohne Aufsichtsperson; nicht die Ausgabe von Kondomen –, aber sobald ich sie daran erinnere, dass eine weitere Aufsichtsperson auch weitere Kosten verursacht, wenden sie sich recht schnell anderen Dingen zu.

Da uns bisher jedoch kein Mädchen mit einem dicken Bauch verlassen hat und ich auch noch keine Seuchenschutzbehörde wegen eines unkontrollierten Ausbruchs von Tripper, Syphilis oder was auch immer sich die Kids heutzutage einfangen, holen musste, denke ich, dass meine Maßnahmen funktionieren.

Das ist vermutlich auch der Grund dafür, dass die Herrschaften hinter ihren Schreibtischen bisher die Füße stillgehalten haben, obwohl ich zuweilen etwas unkonventionell arbeite.

Wer morgens glaubt, er könne etwas länger liegenbleiben, wird von mir persönlich aus dem Bett geschmissen. Wer eines der Tiere auch nur schief ansieht, macht mit dem Wasserschlauch Bekanntschaft. Und sollte es einer der Jugendlichen wagen, Widerworte zu geben oder mir anderweitig auf der Nase herumzutanzen, bekommt er eine Woche lang Küchen- und Kloputzdienst. Spätestens Letzteres wirkt oft Wunder. Niemand will sieben Tage am Stück die Toiletten schrubben, wenn sie von anderen Kids benutzt werden, die sich in dieser Zeit dementsprechend auf dem stillen Örtchen verhalten.

»Da Austin heute gelernt hat, dass die Kleinsten manchmal die Schlimmsten sind«, beginne ich meine abendliche

Rede und beziehe mich dabei auf Flee, die aktuell der kleinste Hund in unserer Obhut ist, »können wir direkt zum lustigen Teil übergehen.«

Ein kollektives Seufzen erfüllt den Raum, das ich jedoch nicht beachte. Stattdessen greife ich nach der Mappe mit den Unterlagen, die ich zum Teil von den Ämtern bekomme, zum Teil aber auch selbst zusammenstelle, und schlage sie auf.

»Sarah, du hast morgen Küchendienst und machst sauber.«

Die sonst so toughe Siebzehnjährige stöhnt theatralisch auf und lässt den Kopf auf die Tischplatte sinken. »Wirklich, C? Schon wieder?«

Ich übergehe ihren Einwurf, weil er ungerechtfertigt ist und ich auch nicht mit mir reden lasse, wenn es um die Aufgabenverteilung geht. »Die beiden Johnnys sind mit Scheiße schippen dran.«

Erneutes Stöhnen, diesmal von den zwei Jungs, denen ich hiermit für morgen die ebenfalls verhasste Aufgabe zugeteilt habe, die Zwinger und Außenbereiche der Tiere zu säubern.

»Trent, Austin und Michelle: Ihr seid mit Gassi gehen und füttern dran. Der Rest hat frei.«

Die glücklichen drei, die zum Rest gehören, holen schon Luft, um zu jubeln, doch ich hebe meine Hand, ohne von den Papieren aufzusehen, und es kehrt wieder Ruhe ein.

»Euer Bewährungshelfer kommt morgen. Und nachmittags sehen wir uns im Keller. Also vergesst es, dass ihr den ganzen Tag im Bett rumlungert.« Mit diesen Worten klappe ich die Mappe zu und hebe den Blick. »Noch Fragen?«

Die neun Jugendlichen schütteln ihre Köpfe, wobei manche angepisst in den Resten ihres Abendessens herumstochern, weil sie mit ihrer Aufgabenzuteilung unglücklich sind, aber das kümmert mich nicht. Ich bin nicht hier, um es allen rechtzumachen, und sie sind nicht hier, um einen Wellnessurlaub in einem vermeintlichen Loft zu verbringen. Ihre Alternative ist der Jugendknast oder eine andere Einrichtung wie meine, wobei letztere in Mississippi rar sind. Die Kids können sich also glücklich schätzen, dass sie bei mir gelandet sind. Die Betten sind besser, das Essen schmackhafter und die Arbeit zum Teil zwar unschön, dafür aber angeblich pädagogisch wertvoll und für die meisten tatsächlich sinnvoll.

Viele hier wissen nicht, was es bedeutet, Verantwortung zu übernehmen; sei es für sich selbst, die eigenen Taten oder ein anderes Lebewesen. Der Umgang mit den Tieren beruhigt sie, gibt ihnen Selbstvertrauen und lenkt sie von dem Bockmist ab, den sie normalerweise aushecken würden. Gleichzeitig bekommen sie das Gefühl, etwas Gutes getan zu haben, wenn sie dabei helfen können, einen verletzten Hund wieder aufzupäppeln oder eine scheue Katze so sehr an Menschen zu gewöhnen, dass wir sie vermitteln können und sie eine Familie findet, bei der sie ein langes und vor allem glückliches Leben führen kann.

Ich weiß bis heute nicht, wie Theo es geschafft hat, mich von dieser Idee zu überzeugen und das Ganze dann auch noch bei den Behörden durchzubringen … Aber es funktioniert. Ich habe einen Job, der nichts Illegales beinhaltet, und die Kids bekommen eine zweite Chance, wenn sie sich benehmen.

»Wunderbar. Dann räumt den Saustall hier auf und macht Feierabend. Um zehn ist Sense. Und wehe, das Licht brennt noch.«

Ich weiß, dass diese Ansage hinfällig ist, weil ich junge Menschen zwischen 14 und 18 nicht dazu zwingen kann, um 22 Uhr schlafend im Bett zu liegen. Genauso wissen die Kids, dass ich dennoch ein Auge auf sie habe und sie die kleinen Freiheiten, die ich ihnen gewähre, nicht ausreizen sollten. Aber das sind nun mal die Vorschriften, und an die müssen wir uns alle halten – ob es uns passt oder nicht.

Ich verabschiede mich, um die Mädchen und Jungs ihren Abend genießen zu lassen, während ich mich einer weiteren langen Nacht stellen muss, in der an Schlaf kaum zu denken sein wird.

***

Als ich im Morgengrauen Buster wecke, um ihn rauszulassen und dann selbst eine Runde laufen zu gehen, brennen meine Augen und mein Magen rebelliert, weil ich – wie jeden Morgen – einen dreifachen Espresso getrunken habe, bevor ich auch nur daran dachte, etwas zu essen.

Ich habe wirklich Mitleid mit meinem Körper, aber wenn er nachts einfach mal das täte, was seine Aufgabe ist – nämlich mich schlafen lassen –, müsste ich ihn nicht so malträtieren.

Dabei ist mir durchaus bewusst, dass nicht mein Körper das Problem ist. Denn das liegt in meinem Kopf.

Und in meinem Herzen.

Seit vier Jahren leide ich an Insomnie und brauche

Stunden, um auch nur annähernd einen schlafähnlichen Zustand zu erreichen. Falls ich es in einer von drei Nächten tatsächlich mal schaffe, schlafe ich maximal eine Stunde am Stück. Es ist furchtbar lästig, zehrt an meinem Körper und meinen Nerven und lässt mich aussehen wie einen Untoten, weil ich Augenringe bis zu den Knien und ständig gerötete Bindehäute habe. Das einzig Gute daran: Ich kann die Jugendlichen sogar nachts im Blick haben.

Das Laufen am Morgen weckt meine dauermüden Geister etwas; zumindest rede ich mir das ein, denn der exzessive Koffeinkonsum kann es nicht sein. Gegen das Zeug bin ich mittlerweile fast immun, so viel kippe ich mir davon hinter die Binde. Aber was tut man nicht alles, um ein halbwegs anständiges Mitglied dieser Gesellschaft und ein ehrenwerter Bürger der vereinigten Staaten von Amerika zu sein?

Also funktioniere ich – wenn an manchen Tagen auch eher schlecht als recht – und tue, was jetzt meine Aufgabe ist, während ich nicht zu sehr daran zu denken versuche, was ich alles verloren habe und wie es mir damit geht.

Dieser Plan geht auch heute recht gut auf.

Die Kids erledigen ihre Aufgaben – am heutigen Tag sogar ohne Unfälle, Verletzte oder Ausreißer –, und als ich am Abend nach dem Boxtraining mit Margo, Alisha und Big T den Keller meines Lagerhauses verlasse, bin ich beinah selig, da es keine Dramen gab.

Ich will schon nach oben gehen, um mir eine nach dem Training dringend notwendige Dusche zu genehmigen, als sich die tief stehende Sonne in Theos silbernem Mercedes spiegelt und mich so durch die geöffnete Stahltür hindurch blendet.

»Ach verdammt …« Ich reibe mir nochmals mit dem Handtuch den Schweiß von der Stirn und gehe nach draußen.

»Der beißt«, rufe ich Theo in trockenem Tonfall zu, als ich sehe, dass er einen Schäferhund durch den Zaun hindurch streichelt.

Theo macht einen Satz zurück, was mich schmunzeln lässt. Der arme Kerl hat eine Heidenangst vor Hunden, aber ich kann es einfach nicht lassen, ihn damit zu ärgern, obwohl er seiner Tochter zuliebe immer wieder versucht, sich den Tieren anzunähern und seine Angst abzulegen.

»Du bist unmöglich«, stellt er – nicht zum ersten Mal – fest, als er mein Grinsen bemerkt, während er noch versucht, den Schreck abzuschütteln. »Wenn ich deinetwegen einen Herzinfarkt bekomme, mache ich dich vor Gericht fertig.«

»Wenn du einen Herzinfarkt bekommst, liegt das an dem vielen roten Fleisch, das du isst.«

Ich reiche ihm eine der Limonadenflaschen, die ich beim Rausgehen aus dem Kühlschrank im Erdgeschoss mitgenommen habe, und lehne mich gegen die Motorhaube meines Vans.

Die Zeiten, in denen ich einen Pick-up gefahren bin, sind vorbei. Die Teile haben nicht genug Sitze und es haften zu viele Erinnerungen an ihnen.

»Du redest schon wie Marcy«, beschwert sich mein Freund und nippt an seiner Limo.

»Dann solltest du erst recht deine Essgewohnheiten ändern. Frauen widerspricht man nicht.«

Er wirft mir einen Blick zu, bei dem er bedeutungsschwer eine Augenbraue hebt und den Kopf schief legt. »Das muss ich mir ausgerechnet von dir sagen lassen?«

Ich verziehe kurz das Gesicht, bevor ich ein Nicken andeute. »Touché.«

Es ist nicht so, dass sein Seitenhieb spurlos an mir abprallt. Doch mit der Zeit werden die Dinge leichter.

Sie werden nie wirklich *leicht*. Nur etwas erträglicher. Besser überspielbar. Aushaltbar.

Andernfalls hätte ich Theo bei dem, was er als Nächstes sagt, vermutlich eine reingehauen.

»Hör zu, Cole …«

Ich stöhne laut auf, wobei ich die Blicke der beiden Johnnys auf mir spüre, die gerade die letzten Haufen in den Außengehegen aufsammeln.

»Ich höre *nicht* zu. Egal, was es ist, ich will es nicht wissen. Also bitte verschone mich.« Mit diesen Worten stoße ich mich von der Motorhaube ab, weil ich nicht hören will, was auch immer er zu sagen hat. Denn ich kenne diesen Tonfall, und er bedeutet immer Ärger.

»*Cole.*«

Theos Stimme ist schneidend, und ein Teil von mir will innerlich aufschreien, weil er sich daran erinnert, wann Theo zuletzt so mit mir geredet hat; was der Grund dafür war. Oder besser gesagt: wer. Doch ich zwinge ihn in die Knie, weil ich nicht daran denken will.

Ich will nicht an sie und das denken, was wir hatten und ich verloren habe. Ich will nicht an die Freude und das Glück und die Liebe denken. Ich will an nichts denken, was mit ihr und dem Leben zu tun hat, das ich in den

Sand gesetzt habe. Weil ich es einfach nicht ertrage. Nichts davon. Nicht einmal –

»Es geht um Sophie.«

Meine Muskeln verkrampfen, obwohl ich mit aller Macht versuche, sie davon abzuhalten. Ich erstarre, ringe nach Atem und schließe die Augen.

Wie viele Jahre hat keiner ihren Namen in meiner Gegenwart ausgesprochen? Wie viele Jahre habe *ich* ihren Namen nicht mehr ausgesprochen? Und wieso ver-*fucking*-flucht noch mal wagt er es, das jetzt zu tun?

»Sie ist wieder in Mississippi.«

SOPHIE

Ich sollte nicht hier sein.

Ich *will* nicht hier sein, und doch muss ich es.

Ich musste nach Mississippi zurückkommen. Dorthin, wo ich aufgewachsen bin und beinah achtzehn Jahre lang kein richtiges Leben hatte. Wo ich lernte, wie diese Welt wirklich ist, nachdem meine Mutter so lang versucht hatte, genau das zu verhindern. Wo ich *ihn* traf und mich hoffnungslos verliebte. Dorthin, wo er mir das Herz brach – zweimal –, so dass ich letztendlich nicht mehr bleiben konnte, weil der Verlust seiner Liebe zu schwer wog.

Ich muss zurück zu dem Ort, an dem Cole lebt, und ich habe keine Ahnung, wie ich damit umgehen soll.

Doch meine Mutter – der Herr hab sie selig – ist vor wenigen Tagen gestorben, und da es außer mir niemanden gibt, der sich um alles kümmern und ihre Beerdigung organisieren kann, ist es nun an mir, nach Hause zurückzukommen.

Theo, mit dem ich all die Jahre weiterhin in Kontakt stand

und der mir dabei half, in New York neu anzufangen, hat mir angeboten, das für mich zu übernehmen. Doch trotz all der Dinge, die geschehen sind, und der Erfahrungen, derer mich meine Mutter beraubt hat, muss ich diejenige sein, die ihr die letzte Ehre erweist. Ich würde es bereuen, wenn ich es nicht täte, ganz egal, wie sehr es schmerzt, hier zu sein.

Schon auf der einstündigen Fahrt vom Flughafen zum Haus meiner Mutter blieb mir jedes Mal beinah das Herz stehen, wenn mir ein schwarzer Pick-up entgegenkam. Und hier unten in der Einöde Mississippis gibt es *eine Menge* schwarzer Pick-ups.

Einschließlich dem, in dem ich sitze.

Es war keine bewusste Entscheidung, doch nachdem ich den Schlüssel des Mietwagens an mich genommen habe und auf den Parkplatz trat, musste ich feststellen, dass ich ausgerechnet den einzigen Pick-up gemietet habe, der verfügbar war. Es ist die reinste Ironie. Und es stach mir im Herzen, als ich mich hinter das Steuer setzte und zum ersten Mal seit vier Jahren wieder diesen Ausblick hatte. In New York habe ich kein Auto, da es unpraktisch ist, mich zu viel kosten würde und sowieso sinnlos wäre, da man alles in dieser riesigen Stadt problemlos mit den U-Bahnen und Bussen erreichen kann.

Es ist das sicherste Auto; deswegen hast du es ausgewählt, sage ich mir in Gedanken immer wieder und schaffe es fast, mir selbst zu glauben.

Als die Kreuzung vor dem Haus meiner Mutter in Sichtweite kommt, durchlaufen mich heiße und kalte Schauder und lassen mich gleichermaßen schwitzen und frösteln.

Wie im Zeitraffer läuft der Moment, der vor sechs Jahren mein Leben veränderte, vor meinem geistigen Auge ab.

Die rote Ampel. Der schwarze Pick-up. Die Rufe meiner Mutter, als ich lief, lief, lief und meinem bisherigen Leben entfloh. Cole. Seine starken Arme. Die tätowierten Hände, deren Finger sich um das Lenkrad verkrampften. Sein Blick, als er mich musterte und zu überlegen schien, was er mit mir und der Situation anfangen sollte.

Als wäre ich wieder siebzehn, beginnt mein Herz, zu rasen. Meine Lungen verkrampfen und ringen nach Luft, wie sie es damals taten, als ich voller Adrenalin war.

Meine Hände drohen zu zittern, also umgreife ich das Lenkrad fester, während die mittlerweile nicht mehr funktionierende Ampelanlage immer näher kommt und ich Coles Stimme in meinem Kopf höre.

Was soll das hier werden, Kleines?

Hörbar ausatmend verbanne ich die Erinnerung zurück in die Kiste in meinem Kopf, in der ich alles verwahre, was mit ihm zu tun hat.

Ich kann jetzt nicht an ihn denken. Ich ertrage es nicht. Selbst nach all den Jahren.

Das Haus meiner Mutter sieht noch aus wie damals, und doch erkenne ich es kaum wieder. Gräser, Unkraut und Wildblumen haben das Grundstück zurückerobert und wuchern ungehindert an den Wänden des kleinen Gebäudes empor. Die Fenster sind trüb vom Staub, der Geräteschuppen im einstigen Kräutergarten ist scheinbar einem Sturm zum Opfer gefallen, und das Dach des Autos, mit dem meine Mutter immer zu den Märkten gefahren ist, um ihre Kräuter zu verkaufen, ist mit altem Laub bedeckt.

Alles hier schreit *Verfall*, während in meinem Kopf das pure Chaos herrscht.

Man sollte meinen, dass die Millionenmetropole, in der ich die letzten Jahre gelebt und studiert habe, mich abgehärtet hat. Dass ich diesem vergleichsweise kleinen Ansturm an Eindrücken gewachsen sei, wo ich es doch gewohnt bin, jeden Tag in vollen U-Bahnen zu sitzen und Straßen zu überqueren, die mir vor sechs Jahren noch Angst gemacht hätten. Dass die Stille, die hier herrscht, mich beruhigen und erden sollte.

Doch nichts davon ist der Fall.

Hier zu sein, lässt eine ungeahnte Unruhe in mir aufkommen, die mich überfällt und mir das Atmen schwermacht. Ich war nicht auf das vorbereitet, was dieser Ort mit mir macht, und so sitze ich minutenlang in dem blöden Pickup, nachdem ich ihn geparkt und den Motor ausgeschaltet habe, und starre auf das kleine Haus, das einmal mein Zuhause gewesen ist.

Ich wusste, dass es nicht leicht werden würde. Aber dass es *so* schwer ist … Damit habe ich nicht gerechnet. Es reißt mir förmlich den Boden unter den Füßen weg, wieder hier zu sein. Mit *einem* wäre ich klargekommen – meiner Kindheit entgegenzutreten oder Cole.

Aber hier – genau an diesem Ort mit dieser bescheuerten Kreuzung und der noch bescheuerteren Ampel – sind diese beiden Teile meiner Vergangenheit untrennbar miteinander verknüpft, und so brauche ich eine Weile, bis ich endlich wieder normal atmen kann und das Rauschen des Blutes in meinen Ohren kaum noch hörbar ist.

»Verdammtes Mississippi«, fluche ich vor mich hin,

obwohl ich genau weiß, dass der Ort an sich und vor allem dieser Bundesstaat wirklich nichts dafür kann, dass meine Kindheit verkorkst und meine erste Liebe so schrecklich tragisch war.

Ganz im Gegenteil: Ich habe das Grün vermisst. Ich habe die Weite und die leeren Straßen vermisst. Das Rascheln des Windes in den Baumkronen und die Tiere, die – wie mir jetzt erst bewusst wird – in New York schlicht nicht vorhanden sind. Unzählige Vögel fliegen durch die Luft über mir. Insekten, kleine Nagetiere und Schlangen leben in dem hohen Gras. Und wenige Meilen weiter, in den angrenzenden Sumpfgebieten, gleiten Alligatoren durch das trübe Wasser und warten auf ihre nächste Beute.

Ich dachte, New York sei lebendig. Doch jetzt wird mir klar, dass das wahre Leben hier pulsiert. Leiser und weniger sichtbar, aber doch lebendiger, und zu dieser Erkenntnis gesellt sich ein Gefühl, das ich schon sehr lange nicht mehr empfunden habe: Heimweh.

Natürlich war es keine leichte Entscheidung, mehr als tausend Meilen zwischen mich und meine Heimat zu bringen. Ganz und gar nicht. Es war eine der schwersten meines Lebens, doch ich konnte nicht hierbleiben. Ich konnte nicht mehr *bei ihm* bleiben, weil es mich langsam, aber sicher umgebracht hat. Es wäre nur eine Frage der Zeit gewesen, bis ich daran zugrunde gegangen wäre, dass er nicht mehr der war, mit dem ich die schönsten Momente meines Lebens hatte.

Der Cole, der mit mir gelacht, geträumt und gelebt hat, der mich geliebt hat, wie nur er es konnte, verblasste mit der Zeit. Und so sehr ich auch versuchte, ihn festzuhalten, er entglitt mir.

Obwohl ich es einmal geschafft habe, ihn nicht zu verlieren, schaffte ich es kein zweites Mal. Nicht, weil ich nicht gewollt hätte, sondern weil er sich selbst verloren zu haben schien. Erneut und auf eine seltsam verdrehte Art noch mehr als damals nach Milenas Tod und in den Wochen vor seiner Festnahme.

Ob ich mich dafür verachte, aufgegeben und ihn verlassen zu haben? Ja. Jeden gottverdammten Tag.

Ob es dennoch die richtige Entscheidung war? Ich weiß es nicht. Denn das, was wir beide letztendlich verloren haben, wiegt viel schwerer, als ich jemals hätte ahnen können.

Als ich endlich vor der Haustür stehe und den Schlüssel in das alte Schloss schiebe, vertreibe ich die Gedanken an die dunkelsten, schmerzhaftesten und einsamsten Stunden meines Lebens. Ich habe mir geschworen, nicht mehr daran zu denken, und das hat die letzten Jahre beinah ausnahmslos funktioniert.

»Gottverdammtes, verfluchtes Scheißmississippi«, murmle ich erneut und lasse meinen Frust an der Tür aus, weil das Schloss klemmt.

Ich weiß bis heute nicht, ob meine Mutter wirklich daran glaubte, ich würde sie besuchen kommen, und sie mir deswegen diesen Schlüssel hat zukommen lassen. Denn auch, wenn sowohl Cole als auch Jules und Theo meinten, ich sollte ihr eine zweite Chance geben, brachte ich es nie über mich, noch mal zu ihr zu fahren. Das letzte Mal, dass wir uns begegneten, war bei der abschließenden Gerichtsverhandlung, bei der sie sich für die Falschaussage gegen Cole verantworten musste. Danach wollte ich sie nicht mehr sehen. Ich wollte nicht mehr in diese Augen blicken müssen, die mich so abfällig ansahen, als sie mir offenbarte, dass sie für seine Verhaftung gesorgt hat. Zudem kann wohl keiner verstehen, wie es wirklich ist, wenn man jahrelang belogen und um das Leben gebracht wurde, das man hätte leben können.

Mit einem Klicken öffnet sich das Schloss endlich, und ich stoße die Tür auf. Stickige, schwere Luft schlägt mir entgegen. In den Sonnenstrahlen, die sich mit aller Macht durch die trüben Fensterscheiben kämpfen, tanzen abermillionen Staubkörner. Auf der Arbeitsplatte der Küche liegt ein kläglicher, schimmliger Rest eines Brotlaibes, daneben ein Stück vertrockneter Käse. Der Boden ist schmutzig, die Stühle stehen schief unter dem Esstisch und das alte, kleine Sofa aus einst hellbraunem Stoff hat Flecken.

Der Verfall ist hier beinah noch spürbarer als draußen, und ich frage mich, wie lange meine Mutter vor sich hingelitten hat, bevor einer der Zuständigen von der Marktaufsicht in Camden ihre Abwesenheit auf den Wochenmärkten so seltsam fand, dass er die Polizei informierte. Die Beamten fanden eine unverschlossene Haustür und meine im Sterben liegende Mutter vor. Sie hat sich eine Lungenentzündung eingefangen, die ihre Kräuter nicht lindern oder gar heilen konnten. Wenige Tage später verstarb sie einsam und allein im Krankenhaus.

Noch etwas, das ich auf die Liste der Dinge setzen musste, mit denen ich bis ans Ende meiner Tage leben muss: Dass ich meine Mutter, die mich zwar eingesperrt und vieler Erfahrungen beraubt, mich aber auch aus der

Tiefe ihres Herzens auf ihre eigene verdrehte Art geliebt hat, im Stich gelassen habe, als sie mich am dringendsten gebraucht hat.

Aber so ist das Leben nun mal, oder? Man macht Fehler und muss lernen, die Konsequenzen des eigenen Handelns zu tragen, ganz egal, wie schwer sie wiegen. Und so muss auch ich lernen, mit der Gewissheit zu leben, dass die letzten Worte, die meine Mutter und ich gewechselt haben, voller Wut, Enttäuschung und vor allem verletzter Gefühle waren. Dass ich ihr nicht mehr sagen kann, dass ich sie nun, sechs Jahre und einige Erfahrungen später, sogar ein wenig verstehe. Dass ich mittlerweile eine Ahnung davon habe, was es bedeutet, wenn man etwas mehr liebt als das eigene Leben und es um alles auf der Welt beschützen möchte.

Es ist bereits später Abend, als ich es endlich geschafft habe, den Wohnraum mit der Küche, das kleine Badezimmer und mein altes Zimmer zu putzen, damit ich die nächsten Tage, die ich hier wohnen werde, nicht im Dreck ersticke.

Das Zimmer meiner Mutter habe ich noch nicht zu betreten gewagt. Es erscheint mir seltsam, einfach dort reinzugehen, jetzt, wo sie weg ist. Und wenn ich auch nur ein kleines bisschen ehrlicher zu mir selbst wäre, würde ich mir eingestehen, dass es auch schmerzt, ihr nach all der Zeit so nah zu sein und sie zugleich verloren zu haben. Doch wenn es eine Sache gibt, die ich in den letzten Jahren perfektioniert habe, ist es die, meine Gefühle weitestgehend im Keim zu ersticken. Dazu gehört auch, mich nicht von der Trauer überwältigen zu lassen, die schon seit Tagen in mir aufkommen will, weil meine Mutter gestorben ist. Denn zumindest in dieser Hinsicht hatte sie tatsächlich recht: Die Welt *ist* ein grausamer Ort. Und sie wird dir das Herz brechen, wenn du es zulässt.

Das erneute Klingeln meines Handys lässt mich den Putzlappen, mit dem ich noch einmal über die Arbeitsfläche gewischt habe, ins Waschbecken werfen und das Saubermachen für heute endgültig beenden. Ich drehe das Radio leiser, das ich auf einen Eighties-Sender eingestellt habe, und erkenne bereits am Klingelton, dass es Jules ist, die schon den ganzen Tag über versucht, mich zu erreichen.

Bei jedem ihrer Anrufe sticht es dort, wo der fühlende, liebende Teil meines Herzens einmal saß. Sie hat sich damals, als ich mein erstes eigenes Handy bekam, einen riesigen Spaß daraus gemacht, ihrer und Coles Nummer eigene Klingeltöne zuzuweisen. Aus einem Grund, den ich selbst nicht mal kenne, habe ich diese Einstellung nie rückgängig gemacht, auch wenn es mich jedes Mal an den Moment erinnert, als wir zu dritt auf unserer Couch herumlungerten – vollgefressen von den Burgern, die wir gemacht haben – und sie gefühlt stundenlang nach Liedern suchte, bis sie die richtigen gefunden hat und unsere Handys damit infizierte. Wenn Jules anruft, ertönt seitdem *Wild Things* von Alessia Cara. Sobald Cole mich angerufen hat, dröhnte *The Power of Love* aus den kleinen Lautsprechern. Jedoch nicht die ursprüngliche Version von Frankie goes to Hollywood, sondern das rockige Cover von Oomph!, welches nach Jules' Aussage perfekt zu Cole und dem, was wir damals hatten, passte.

Ich weiß nicht, was sie sich dabei dachte, aber sie hat mir dieses Lied – in all seinen Versionen – damit auf ewig versaut. Etwas, das mir das Leben vor allem zur Weihnachtszeit, in der das Original ständig in dem kleinen New Yorker Café gespielt wird, in dem ich arbeite, zur Hölle macht.

»Na endlich!«, begrüßt sie mich, nachdem ich ihren Anruf angenommen habe. »Ich war kurz davor, die CIA anzurufen, damit sie nach einem verschollenen Flugzeug suchen.«

»Ich glaube nicht, dass die CIA für sowas zuständig ist«, erwidere ich und setze mich an den nun sauberen Esstisch. Mit der linken Hand wische ich mir ein paar Haarsträhnen von meiner schweißnassen Stirn und lege dann den Kopf auf der Tischplatte ab. »Du solltest aufhören, ständig diese Krimiserien zu schauen. Das bekommt dir nicht.«

»Wie auch immer. Du lebst also! Schön.«

Ich gebe ein Schnauben von mir, das sie jedoch ignoriert.

»Bist du gut gelandet?«

»Offensichtlich bin ich das«, murmle ich.

»Und wie ist es?«

Ich seufze hörbar, setze mich wieder auf und fahre mit den Fingern an der Tischkante entlang. »Seltsam. Unangenehm. Dreckig.«

»Dreckig?«, wiederholt sie verdutzt, woraufhin ich den Kopf schüttele.

»Vergiss es. Ich lebe und es geht mir den Umständen entsprechend. Das war es doch, was du wissen wolltest, oder?«

Jules schnalzt unzufrieden mit der Zunge, bevor sie irgendwann die Frage stellt, die sie wohl am dringendsten loswerden will. »Hast du was von ihm gehört?«

Ihre Stimme klingt dabei fast unsicher, woraufhin sich in mir alles zusammenzieht.

»Nein«, sage ich gedehnt. »Wieso fragst du? Hast du ihm etwa –«

»Nein! Ich habe dir versprochen, ihm nichts zu sagen«, verteidigt sie sich schnell, was mich jedoch nicht beruhigt.

»*Jules!*«

Es ist einige Sekunden lang still, weshalb ich in mich zusammensacke und meinen Kopf erneut auf die Tischplatte fallen lasse.

»Es könnte sein, dass Theo es ihm gesagt hat«, erklärt sie nach einer gefühlten Ewigkeit kleinlaut und kaum hörbar.

Ich stöhne laut auf und erhebe mich vom Stuhl, um wie ein gehetztes Tier auf und ab zu gehen. »Ist das dein Ernst?«

»*Könnte*! Ich sagte, es *könnte* sein.«

Wir wissen beide, dass das ein lahmer Versuch ist, mich zu beruhigen. Denn so loyal Jules mir gegenüber in all den Jahren auch war – Theos emotionale Loyalität galt immer Cole. Ich konnte ihm zwar ebenfalls das Versprechen abnehmen, dass er ihm nicht sagt, wo ich hingegangen bin, aber dummerweise habe ich es versäumt, ihn darum zu bitten, Cole nichts von meiner Rückkehr nach Mississippi zu verraten. Und so, wie ich Theo kenne, ist seine Sorge um Cole groß genug, um ihn vor einem unerwarteten Treffen zu warnen. Zudem ist er Anwalt; er weiß also, wie man Schlupflöcher ausnutzt, und ich habe durch mein Versäumnis ganz offensichtlich eines erschaffen.

Wobei ich nicht einmal weiß, wo Cole und ich uns über

den Weg laufen sollten. Ich habe ganz bestimmt nicht vor, zu ihm zu fahren, und dass er vom Tod meiner Mutter erfahren hat, ist äußerst unwahrscheinlich. Es ist schließlich nicht so, als hätte ich für ihre Freunde und Bekannte eine Todesanzeige schalten müssen.

»Bist du noch da?«, fragt Jules nach einigen Minuten vorsichtig, weil ich nicht weiß, was ich sagen soll, und damit beschäftigt bin, meine Atmung zu beruhigen.

»Ja. Gib mir einen Moment.«

Cole weiß also, dass ich hier bin. Die Frage ist: Wird er diesen Umstand ausnutzen und versuchen, mich zu kontaktieren? Oder besser gesagt: Wird er herkommen, um mich zu sehen?

O Gott … Das ist eine Katastrophe.

Ich will ihn nicht sehen. Wenn ich ihn sehe, könnte diese fiese Narbe, die sich an meinem Herzen gebildet und es fest verschlossen hat, aufreißen. Es würde alles wieder hochkommen. Jede Minute, die ich in den letzten vier Jahren dafür gekämpft habe, über ihn und das, was ich verloren habe, hinwegzukommen, könnte umsonst gewesen sein.

Ja, meine Sturheit hat sich in Durchsetzungsvermögen und vor allem Konsequenz verwandelt. Ich traf damals eine Entscheidung und hielt unumstößlich an ihr fest. Auch heute kann ich den letzten winzigen Teil in mir, der sich nichts sehnlicher wünscht, als zu Cole zurückzukehren, ignorieren. Dennoch überkommt mich nun die seltsame Angst, er könne an Kraft gewinnen, wenn ich Cole gegenübertrete. Erst recht, wenn er unangekündigt hier auftauchen und mich damit überrumpeln würde.

Es ist der Albtraum schlechthin. Und ich kann nicht einmal davor flüchten, weil ich die verdammten Angelegenheiten meiner Mutter regeln muss. In zwei Tagen findet das Begräbnis statt. Zudem muss ich dieses verfluchte Haus verkaufen, und ich habe keine Ahnung, wie lange das dauern wird. Ich weiß nur, dass ich, solange ich hier bin, auf dem Präsentierteller sitze und für Cole jederzeit erreichbar bin.

»Ich ziehe ins Hotel«, beschließe ich zusammenhanglos, weil die Angst sich zu einer regelrechten Panik aufbauscht und mir das Hirn vernebelt.

Noch immer hin- und herlaufend überlege ich, ob ich mir das überhaupt leisten kann, als Jules endlich zu begreifen scheint, was gerade in mir vorgeht.

»Du holst jetzt erst mal tief Luft und kommst runter, ja? Cole hat keine Zeit, um einfach bei dir aufzuschlagen, also musst du auch nicht in ein Hotel. Wobei … Wenn ich darüber nachdenke, ist es nicht gerade sicher, so allein in diesem komischen Haus im Nirgendwo zu wohnen …«

»Jules! Muss das sein?«

Als würde eine Angst nicht reichen, beschwört sie sogleich die nächste herauf. Wenigstens habe ich so keine freien Kapazitäten, um mich zu fragen, weswegen Cole keine Zeit hat, um hier aufzutauchen.

»Tut mir leid.«

Ich bleibe stehen, schließe die Augen und hole tief Luft, bevor ich sie wieder öffne. »Okay. Das hier ist nicht Chicago, Jules. Meine Mutter hat jahrelang allein hier gelebt. Niemand schert sich um das Haus, also wird auch keiner einbrechen und mich überfallen oder was auch immer.«

Mein Versuch, Jules und mich selbst mit diesen Worten zu beruhigen, ist mehr als halbherzig, aber wenn ich den Tatsachen ins Auge blicke, habe ich sowieso keine Wahl. Ich muss hierbleiben, weil ich mir kein Hotel leisten kann, und auch wenn es in Mississippi genauso viele Verrückte gibt wie in jedem anderen Bundesstaat, werde ich mein Glück wohl herausfordern müssen.

Vielleicht sollte ich mir eine Waffe kaufen, kommt es mir in den Sinn, aber die Erinnerung an den Vormittag am Waldrand, an dem Cole mir gezeigt hat, wie man schießt, lässt mich augenblicklich das Gesicht verziehen. Zudem glaube ich nicht, dass ich sie im Ernstfall wirklich benutzen könnte.

»Keiner bricht in ein Haus ein, vor dem zwei Autos stehen«, gebe ich zu bedenken. Meine Stimme klingt bei diesen Worten beinah streng, und auch wenn es eine trügerische Ruhe ist, entspanne ich mich dennoch etwas.

»Wenn du das sagst …«

»Du bist keine Hilfe, Jules!«

»Okay, okay! Ich höre schon auf«, lenkt sie schnell ein, woraufhin es erneut eine Weile still zwischen uns ist.

Ich zwinge mich dazu, wieder auf dem Stuhl Platz zu nehmen. »Was macht der Salon?«

»Arbeit. Was sonst?«, antwortet Jules und erstickt meinen Versuch, das Thema zu wechseln, damit im Keim.

Sie ist letztendlich doch zu ihrer Familie nach Chicago gezogen und hat dort zu ihrer Freude auch schnell Anschluss und vor allem eine Stelle in einem kleinen Schönheitssalon gefunden. Dank ihrer guten Arbeit, einer kleinen Finanzspritze von Cole und ein bisschen Glück, konnte sie selbigen übernehmen, als die Inhaberin vor einem Jahr in den Ruhestand ging, und ist seitdem stolze Besitzerin ihres eigenen Ladens. Ich glaube, dass sie nie glücklicher war, und ich gönne ihr dieses Glück von ganzem Herzen, auch wenn ich mir wirklich wünschen würde, sie jetzt hier zu haben. Aber wie sagt man so schön? Das Leben ist kein Wunschkonzert, also muss ich das wohl allein durchstehen.

»Hör mal … Ich bin echt müde vom Flug und allem …«

Es ist nicht die feine Art, aber ich brauche jetzt etwas Ruhe, um mich mit dem Gedanken anzufreunden, dass Cole jeden Moment hier aufschlagen könnte; denn entgegen Jules' Einschätzung bin ich mir nicht so sicher, dass er das nicht tun wird. Wir reden hier schließlich von Cole; dem Kerl, der sich nie viel aus Regeln, Anstand oder gar Besonnenheit gemacht hat.

Dass ich selbst das an ihm geliebt habe, ist eine Tatsache, an die ich jetzt nicht denken möchte.

Andererseits kenne ich ihn im Grunde gar nicht mehr. Ich weiß nicht, was für ein Mensch aus ihm geworden ist, nachdem ich gegangen bin, weil ich es schlicht nicht wissen wollte.

Wir drei – Theo, Jules und ich – haben ein Abkommen darüber getroffen, dass wir nicht über ihn sprechen. Ich habe also keine Ahnung, was er tut oder wie es ihm geht. Nur so konnte ich es schaffen, in New York neu anzufangen. Ich weiß lediglich, dass er noch hier lebt, weil die beiden mir etwas so Essentielles mitgeteilt hätten. Ebenso wie sie mir von dem erzählt haben, was kurz nach meinem Verschwinden passiert ist. Doch selbst davon kenne ich keine Einzelheiten, und das ist auch gut so. Es hätte mich sonst womöglich postwendend umkehren lassen, und das hätte mein Herz vermutlich nicht überstanden.

»Okay, Süße. Aber melde dich, wenn du irgendwas brauchst. Ich lasse alles stehen und liegen und komme zu dir, wenn es sein muss.«

Ein leichtes Lächeln legt sich auf meine Lippen. »Ich weiß, aber es geht mir gut. Ich komme zurecht. Ich habe die Trennung von Cole überlebt und wohne in New York, dann schaffe ich das hier auch.« Dabei schlucke ich den Schmerz runter, der sich in meiner Kehle bilden will, weil ich seinen Namen zum ersten Mal seit einer Ewigkeit wieder ausgesprochen habe.

Gott … Was ihn angeht, verhalte ich mich in manchen Belangen immer noch wie mein achtzehnjähriges Ich, das glaubte, ihn auf diese Weise vergessen zu können. Als wäre er ein böser Geist, der nur auftaucht, wenn man ihn beim Namen ruft. Dabei ist es so viel schlimmer als das …

COLE

Mit geschlossenen Augen hole ich tief Luft, fülle meine Lungen mit Sauerstoff und versuche, den Sturm zu bändigen, der sich in mir erheben will.

Als ich endlich wieder zu Theo blicke, sieht er mich mit dem ausdruckslosen und zugleich wachsamen Gesichtsausdruck des Anwalts an, der er nun mal ist.

»Ihr beide habt es vier Jahre lang nicht für nötig gehalten, mir zu sagen, wo sie ist, und jetzt kommst du hierher – auf meinen Grund und Boden – und sagst mir, dass sie wieder in Mississippi ist? Einfach so? Als wäre nichts geschehen und wir würden über das gottverdammte Wetter reden?«

Meine Stimme trägt einen tödlichen Unterton in sich, der die beiden Johnnys dazu bringt, das Weite zu suchen, so dass Theo und ich allein hier draußen stehen. Er hingegen lässt sich von mir nicht beeindrucken, was mich beinah noch rasender macht.

»Ich wollte –«

»Du wolltest *was?*«, unterbreche ich ihn wütend,

während sich meine Finger beinah krampfhaft um die Limonadenflasche schließen und den dumpfen Schmerz in meiner Handfläche zu einem stechenden Pochen anschwellen lassen.

»Du solltest es einfach wissen. Das ist alles«, antwortet er knapp, was für mich jedoch nichts erklärt.

»Wieso ist sie zurückgekommen?«, frage ich, wobei ich meinen Blick nicht von seinem löse und sich das Pochen bis in mein Handgelenk ausbreitet, weil ich meinen Griff noch immer nicht lockere, aus Angst, Theo sonst irgendetwas zu brechen. Das ist zwar seit Jahren überfällig, würde unserer Freundschaft aber vermutlich zu sehr schaden, weshalb ich es tunlichst vermeide.

Er dreht den Kopf weg und reibt sich mit der Hand über das Kinn. »Ihre Mutter ist gestorben. Sie wird eine Weile hierbleiben, um sich um deren Angelegenheiten und das Haus zu kümmern.«

In meinem Kopf dreht sich alles, weil ich versuche, zu begreifen, dass die Frau, die mir das Herz herausgerissen und es mitgenommen hat, aus dem Nichts wieder in greifbarer Nähe ist. Zugegeben: Es war meine Schuld, dass sie abgehauen ist, aber nichtsdestotrotz tut es noch immer scheißweh.

»Wie lange wird sie bleiben?«

Theo schaut mich wieder an und zuckt mit den Schultern. »Keine Ahnung. Ein paar Wochen? Wir haben noch nicht darüber gesprochen, wie sie den Verkauf des Hauses arrangieren will.«

»*Wir*?«, wiederhole ich verächtlich, obwohl mir das eigentlich hätte klar sein müssen. »Du hast dich also *schon wieder* mit ihr verbündet?«

»Ich habe mich mit niemandem *verbündet*, Cole, und das weißt du auch.« Endlich verrutscht auch seine Maske ein wenig. »Für mich war das damals auch keine leichte Zeit, aber ihr seid mir *beide* wichtig. Ich bin für *euch beide* da, wenn ihr mich braucht. Und Sophie braucht jetzt jemanden, der sie unterstützt.«

Ein freudloses Lachen entkommt mir, und in einem Anflug der alten Wut, die offenbar noch immer irgendwo in mir schlummert, werfe ich die Limonadenflasche mit voller Wucht auf den Boden. Sie zerschellt in hunderte Teile, die ich nachher alle aufsammeln muss, weil sich sonst einer der Hunde die Pfoten daran aufschlitzen könnte.

»*Unterstützt*«, sage ich abfällig. »Du und Jules – ihr habt damals alles dafür getan, dass Sophie verschwinden konnte. Ihr habt sie gehen lassen; ihr bei was auch immer geholfen, während ich beinah draufgegangen bin, und jetzt willst du mir sagen, dass du für *uns beide* da bist?«

Meine Wut vermischt sich mit dem tiefsitzenden Schmerz und wächst zu einem Feuersturm an, der alles in mir zu verbrennen droht, weil ich so außer mir bin.

Ich bin so verflucht wütend, dass ich alles um mich herum niederwalzen möchte, doch ich weiß um die Augen, die auf uns gerichtet sind, und ich darf vor den Kids unter keinen Umständen die Beherrschung verlieren. Doch der Verrat, den die beiden mir gegenüber damals begangen haben, lastet noch immer auf meiner Brust.

Ich weiß bis heute nicht, ob sie wussten, dass Sophie mich verlassen wollte. Aber sie haben ihr geholfen, zu verschwinden, und wussten, wohin sie gegangen ist.

Ich bin mir sogar ziemlich sicher, dass Jules sie einige Tage lang regelrecht vor mir versteckt hat, was wie ein Schlag in die Magengrube war. Meine Jules – mein Ein und Alles; die kleine Schwester, die ich nie hatte – hat sich gegen mich gestellt und zu Sophie gehalten. Sie war ihre Verbündete und hat mir gegenüber kein Sterbenswörtchen darüber verloren, wo sie ist. Ich habe ihre ganze Wohnung verwüstet, aber sie schwieg wie ein Grab.

Wochenlang habe ich nicht mit ihr gesprochen, bis ich es wieder musste, weil … Na ja, weil ich sonst einen Wildfremden dazu hätte bringen müssen, sich 24/7 um mich zu kümmern, und das keiner länger als einen Tag ausgehalten hätte, weil ich mich *wirklich* wie ein Arschloch aufgeführt habe. Jules war die Einzige, die sich meiner angenommen hat, und ich glaube, dass sie auf diese Art versucht hat, um Vergebung zu bitten: Indem sie für mehrere Wochen wieder zu mir gezogen ist und mich versorgt hat, weil ich selbst nicht dazu in der Lage war. Doch selbst da hat sie nie über Sophie gesprochen und stattdessen stillschweigend meine Wut ertragen, bis ich endlich wieder klar denken und mein Leben in den Griff kriegen konnte.

»Dieses Gespräch führt zu nichts. Ich werde mich auch nicht vor dir rechtfertigen«, beschließt Theo, während er seine Limonadenflasche auf dem Dach des Vans abstellt und seinen Autoschlüssel aus der Tasche seiner Anzughose holt. »Ich hoffe nur, dass du nicht auf die hirnrissige und nicht zielführende Idee kommst, zu ihr zu fahren. Sie will dich nicht sehen, und das solltest du respektieren.«

»So wie ihr damals respektiert habt, dass ich sie nicht

sehen wollte?«, frage ich verächtlich und spiele damit auf seine hinterhältige Aktion an, Sophie ins Gefängnis mitzubringen, obwohl ich allen überaus deutlich und unmissverständlich klargemacht habe, dass sie sich von mir fernhalten sollte.

Inzwischen müsste ihnen klar sein, dass sie besser auf mich gehört hätten. Denn wir wissen ja alle, wie das geendet hat.

Theo hält bei meinen Worten in der Bewegung inne. Er hat mir den Rücken zugewandt und war im Begriff, in seinen Wagen einzusteigen, doch jetzt dreht er den Kopf ein wenig zur Seite, ohne mich jedoch anzusehen. »Ich weiß, dass alles, was geschehen ist, grauenvoll für dich war, und du unglaublich wütend auf mich bist. Aber lass dir eins gesagt sein: Es war für keinen von uns leicht, Cole. Für *keinen*. Jules und ich haben alles versucht, was in unserer Macht stand, um zu verhindern, was passiert ist. Um *alles* zu verhindern. Aber ihr beide – Sophie und du … Ihr seid wie zwei Naturgewalten, die man nicht kontrollieren kann. Und ich habe die Befürchtung, dass ihr euch zerstört, wenn du dich nicht von ihr fernhältst.« Mit diesen Worten wendet er sich endgültig ab, steigt in seinen Wagen und fährt Sekunden später davon. Die Reifen wirbeln Staub auf, während ich ihm hinterhersehe und innerlich bebe.

Er mag zum Teil recht haben, doch er hat dabei eine Sache fehlinterpretiert: Manchmal braucht es Naturgewalten, um Neues entstehen zu lassen. Manchmal muss eine Feuerwand kommen, ein Sturm unermesslichen Ausmaßes, eine alles verschlingende Kältewelle, um das auszulöschen, was war, und von vorne zu beginnen.

Soll mich doch der Teufel holen – aber in der Sekunde, in der mir das klar wird, spüre ich ihn plötzlich wieder. Ich spüre den kleinen Funken, den Sophie vor sechs Jahren in mir entfacht hat, als sie in mein Leben stolperte. Ich spüre, wie er sich ausbreiten und zu einem Fegefeuer werden will, das alles verschlingt, was sich ihm in den Weg stellt. Und ich werde es nicht aufhalten, ganz egal, was Theo oder Jules oder sonst wer sagt. Nicht einmal Sophie wird mich davon abhalten. Nur dass ich es dieses Mal richtig machen werde. Ich werde der sein, den sie verdient, koste es, was es wolle.

***

Sie ist hier. Sophie ist zurück nach Mississippi gekommen und befindet sich in genau dieser Sekunde vermutlich im Haus ihrer Mutter.

»C?«

Sie ist somit exakt siebzehneinhalb Meilen von mir entfernt. Luftlinie, versteht sich. Eine gute halbe Stunde – vielleicht etwas länger, da der Wildwechsel um diese Uhrzeit zunimmt – und ich wäre bei ihr.

»Mister Walker?«

Ich könnte sie sehen. Ich könnte erfahren, ob sie noch aussieht wie damals oder ob die Welt, in der sie sich vor mir versteckt hat – in die sie geflohen ist, um nicht mehr bei mir zu sein –, sie verändert hat.

»C!«

»*Was?!*«

Der sonst so großmäulige Trent zuckt zurück, weil ich

laut geworden bin, was eigentlich nie passiert, solange keins der Kids Dummheiten macht.

Ich setze mich aufrecht hin, wobei mir auffällt, dass alle neun Jugendlichen mich mit großen Fragezeichen und Verunsicherung in den Augen ansehen.

»Sind Sie fertig?«, ergreift Alisha das Wort und deutet ein Nicken in Richtung meines Tellers an.

Als ich nach unten schaue, stelle ich fest, dass ich keinen einzigen Bissen gegessen habe. Ich weiß nicht mal, wie lange wir schon hier sitzen, weshalb ich einen Blick auf meine Armbanduhr werfe. Sieht ganz so aus, als hätte ich mich für eine halbe Stunde ausgeklinkt, während ich darüber nachgedacht habe, dass die Frau, die mich zugleich gerettet und zerstört hat und noch immer mein beschissenes Herz mit sich herumträgt, nur einen Katzensprung entfernt ist. Und ich könnte nicht einmal hier weg, wenn ich es wollte, weil ich die Kids nicht allein lassen darf.

Ich bin wirklich dankbar für diesen Job und das gute Gefühl, das er mir gibt. Aber in genau diesem Moment hasse ich alles daran wie die gottverdammte Pest und frage mich, was die Behörden mit mir machen würden, wenn ich die Jugendlichen einfach in einen der Hundezwinger sperre, damit sie nicht davonlaufen können, während ich zu Sophie fahre. Vielleicht könnte ich sie ja auch bestechen, damit sie kein Sterbenswörtchen darüber verlieren …

»C?«, hakt Alisha vorsichtig nach.

»Ja. Ich bin fertig. Sorry.«

Ich schiebe ihr den Teller hin, da sie bereits die ihrer Sitznachbarn vor sich aufgestapelt hat, um Sarah freiwillig beim Küchendienst zu helfen.

Sie gehört hier am allerwenigsten her, weil sie eine wirklich reine Seele ist. Leider hat sie sich vom Gruppenzwang überwältigen und zu einem Ladendiebstahl anstiften lassen, der nicht nur eine Packung Kaugummis beinhaltete, weswegen sie zu vier Wochen im Knast verdonnert wurde. Das entspricht bei ihrem Vergehen sechs Wochen bei mir, von denen sie eine schon hinter sich hat, und ich kann bereits nach dieser kurzen Zeit sagen, dass Alisha nicht mal mehr im Traum daran denken wird, je wieder etwas Verbotenes zu tun.

Sie ist Sophie in vielen Dingen sehr ähnlich, nur dass die in den zwei Jahren mit mir nicht nur gelernt hat, wie ein Kesselflicker zu fluchen, sondern sich von mir auch zu der ein oder anderen verbotenen öffentlichen Aktivität hinreißen ließ, die eventuell etwas mit unsittlicher Entblößung zu tun haben könnte. Ich muss zu meiner Verteidigung jedoch sagen, dass es wohl die wenigsten Männer kaltlässt, wenn eine Frau ihnen innerhalb von zehn Minuten fünf Bikinis in einer kleinen, kuscheligen Umkleide vorführt.

Ja, es war ein sehr heißer Sommer. Und ich sollte unbedingt aufhören, daran zu denken, denn noch ist nicht Schlafenszeit und ich habe eine Horde Teenager vor mir sitzen, die darauf warten, dass ich ihnen den Plan für den kommenden Tag mitteile. Den, den ich dank Theos Erscheinen und der Tatsache, dass Sophie wieder in Mississippi ist, schlicht nicht fertiggestellt habe.

»Irgendwelche besonderen Vorkommnisse?«, frage ich in die Runde, doch die Kids schütteln nur ihre Köpfe. Entweder war es tatsächlich ein ruhiger Tag oder sie haben nach meinem komischen Verhalten zu viel Schiss, um mir etwaige Probleme darzulegen.

»Fabelhaft.« Ich stehe auf und schiebe meinen Stuhl unter den Tisch. »Morgen die gleiche Aufteilung wie heute«, versuche ich, meinen Kopf aus der Schlinge zu ziehen, doch Alisha, die manchmal fast schon etwas *zu* pflichtbewusst ist, lässt den Streber raushängen.

»Dann hätten Big T, Margo und ich ja nur Boxtraining«, stellt sie fest. »Ist das nicht – *Au!*«

Einer der anderen – ich vermute, Big T – hat ihr offenbar gegen das Schienbein getreten.

Ohne Vorwarnung hole ich aus und verpasse dem fast Achtzehnjährigen, der wegen Autoknackens verhaftet wurde, eine leichte Nackenschelle.

»Hey!«

»Entschuldige dich«, fordere ich und sehe ihn mit einer hochgezogenen Augenbraue an.

»Tschuldigung«, murmelt er, während er sich den Nacken reibt.

»Geht doch. Und weil es ein Mädchen war, das du getreten hast, übernimmst du morgen das Scheißeschippen.«

Er will schon protestieren, während die Johnnys stumm jubeln, doch ich bedeute ihm mit der Hand, dass er die Klappe halten soll.

»Keine Widerrede. Du kennst die Regeln. Und denk an ein Regencape. Es soll etwas nass werden.«

Ich werfe ihm mein bestes Arschlochgrinsen zu, bevor ich mich abwende und den Ausgang ansteuere.

»Zehn Uhr!«, rufe ich beim Rausgehen, und die Jugendlichen antworten unisono mit einem Ja.

Wie ich bereits sagte: Es funktioniert. Keine Ahnung, wie, aber es funktioniert. Und ich kann mich jetzt endlich dem widmen, was ich jahrelang vermieden habe: über Sophie und mich nachzudenken. Zeit genug habe ich ja, da ich sowieso nicht schlafen kann, und zum ersten Mal in all der Zeit finde ich das nicht absolut zum Kotzen.

Als ich mein Lagerhaus betrete, bellen einige der Hunde, und zwei der fünf Katzen schreien so herzzerreißend, als würde man sie gerade auf dem Spieß grillen, obwohl es ihnen zweifellos blendend geht.

Mit einem mir fremdgewordenen Elan gehe ich zu der Nische, in der wir die Futtersäcke für die Tiere stapeln, und nehme den obersten herunter, um allen noch mal eine kleine Portion zu geben, bevor ich alle Türen schließe, damit sie nachts nicht mehr in die Ausläufe im Freien können. Etwas, das ich nicht gern tue, doch hier gibt es zu viele Raubtiere und gestörte Seelen. Einmal wurde tatsächlich ein kleiner Jack Russel-Mischling von einem Raben angegriffen, der die Größe eines Geiers hatte. Zumindest glaube ich, dass es ein Rabe war. Vielleicht war es auch wirklich ein Geier … Jedenfalls wäre der kleine Rüde fast gestorben, wenn ich nicht diesen nervigen Erste-Hilfe-Kurs hätte machen müssen, den man als Betreuer braucht. Für die Jugendlichen, versteht sich. Doch es zeigte sich, dass ein Druckverband ein Druckverband ist, ganz egal, ob man Fell hat oder nicht.

Nachdem ich alle Türen überprüft habe, gehe ich zum vorletzten Zwinger in der hinteren Ecke. Die Dobermannhündin darin hat eine beängstigende Ähnlichkeit mit den Zombiehunden aus *Resident Evil*, was jedoch nicht an einer vermeintlichen Infektion, sondern viel mehr an ein paar kranken Bastarden liegt, die sie für Hundekämpfe eingesetzt haben. Oder es zumindest versuchten; denn die große Hündin mit den kupierten Ohren, dem kräftigen Brustkorb und der ebenfalls gekürzten Rute ist alles andere als ein Kampfhund, weswegen die anderen Hunde sie regelrecht zerfleischten. Die Wunden sind mittlerweile fast gänzlich verheilt, doch für die Nachsorge haben wir ihr Fell immer wieder etwas nachgeschoren, weswegen sie nun stellenweise kahl ist und viele der Narben gut sichtbar sind.

»Hi Sweetheart.«

Die dunkle Hündin hebt den Kopf von ihren Pfoten und sieht mich aus ihren rabenschwarzen Augen an. Sie ist eine wirkliche Schönheit, nur leider bezweifle ich, dass ich einen passenden Besitzer für sie finden werde, weil sie sehr zurückhaltend ist und eine sensible Hand braucht. Da die meisten Menschen hier jedoch entweder kleine Fußhupen oder kräftige, mutige Hunde wollen, die ihre Grundstücke bewachen, wird sie vermutlich hierbleiben. Denn auch wenn Dobermänner zu den besten Schutzhunden gehören, bezweifle ich, dass sie jemals einer Fliege etwas zuleide tun könnte.

Ich öffne die Zwingertür und gehe langsam hindurch. Die Hündin lässt mich dabei nicht aus den Augen, schreckt aber nicht mehr vor mir zurück, wie sie es anfangs getan hat, wenn ich zu ihr reingegangen bin. Sie ist aktuell das einzige Tier hier, das nur von mir aus dem Zwinger geholt werden darf, da ich zu viel Angst davor habe, dass sie sich losreißen und für immer verschwinden könnte. Denn mit ihren über siebzig Pfund hat sie mehr Kraft, als man ihr zutraut, und ich bezweifle, dass die Kids sie halten könnten.

Als ich neben ihr in die Hocke gehe und sie dort, wo sie keine Narben hat, streichle, legt sie ihren Kopf langsam wieder auf den Vorderpfoten ab und atmet hörbar und lang aus.

Es erfüllt mich mit einem gewissen Stolz, dass die Hündin, die bis heute noch keinen Namen hat, weil uns bisher kein passender eingefallen ist, mittlerweile so entspannt ist, wenn ich sie berühre. Anfangs dachte ich wirklich, sie würde den Rest ihres Lebens ohne diesen so notwendigen körperlichen Kontakt ihr Dasein fristen. Aber entgegen meiner Befürchtungen taute sie mit der Zeit auf, und so bleibt sie auch völlig ruhig liegen, als ich mich wieder erhebe und den Zwinger verlasse, um endlich nach oben zu gehen.

Ich stehe noch immer etwas neben mir, auch wenn ich zugleich wieder eine Art Ziel vor Augen habe. Sophie wird laut Theos Aussage einige Wochen bleiben, aber so viel Zeit werde ich ihr und mir nicht geben. Es kann sein, dass sie bereits in wenigen Tagen wieder verschwinden will, also habe ich womöglich nicht viel Zeit, um ihr klarzumachen, dass ich sie einmal habe gehen lassen, diesen Fehler aber ganz sicher kein zweites Mal begehen werde.

Natürlich könnte man es als Größenwahn bezeichnen, dass irgendetwas in mir zu glauben scheint, ich hätte noch eine Chance bei Sophie. Immerhin hat sie mich verlassen, und alles deutet darauf hin, dass sie diesen Umstand auch beibehalten will. Dennoch kann und will ein nicht unerheblicher Teil von mir nicht glauben, dass sie nichts mehr für mich empfindet. Es erscheint mir wahnwitzig und völlig absurd. Und falls es doch so sein sollte, dann wird sie mir das ins Gesicht sagen müssen, statt sich einfach heimlich nachts aus dem Staub zu machen und allen zu verbieten, mir auch nur die kleinste Information darüber zu geben, wo sie ist.

Das erinnert mich daran, dass ich Jules gehörig die Meinung sagen sollte, also hole ich mein unverwüstliches Handy aus der Hosentasche und schalte die Kaffeemaschine ein, bevor ich Jules' Nummer wähle.

Es dauert gefühlte Stunden, bis sie abnimmt, und etwas sagt mir, dass das nicht daran liegt, dass sie beschäftigt ist.

»Ja?«

»Wann hattest du vor, es mir zu sagen?«, frage ich ohne Umschweife und mit eisigem Tonfall.

»Ich weiß nicht, wovon du redest.«

Pah! Dass ich nicht lache! Das ist der Standardspruch aller Menschen, die *ganz genau* wissen, wovon die Rede ist.

»Spar dir die Spielchen. Seit wann weißt du, dass sie hier ist? Bist du auch hier? Bei ihr?« Ich hole kaum Luft, weil meine alte Wut auf Jules hochkommt.

»Theo hat es dir also gesagt.« Sie klingt dabei fast ein wenig genervt, worauf ich jedoch nicht eingehe.

»Allerdings. Und das ist irgendwie ein ganz schön starkes Stück, weißt du? Mir ist klar, dass du auf ihrer Seite stehst, aber, Jules … Wirklich? Nach allem, was wir durchgemacht haben?«

Ich kann hören, dass sie tief Luft holt, bevor sie

antwortet. »Ich stehe auf gar keiner Seite, Cole. Und um ehrlich zu sein: Nein, ich hatte nicht vor, es dir zu sagen, weil ich ihr versprochen habe, es nicht zu tun. Sie hat mich angefleht, es nicht zu verraten.«

»So wie ich dich angefleht habe, mir zu sagen, wo sie ist?«, erinnere ich sie mit einem Grollen in der Stimme.

Was ist nur passiert, dass sich alle gegen mich gewendet haben und Sophie eine Heilige ist? *Sie* hat *mich* verlassen, nicht andersherum!

Okay. Ich kenne die Antwort. *Ich* bin passiert. Ich und meine beschissene Wut über das Leben und den Tod und mich selbst und … einfach alles.

Jules übergeht meinen Einwurf gekonnt. »Um deine zweite Frage zu beantworten: Ich bin nicht bei ihr. Ich habe in Chicago einen Laden, falls du das vergessen hast. Und sie ist kein kleines Mädchen mehr, das beschützt werden muss. Sie hat …«

»Sie hat? *Was* hat sie, Jules?«

Gott! Ich werde noch wahnsinnig wegen dieser ganzen Geheimnistuerei. Es kotzt mich so unsagbar an, dass keiner mir die Wahrheit verraten will!

»Vergiss es. Versprich mir nur, dass du sie in Ruhe lässt, Cole. *Bitte.*«

»Heißt das, sie ist allein in diesem beschissenen Haus und niemand ist bei ihr?«

»Oh verdammt noch eins …«, murmelt Jules undeutlich, bevor ihre Stimme wieder energischer wird. »Mir gefällt das auch nicht, aber sie ist alt genug. Und sie lässt sich sowieso von keinem von uns etwas sagen, also spar dir die Mühe und *wage es nicht, zu ihr zu fahren*!«

Ich kann nicht glauben, dass sowohl Jules als auch Theo das einfach so hinnehmen. Sie ist da ganz allein, verflucht! Und ich weiß, wie viele Geistesgestörte es da draußen gibt, die Sophie im wahrsten Sinne des Wortes mit Haut und Haar verspeisen würden, wenn sie die Gelegenheit dazu bekämen.

Bin ich denn der Einzige, der sich ernsthaft um ihre Sicherheit sorgt, oder sind inzwischen alle verrückt geworden? Ihnen muss doch klar sein, dass das eine bescheuerte Idee ist.

Das Problem ist nur, dass das vermutlich auf Sophies Mist gewachsen ist. Sie ist ein Dickkopf, der sich nicht viel sagen lässt, und wenn sie der Meinung ist, in diesem Haus wohnen zu müssen, wird sie kaum jemand da rausbekommen.

Natürlich könnte ich einfach hinfahren, die verfickte Tür eintreten und mir Sophie über die Schulter werfen, um sie mit zu mir zu nehmen. Aber ich gehe stark davon aus, dass meine Chancen bei ihr damit nicht gerade steigen. Ich brauche also einen anderen Plan, mit dem ich sie erstens in Sicherheit wissen und zweitens dafür sorgen kann, dass sie nicht mehr dahin zurückgeht, wo auch immer sie die letzten vier Jahre war, sondern gefälligst wieder zu mir kommt. Dorthin, wo sie hingehört.

SOPHIE

Als wäre mein Leben ein richtig schlechter Hollywoodfilm, regnet es in Strömen, wodurch meine Laune nur noch weiter sinkt, was wirklich schwer ist, wenn man bedenkt, dass meine Mutter heute beerdigt wird.

Ich lag erneut die ganze Nacht wach, weil es hier zu ruhig und zu dunkel war. Der Himmel war wolkenverhangen, und da die Ampel ihren Dienst versagt hat, dringt nicht einmal mehr ihr schwaches Licht durch das Fenster. Mir fehlt das Pulsieren der Millionenmetropole. Der Verkehr, die Sirenen, die Rufe der Nachtschwärmer, die sich in New York nicht an Wochentage halten. Mir fehlt das Flackern der Leuchtstoffbeschriftungen am gegenüberliegenden Haus, das mein kleines Zimmer nachts in Pink-, Grün- und Blautönen erstrahlen lässt.

Ich habe mich über die Jahre so sehr an all das gewöhnt, dass ich hier kaum ein Auge zubekomme und stattdessen bei jedem *Schuhu*, das aus dem angrenzenden Wald kommt, zusammenzucke. Zudem führt die Stille hier dazu, dass meine Gedanken, die ich in New York so gut ignorieren konnte, unüberhörbar sind.

Kurz gefasst: Die Nacht war beschissen und ich muss nun meine Mutter zu Grabe tragen, während es schüttet wie aus Kübeln.

Mit hochgezogenen Schultern und einem klapprigen Regenschirm, den ich an der Garderobe gefunden habe, laufe ich vom Haus zu dem schwarzen Pick-up, der wie ein übergroßes Mahnmal hinter dem Auto meiner Mutter steht und mich erneut an Cole erinnert. Die Erde ist aufgeweicht und rutschig, daher bin ich froh, als ich endlich in dem Monstrum sitze, auch wenn der Anblick des Interieurs nicht einfacher zu ertragen ist als der der Karosserie. Sei's drum. Ich habe keine Zeit, um mir von Erinnerungsfetzen die Sicht vernebeln zu lassen, da der Regen dies schon zur Genüge tut und ich besser nicht zu spät kommen sollte, da ich nicht nur die Tochter der Verstorbenen bin, sondern auch der einzige Trauergast auf dieser Beerdigung.

***

Es war eine kurze Bestattung, was nicht verwunderlich ist, da außer mir und dem Geistigen, der ein paar gesegnete Worte sprach, niemand meine Mutter verabschiedete. Ich glaube sogar, dass der Pfarrer seine Rede ein wenig gekürzt hat, weil der Regen so stark war und der Wind unsere Regenschirme nutzlos machte.

Das Wetter ist so ekelhaft, dass selbst die Messdiener sich recht schnell aus dem Staub machten, nachdem sie den Sarg meiner Mutter ins Grab gelassen haben.

Als die Beisetzung offiziell beendet war, sprach der Pfarrer mir nochmals sein Beileid aus, bevor auch er verschwand. Seitdem stehe ich allein am Grab und blicke auf den Sarg hinunter, der mit lediglich einer einzigen Hand Erde bestreut wurde.

Ob der Sarg nach oben geschwemmt wird, wenn es weiterhin so regnet? Wird sie darin nass? Was passiert, wenn die Erde vom vielen Regen zu schwer wird und auf den Deckel drückt? Bricht er dann einfach über ihr zusammen?

Solche und andere morbide Fragen gehen mir durch den Kopf, weil die Situation mir unglaublich fremd und zugleich auf schreckliche Weise vertraut ist.

Im Augenwinkel kann ich zwei Männer sehen, die mit Schippen in den Händen und tief ins Gesicht gezogenen Mützen unter einem Baum darauf zu warten scheinen, dass auch ich endlich gehe, damit sie das Grab zuschütten können. Doch entgegen meiner Erwartung sind meine Füße wie festgewachsen und ich schaffe es nicht, meiner Mutter endgültig Lebewohl zu sagen.

»War es das, was du wolltest, Mutter?«, frage ich in das Prasseln des Regens hinein, während mir unzählige kalte Tropfen über das Gesicht rinnen. »So zu sterben? Allein? Oder ist dein Plan einfach nur schrecklich schiefgegangen, als ich abgehauen bin?«

Ich erwarte keine Antwort. Wie auch? Meine Mutter ist tot. Der einzige Mensch, den ich kannte, der mein Fleisch und Blut war, ist nicht mehr hier, und auch wenn ich Jules und Theo und ein paar flüchtige Bekanntschaften in New York habe, fühle ich mich gerade so einsam wie noch nie.

In einem Anflug von Nostalgie und Wahnsinn wünsche ich mir plötzlich Cole herbei, was wirklich seltsam ist, weil ich das seit Jahren erfolgreich unterbunden habe. Aber der Wunsch, mich an seine starke Brust zu lehnen und von seinen Armen festgehalten zu werden, übermannt mich beinah, so unerwartet kommt er, und ich muss schwer schlucken, um das Gefühl des Vermissens nicht an die Oberfläche kommen zu lassen.

Er kann mir keine Stütze sein. Er ist nicht mehr der, in den ich mich damals verliebt habe, und hatte zuletzt nicht mal mehr die Kraft, um sich selbst zu halten. Wie sollte er also für mich da sein können? Wie sollte er mir den Halt geben, den ich gerade so dringend brauche?

Nein. Cole ist Vergangenheit. Ich muss mich selbst stützen, so wie ich es in den letzten Jahren getan habe. Daher schlinge ich die Arme um meinen Oberkörper und verabschiede mich endgültig von meiner Mutter, bevor ich mich abwende und den Weg über den kleinen Friedhof und zurück zum Pick-up antrete.

Nachdem ich die Wagentür hinter mir geschlossen habe, schalte ich die Heizung ein und ziehe die vom Regen schwere Jacke aus, um sie über den Beifahrersitz zu hängen. Dann sitze ich reglos da und starre blind nach vorne, während ich meine kalten Finger vor die Lüftung halte, damit sie warm werden. Dabei fühle ich mich seltsam leer und frage mich, wo die Trauer bleibt, die ich verspüren sollte.

Ich habe meine Mutter beerdigt und fühle absolut nichts, was mir irgendwie falsch erscheint. Andererseits ist es genau das, was ich mir in den letzten Jahren hart erarbeitet habe: nichts mehr zu fühlen. Denn was ich in den zwei Jahren mit Cole und in der Zeit nach meinem Verschwinden gefühlt habe, reicht definitiv für ein ganzes Leben. Zumindest, was das Leid angeht.

Ob ich ein bisschen melodramatisch geworden bin? Kann sein. Vielleicht hat Cole aber auch ein wenig auf mich abgefärbt, was mich nicht wundern würde, wo er doch in den letzten Monaten vor der Trennung kaum noch etwas anderes als Wut und Trauer und unbändigen Selbsthass versprüht hat.

Als meine Finger endlich nicht mehr kalt sind, klappe ich die Sonnenblende runter. Mein blonder Zopf sieht katastrophal aus, weswegen ich das Haargummi wütend rausreiße und in die Mittelkonsole werfe. Das bisschen Wimperntusche, das ich aufgetragen habe, ist verlaufen, was jedoch dem Regen geschuldet ist, nicht etwaigen Tränen.

Ich habe es schon lange aufgegeben, um Dinge zu weinen, die man nicht retten kann. Und meine tote Mutter gehört definitiv dazu.

Dennoch schaffe ich es nicht, auf direktem Weg zurückzufahren. Ich brauche etwas Zeit für mich, und weil ich lange genug mit Geistern zusammengelebt habe, kann ich jetzt einfach noch nicht in dieses Haus, in dem alles den Namen meiner Mutter schreit und nach ihren Kräutern riecht. Es ist mir fremd – wie so vieles hier –, und auch wenn dieser Wagen nicht gerade mein Wohlfühlplatz Nummer eins ist, ist er dennoch das Neutralste, was ich jetzt bekommen kann, also fahre ich ziellos darin umher. Ich durchquere das Städtchen, auf dessen Friedhof nun das

Grab meiner Mutter zu finden ist, fahre an meilenlangen kleinen Flüssen entlang und folge endlosen Straßen durch die noch endloseren Wälder und Sumpfgebiete Mississippis.

Es muss später Nachmittag sein, als mit einem Mal der Regen aufhört. Die Wolkendecke über mir bricht auf, und als die Sonnenstrahlen in ihrem abendlichen Gold durch die Windschutzscheibe fallen, trete ich abrupt auf die Bremse.

Ich habe keine Ahnung, wie ich hierhergekommen bin oder was mich dabei geritten hat, aber ich stehe auf der alten Schotterzufahrt, die zu dem stillgelegten Industriegebiet führt, das ich besser kenne als mein Schlafzimmer in New York.

Mein Atem setzt aus, während mein Blick über die alten Gebäude schweift und letztendlich an jenem hängenbleibt, von dem ich nicht dachte, dass ich es jemals wiedersehen würde. Die vom Regen nassen Backsteine glänzen, die hohen Sprossenfenster spiegeln die Wolken wider, die hinter mir zu verziehen scheinen. Das große Tor, welches wir nie genutzt haben, weil es so aufwändig zu öffnen und zu schließen war, scheint durch ein neues ersetzt worden zu sein, und an einer Seite des Lagerhauses kann ich etwas sehen, das wie eine Ansammlung kleiner Gehege aussieht. Jemand mit einem knallgelben Regencape ist in einem von ihnen zugange, wobei ich nicht erkennen kann, was er tut. Ich sehe lediglich, dass er nicht sehr viel größer als ich sein kann, dafür aber um einiges umfangreicher. *Also nicht Cole,* fügt mein benebeltes Hirn hinzu, worauf ich nicht weiter eingehe. Und doch schreit alles an dem Gebäude seinen Namen, als hätte er es mit seinen eigenen Händen erbaut.

Ich will umdrehen. Ich will es wirklich, aber etwas hält mich davon ab. Stattdessen lasse ich den Wagen ein Stück weiter rollen und parke ihn schließlich in etwa siebzig Metern Entfernung, wobei ich die ganze Zeit wie paralysiert auf den Ort starre, dem ich den Rücken gekehrt habe, weil ich sonst darin zugrunde gegangen wäre.

Meine rechte Hand zieht den Schlüssel aus der Zündung, dann verharre ich bewegungslos. Ich suche die Umgebung mit den Augen ab – *nicht, um Cole zu finden,* sage ich mir immer wieder. Sein Pick-up ist sowieso nicht zu sehen. Stattdessen stehen zwei Familienvans neben dem Eingang, dessen Stahltür offen steht.

Aus dem Nachbarhaus kommt ein Mädchen mit schwarzen Locken und geht zielstrebig durch die Tür, die ich so oft durchschritten habe, und in einem der Gehege erkenne ich nun einen großen weißen Hund, der schnüffelnd umherläuft und dann in einer Ecke das Bein hebt.

Nichts deutet darauf hin, dass Cole da ist, und ich frage mich, ob Jules und Theo mir etwas verschwiegen haben, bis ich mich daran erinnere, dass das im Grunde genau das war, was ich von ihnen verlangt habe. Ich wollte nicht wissen, was Cole tut oder wo er ist. Er war Geschichte, und das sollte auch so bleiben.

Und doch stehe ich nun hier, keine hundert Meter von seinem Lagerhaus entfernt, weil mein nichtsnutziges Unterbewusstsein es wohl für einen witzigen Streich hielt, mich hierher fahren zu lassen.

Das Mädchen mit den Locken kommt wieder raus und hat nun zwei Hunde bei sich, die neben ihr herlaufen. Sie springen auf und ab, scheinen sich zu freuen, während das Mädchen mit den Leinen kämpft, die sich offenbar verheddert haben, und dabei immer wieder auf die Hunde einredet. Der kleinere der beiden, ein zierlicher, dunkler, schafft es, sich loszureißen, und rennt wie von Sinnen in meine Richtung.

Geistesgegenwärtig steige ich aus dem Pick-up, mache einen Sprung zur Seite, als das Tier bei mir angelangt ist, und lande mit einem Fuß auf der Leine, was ihm einen kleinen Schreckensschrei entlockt, weil er im Geschirr, das er trägt, zurückgehalten wird.

»Danke!«, sagt die Jugendliche, als sie nach Atem ringend bei mir ankommt, und drückt dabei ihre Hand gegen den Brustkorb. »Sie schafft es immer wieder, abzuhauen.«

Ich reiche ihr das Ende der Leine. »Gern geschehen.«

Sie lächelt mich zurückhaltend an, während sie sich die Schlaufe der Leine um das Handgelenk wickelt.

»Kann ich Ihnen irgendwie helfen?«, will sie wissen, nachdem sie sichergestellt hat, dass der Hund ihr kein zweites Mal davonlaufen kann.

Ihre dunklen Augen strahlen Freundlichkeit aus, und ich schätze, dass sie in etwa so alt ist, wie ich es war, als ich das erste Mal hierherkam. Dennoch habe ich keine Ahnung, was sie hier macht oder wer sie ist.

»Nein, danke. Ich habe mich nur verfahren«, sage ich tonlos, woraufhin sie nickt und sich abwendet, um mit den Hunden über den Schotterplatz davonzugehen.

Bevor ich meinen Mund davon abhalten kann, rufe ich sie zurück. »Warte.«

Sie dreht sich wieder zu mir um und sieht mich mit fragendem Blick an.

»Tut mir leid … Das war gelogen«, gestehe ich, woraufhin sich ihre Stirn leicht in Falten legt.

»Wohnst du hier?« Ich nicke in Richtung des Lagerhauses, in dem ich zwei Jahre lang gelebt habe.

»Nein. In dem daneben«, erklärt sie. »Da wohnt nur C. Mister Walker, meine ich.«

Ich bemühe mich darum, mein Herzrasen zu ignorieren, und verkrampfe die Finger um den Schlüssel in meiner Hand, damit das Mädchen nicht merkt, wie heftig sie bei der Erwähnung seines Names zu zittern beginnen.

Mein Kopf ist ein Vakuum; anders kann ich nicht erklären, warum ich die folgende Frage stelle.

»Mister Walker wohnt also immer noch hier?« Meine Stimme klingt fester, als ich erwartet habe, dabei würde ich mich am liebsten ohrfeigen und davonrennen.

Wieso bin ich nur ausgestiegen? Wieso bin ich überhaupt hier gelandet, verdammte Scheiße?

»Klar, wo sollte er auch sonst wohnen?« Die Jugendliche sieht mich gleichermaßen verwundert wie freundlich an. »Möchten Sie mit ihm sprechen? Er ist drinnen bei den Hunden. Gehen Sie einfach rein.«

Mit ihm sprechen. Drinnen.

Das werde ich ganz sicher nicht tun.

»Okay, mache ich. Danke.«

Habe ich das gerade wirklich gesagt?

Fuck. Ich muss meinen Verstand versehentlich mit in

Mutters Grab geschmissen haben, als ich die Erde auf ihren Sarg streute …

Das Mädchen nickt erneut und wendet sich dann endgültig ab, während sich meine verräterischen Beine in Bewegung setzen.

Ich werde nur einen Blick rein werfen, dann verschwinde ich sofort wieder, sage ich mir in Gedanken, als ich wie ferngesteuert auf die Stahltür zugehe. Cole muss sie gestrichen haben, denn der alte Lack, der fast überall abgeblättert war, als ich zum letzten Mal durch diese Tür ging, ist nun nicht mehr zu erkennen. Stattdessen glänzt das Metall in einem gleichmäßigen Dunkelgrau.

Aus dem Inneren des Gebäudes kann ich mehrere Stimmen und hin und wieder das Bellen von Hunden hören. Nichts davon ergibt für mich Sinn, und als ich endlich nah genug am Eingang stehe und hineinblicken kann, erklärt sich mir zwar, wer da so viel Lärm macht, aber das Warum wird dadurch nicht gerade kleiner.

Ich erkenne das Erdgeschoss kaum wieder. Der Grundriss und die Treppen, die in den Keller und ins obere Stockwerk führen, sind das Einzige, was nicht verändert wurde. Der gesamte Boden wurde gefliest; hier und da erkenne ich sogar ein paar Abflüsse, die offenbar installiert wurden, um das Saubermachen zu erleichtern. An den alten Wänden wurden riesige Zwinger aufgebaut, so dass mich der Anblick ein wenig an unseren damaligen Besuch bei Buster in der Tierklinik erinnert, nur dass hier alles viel, viel größer ist. In den meisten der Gehege befinden sich Hunde, in einem erkenne ich eine Handvoll Katzen. Überall hängen Leinen an Haken, Futternäpfe stapeln sich und an jedem Zwinger hängt ein kleines Whiteboard.

Es ist absolut surreal, und die tief stehende Sonne, die nun beinah waagerecht durch die vielen Sprossenfenster scheint, taucht alles in ein warmes, organgenes Licht.

In der hinteren Ecke stehen drei Jugendliche und lachen über etwas, woraufhin sie plötzlich von einem Wasserstrahl getroffen werden und kreischend zurückweichen. Als mein Blick auf denjenigen fällt, der sie nassgespritzt hat, werden meine Knie weich und meine Kehle verwandelt sich in eine Wüste.

Cole steht genau in einem der Sonnenstrahlen und hat ein Grinsen auf den vollen Lippen, das sämtliche Gedanken aus meinem Kopf fegt. Seine Boots sind nass, die hellblaue, zerschlissene Jeans fleckig, und das schwarze Shirt, das er trägt, spannt sich um seinen Oberkörper, als er das Wasser am Schlauch abstellt und ihn dann zusammenrollt.

Er sieht noch genauso aus wie damals, aber auch irgendwie ganz anders, und dank des goldenen Lichts wirkt es, als würde er in Flammen stehen.

Coles Anblick verschlägt mir die Sprache, weswegen ich ihn nur stumm anstarre, als er den Wasserschlauch an die dafür vorgesehene Halterung hängt und mich entdeckt. Sein Blick bleibt nur für eine Millisekunde an mir haften, doch es kommt mir vor wie eine Ewigkeit, bis er sich abwendet, um den Wasserhahn zuzudrehen. Es wirkt fast so, als hätte er nur darauf gewartet, dass ich endlich hier auftauche, da er kein bisschen überrascht zu sein scheint.

»Feierabend für heute. Macht, dass ihr hier rauskommt«, ruft er den Jugendlichen zu, die daraufhin alles stehen und liegen lassen und auf mich zukommen.

Wie in Trance mache ich zwei Schritte nach vorne und einen zur Seite, um den Eingang freizumachen. Sie gehen kichernd an mir vorbei, begrüßen mich vielleicht sogar, aber ich reagiere nicht auf sie. Meine Augen sind noch immer auf Cole gerichtet, der nun ein Handtuch aus seiner hinteren Hosentasche zieht und die Hände daran abwischt, während er auf mich zukommt.

Erst jetzt wird mir klar, dass ich entgegen allem, was ich vorhatte, vor Cole stehe und wir plötzlich allein sind. Nur das Schlabbern eines Hundes, der gerade etwas trinkt, ist zu hören, als Cole vor mir stehen bleibt.

Sein Blick versengt mich, während er sich mit der Schulter an die Wand neben uns lehnt und mich einfach nur ansieht. Er sagt kein Wort, zeigt keine einzige Regung in seinem Gesicht, und so sauge ich in einem Anflug von Masochismus jeden Eindruck in mich auf, den ich bekommen kann.

Auf seinem rechten Jochbein schimmert eine Narbe, die mir fremd ist, und auch an seinem linken Arm kann ich eine alte Verletzung erkennen, die er sich nach unserer Zeit zugezogen haben muss und schrecklich aussieht. Sie hat sogar eines seiner Tattoos verunstaltet. Das Motiv sieht nun wie zerbrochen aus, und ein ungeahnter Schmerz sammelt sich in meinem Herzen, weil ich eine Ahnung davon habe, woher er diese neuen Narben hat.

»Wo ist Buster?«, höre ich mich irgendwann idiotischerweise fragen, weil mir nichts Besseres einfällt. Ich erschrecke beinah vor meiner eigenen Stimme. Sie klingt hohl; fast schon kalt.

»Draußen«, entgegnet Cole neutral und beschert mir

damit dennoch eine Gänsehaut, die mir sogar auf den Wangen die Haare zu Berge stehen lässt. »Er stromert die meiste Zeit irgendwo herum und kommt gegen Abend nach Hause.«

Nach Hause. Die Worte lösen etwas Seltsames in mir aus; vor allem jetzt, da ich hier bin. Hier in Coles Lagerhaus, das – das wird mir mit einem Schlag schmerzlich bewusst – für mich noch immer mehr Zuhause ist als jeder andere Ort, auch wenn ich zugegebenermaßen an noch nicht vielen Orten gelebt habe. Aber keine der drei Wohnungen, die ich über die Jahre in New York hatte, hat sich auch nur annähernd so angefühlt, wie dieser alte Backsteinbau es tut. Es waren immer die falschen Fenster, die falsche Deckenhöhe, die falschen, viel zu kleinen Räume und die falsche Luft.

Alles war falsch, und auch wenn ich diesen Gedanken nie zugelassen habe, wird mir nun mit ungeahnter Heftigkeit klar, dass keiner diese Orte je wie ein Zuhause sein konnte, weil eine ganz bestimmte Sache gefehlt hat. Nirgendwo duftete es nach Leder, Tabak und Lagerfeuer. Nirgendwo überkam mich dieses Kribbeln, das ich auch jetzt noch zwischen diesen Wänden spüre. Nirgendwo war mein Herz so warm und voller Freude und Glück und Liebe.

Weil *er* gefehlt hat.

Es war Cole, der für mich das Zuhause war. Er war derjenige, bei dem ich mich am wohlsten, am sichersten, am geliebtesten gefühlt habe.

Bis seine Liebe verwaschener wurde; undeutlicher und kaum noch spürbar, weil er immer weniger er selbst war.

Er verlor sich in sich selbst, wie er es damals nach der Festnahme getan hat, nur dass ich dieses Mal nicht die Macht hatte, ihn zurückzuholen. Ich verlor ihn erneut an all die Trauer und die Wut, die in ihm schlummerten und ihn von innen heraus zerfraßen.

Ich verlor den Mann, den ich mehr liebte als mein eigenes Leben, weil er vor meinen Augen verschwand und ich ihn nicht festhalten konnte. Weil meine Liebe offenbar nicht gereicht hat und er trotz allem in dem Glauben war, sie nicht zu verdienen. Er wurde vor meinen Augen zu einer Erinnerung, die ich in meinem Herzen festhielt, während ich erkennen musste, dass unsere Beziehung keine Chance mehr hat.

Ich habe es versucht; ich habe wirklich alles versucht, um ihn zu erreichen, aber er entzog sich mir immer mehr. Er trank wieder – sogar häufiger als noch zu Beginn – und zettelte ständig Streit an. Er schmiss den Job, den er sich meinetwegen gesucht hat, weil ich es nicht ertragen hätte, wenn er wieder bei diesen schrecklichen Kämpfen mitgemacht hätte, um Geld zu verdienen.

Er warf alles weg. Inklusive mir. Also musste ich gehen; mir zuliebe. Weil ich mir eingestand, dass er mich sonst mit in den Abgrund gerissen hätte, und das konnte und wollte ich nicht zulassen. Er hat mir ein Leben geschenkt, und ich konnte nicht zulassen, dass ich es wieder verlor, nur weil er *sich* verlor.

»Ich sollte gehen«, erkläre ich zusammenhanglos und zwinge mich dazu, den Blick von ihm abzuwenden. »Es war ein Fehler, herzukommen.«

»Warte.«

Oh, seine Stimme … Seine gottverdammte Stimme. Sie rieselt wie warmer Sand über meine Haut, und ich schließe die Augen, bevor ich ihn wieder ansehe, was ebenfalls ein Fehler ist, weil das Sturmgrau seiner Iriden mich augenblicklich verschluckt.

»Du bist den weiten Weg hierhergekommen …«

Er legt ein halbes Lächeln auf, das so ungewohnt und doch vertraut ist, dass ich kurz davor bin, alles über Bord zu werfen und mich ihm einfach in die Arme zu schmeißen.

»Lass mich dich wenigstens auf einen Drink einladen. Ich habe zwar nur Limonade und Cola hier, aber …«

Geh einfach, Sophie. Dreh dich um und geh. Was auch immer hier geschieht – wer auch immer dieser Mann vor dir ist: Das ist es nicht wert. Er hat dich schon mal im Stich gelassen. Zweimal, um genau zu sein. Jetzt dreh dich verdammt noch mal um und hau endlich ab!

Mein Herz schreit die Worte. Mein Kopf ebenso.

»Okay«, antworte ich dennoch kaum hörbar, als würde eine fremde Macht von mir Besitz ergreifen, und Coles halbes Lächeln wird zu etwas, das dazu verdammt ist, die Polkappen zu schmelzen und mich zu zerstören.

COLE

Ich mag nach außen hin ruhig und gelassen wirken, aber was in mir geschieht, ist unbeschreiblich und lässt mich zum ersten Mal in meinem Leben wirklich daran glauben, dass es eine höhere Macht gibt, die mich nicht ausschließlich leiden sehen will.

Sophie ist nicht nur in Mississippi – sie ist hier bei mir. In meinem Haus. Nur wenige Meter von mir entfernt steht sie da, während ich die Getränke aus dem Kühlschrank nehme.

Ihre blonden Haare gehen ihr nur noch bis knapp über die Schultern, was mich ein wenig erschreckt, da sie sie früher immer lang getragen hat. Auch die schwarze Bluse, die sie mit einer ebenfalls schwarzen Jeans kombiniert hat, sieht ihr überhaupt nicht ähnlich, doch dann erinnere ich mich daran, dass Theo von Miss Reeds Beerdigung gesprochen hat. Was mir jedoch wirklich fremd ist, ist ihr Gesichtsausdruck. Wo ich früher wie in einem offenen Buch darin lesen konnte, wirkt sie jetzt verschlossen und unnahbar. Beinah kalt.

Ob ich auf sie auch so fremd wirke?

Trotz allem kann ich mein Glück kaum fassen. Da habe ich mir den ganzen Tag das Hirn darüber zermartert, wie ich es schaffen könnte, mich für ein, zwei Stunden von hier zu verpissen, ohne meine Aufsichtspflicht zu verletzen, und was ich dann zu ihr sagen könnte, wenn sie mir tatsächlich die Tür aufgemacht hätte – dabei musste ich nicht einmal vierundzwanzig Stunden warten, bis Sophie von allein zu mir kommt.

Es mag überheblich klingen, aber ich kann nicht aufhören, daran zu denken, dass ihr Erscheinen bereits die halbe Miete ist. Es muss schließlich einen Grund dafür geben, dass sie hergekommen ist; selbst wenn sowohl Theo als auch Jules zu glauben scheinen, dass Sophie mich nicht sehen will. Ein Teil von ihr – und es muss ein verdammt mächtiger Teil sein, wenn er sie hierher geführt hat – wollte mich sehen. Alles andere ist mir egal.

»Du bist also zurückgekommen«, stelle ich fest, nachdem wir uns auf zwei der Klappstühle gesetzt haben, die bei den Zwingern stehen, und ich von meiner Coke getrunken habe. Es ist eine Weile her, dass ich diesen Wunsch zuletzt verspürt habe, aber in diesem Moment hätte ich stattdessen wirklich gern Bourbon. Nicht, weil ich wie damals meine Sinne betäuben will, sondern weil ich zugegebenermaßen scheißnervös bin. Doch ich habe dem Alkohol abgeschworen und ich werde nicht wieder damit anfangen, wo es endlich etwas gibt, wofür es sich wirklich lohnt, weiterhin die Finger davon zu lassen.

Sophie pult an dem Etikett ihrer Flasche herum und weicht meinem Blick aus. Ich sehe ihr die Zerrissenheit förmlich an. Sie kann genauso wenig wie ich glauben, dass sie hier ist, und fühlt sich sichtlich unwohl.

»Theo hat dir doch sicher gesagt, wieso.« Sie klingt dabei ganz anders als die Frau, die damals mein Leben auf den Kopf gestellt hat. Dann hebt sie den Blick endlich und sieht mich an. Ihre Augen wirken distanziert, die schönen Lippen sind zu einer schmalen Linie zusammengepresst.

»Das hat er tatsächlich. Aber zu seiner und Jules' Verteidigung: Keiner der beiden hat mir in den letzten vier Jahren auch nur *irgendetwas* von dir erzählt, also nimm es ihm nicht übel«, erkläre ich und beobachte sie dabei ganz genau.

Es ist nicht so, dass ich ihr das vorwerfen will – ich bin schließlich nicht wahnsinnig; damit würde ich sie schneller wieder verlieren, als mir lieb ist –, aber ich möchte trotz allem die beiden Menschen schützen, die wir in diese ganze Misere hineingezogen haben.

Sie deutet ein Kopfschütteln an und lacht dabei leise und verächtlich.

Ja, Sophie lacht *verächtlich*. Etwas, das sonst nur mir vorbehalten war. Es erschreckt mich beinah, und ich frage mich, was sie in all den Jahren getrieben hat. Was ist passiert, dass sie so geworden ist? Oder ist das allein meine Schuld?

»Also …« Ihr Blick löst sich von meinem und wandert im weitläufigen Erdgeschoss des Lagerhauses umher. »Was ist das hier?«

Nun bin ich es, der lacht, doch es klingt um einiges weniger grausam als ihr Lachen es gerade tat.

»Ist eine lange Geschichte.«

Ich will sie dir nicht erzählen. Ich will wissen, wo du warst. Was du getan hast. Ob es dir gut geht und warum du hier bist. Ich will wissen, was ich tun muss, damit ich dich zurückbekomme. Ob du jemand anderen kennengelernt hast. Wieso zum Teufel du mir das Herz rausgerissen hast und wo es jetzt ist. Hast du es bei dir? Oder liegt es in irgendeinem Rinnstein und verrottet, während du einfach weitergemacht hast?

»Ich glaube nicht, dass ich es schaffe, sie dir vor dem Abendessen zu erzählen, das in …«, ich werfe einen kurzen Blick auf meine Uhr, »… ziemlich genau zehn Minuten fertig sein wird. Du bist aber herzlich eingeladen, zu bleiben, wenn du möchtest.«

Erneut schüttelt sie den Kopf, doch es ist eine halbherzige Geste, und ihre Antwort straft sie Lügen. »Ist ja nicht gerade so, als würde jemand auf mich warten, oder?«

War sie damals auch schon so … sarkastisch?

Eigentlich ist es mir scheißegal. Ich will sie immer noch, ganz egal wer sie heute ist. Sie bleibt meine Sophie. Und ich werde sie nicht so schnell gehen lassen, auch wenn das bedeutet, dass wir den ganzen Abend lang Smalltalk führen, während der rosa Elefant im Raum immer größer und größer und größer wird. Soll er mich doch erdrücken. Ich werde ihn nicht ansprechen, bevor ich nicht einschätzen kann, wie Sophie gerade tickt.

Wie auf mein Stichwort betritt Michelle in diesem Moment das Lagerhaus. Sie hält kurz inne – offenbar ist sie verwundert darüber, eine Frau bei mir zu sehen –, fängt sich aber schnell wieder. »Das Essen ist gleich fertig, C.«

»Okay. Danke, Michelle.«

»Soll ich … Ähm … Soll ich einen Platz mehr decken, oder …?«, fragt sie unsicher und sieht zu Sophie.

Ich tue es ihr gleich und warte ab, was Sophie antworten wird.

Sie holt tief Luft, reibt sich mit der Hand über die Stirn und hebt dann ergeben die Schultern. »Von mir aus.«

Trotz ihrer Einwilligung merke ich mit jeder Minute mehr, dass mein Vorhaben, sie zurückzugewinnen, schwieriger werden könnte, als ich dachte, doch das ist mir egal. Sophie ist es wert; ganz egal, was sie mir angetan hat oder zu wem sie geworden ist.

Michelle nickt und verschwindet wieder, woraufhin Sophie ein Geräusch von sich gibt, als könne sie selbst nicht glauben, was sie da gerade gesagt hat. Dann sieht sie mich wieder an und legt den Kopf etwas zur Seite. »C?«

Lachend schüttele ich den Kopf. »Kinder«, sage ich nur grinsend und stehe auf, wobei ich den Impuls unterdrücke, ihr meine Hand zu reichen. Sie würde sie nicht nehmen, da mache ich mir nichts vor. Aber ich habe es innerhalb weniger Minuten von *Sophie-will-dich-nicht-sehen* und *Wie-soll-ich-an-sie-rankommen?* zu *Wir-sprechen-miteinander, Sie-ist-noch-nicht-wieder-abgehauen* und *Wir-werden-zusammen-essen* geschafft, was mehr ist, als ich mir gestern Mittag jemals erträumt hätte. Ich werde mich also ganz sicher nicht beschweren und erst recht nichts überstürzen.

Zu Beginn verläuft das Abendessen etwas schweigsam, doch die Kids tauen irgendwann auf und führen ihre üblichen Gespräche, wobei Sophie jedoch kein Wort außer Bitte und Danke sagt. Stattdessen scheint sie sich nicht ganz sicher damit zu sein, was sie von all dem halten soll, und ich kann es ihr nicht einmal verübeln. Als sie mich das letzte Mal gesehen hat, war ich sturzbetrunken, hatte vermutlich Kotze auf meinem Shirt und einige neue Schrammen, weil ich mal wieder eine dieser unnötigen Kneipenschlägereien angezettelt habe, um irgendwo meine Wut loszuwerden. Wäre ich an ihrer Stelle, würde ich also auch nicht glauben können, was ich da sehe. Zumal sie die Zusammenhänge nicht zu kennen scheint.

Ich weiß nicht, ob sie sich seit ihrem Verschwinden bei Jules oder Theo über mich erkundigt hat, aber ihrem Gesichtsausdruck nach zu urteilen, hat sie es nicht getan. Diese Erkenntnis schmerzt, da sie mir zeigt, wie ernst es ihr mit dem Cut war, mit dem sie uns entzweit hat, doch da ich nicht unschuldig bin, werde ich den Teufel tun und ihr das unter die Nase reiben. Stattdessen versuche ich, mich wie immer zu verhalten, da es die Jugendlichen erstens nichts angeht, wer Sophie ist, was sie hier tut und wie wir zueinander stehen, und ich sonst zweitens riskiere, Sophie ununterbrochen anzustarren. Denn das ist es, was ich gerade viel lieber tun will, als die Lasagne zu essen, die Sarah mit Alishas Hilfe gekocht hat. Nicht, weil sie nicht schmecken würde. Sie ist gut; besser als der Fraß, den ich mir sonst gemacht hätte. Es liegt viel mehr daran, dass ich die Frau, die ich liebe, nach so langer Zeit endlich wieder ansehen kann und nicht genug davon bekomme.

Als alle Teller leer sind, hole ich meine Unterlagen aus dem Büro und verkünde die Aufgabenverteilung für den nächsten Tag, wobei ich mir Sophies Blicken mehr als bewusst bin, sie aber genauso ignoriere wie das übliche

Gejammer der Kids.

Keine Ahnung, wieso sie jeden Tag ihre Energie vergeuden und stöhnen, sich beschweren und mich zu überreden versuchen. Sie wissen ganz genau, dass ich zwar in vielem locker sein mag, meine Arbeitseinteilung aber unumstößlich ist.

Entgegen ihrer Meinung entscheide ich weder willkürlich noch aus Boshaftigkeit, wer wann mit Scheiße schippen und putzen dran ist – außer jemand benimmt sich daneben, so wie Big T es gestern getan hat –, sondern achte dabei darauf, dass ich die unterschiedlichen Charaktere der Jugendlichen nicht nur sinnvoll zusammenbringe, sondern auch jeder mal mit jedem gearbeitet und vor allem jede Aufgabe übernommen hat. Es wird hier also keiner benachteiligt oder bevorzugt. Unter meinem Dach sind sie alle gleich, egal ob sie reiche, verzogene Gören, fiese Mobber oder einfach nur vom Weg Abgekommene sind. Alter, Geschlecht, Herkunft, Religion – das alles ist hier nichtig. Jeder muss mal ran; jeder hat mal frei. Es gibt lediglich eine Ausnahme: Besonders aggressive Kids nehme ich öfter mit in meinen Keller, in dem ich mit allen Kraftsport, Selbstverteidigung oder einfach nur ein besseres Gespür für ihren Körper trainiere, damit sie sich auspowern können und lernen, ihre Gefühle in den Griff zu bekommen.

Als würden die neun Jugendlichen vor Sophie angeben wollen, unterbrechen sie meinen üblichen Zehn-Uhr-Spruch, indem sie ihn selbst unisono aufsagen, was mich ein wenig stolz macht, und so verlassen Sophie und ich das Lagerhaus und gehen nach draußen.

»Ein Pick-up, hm?«, frage ich, als ich ihrem Blick zu dem schwarzen Wagen folge, der fast an der imaginären Grenze der Kids steht und meinem alten zum Verwechseln ähnlich sieht.

Sophie zieht eine Grimasse. »Mietwagen. Ist nicht meiner. Also bilde dir bloß nichts drauf ein.«

Ich hebe abwehrend die Hände und versuche, ein entschuldigendes Lächeln aufzusetzen. »Sorry.«

Scheiße … Sie ist wirklich nicht mehr die Sophie, die mich damals verlassen hat. Wenn es kein lauer Herbstabend wäre, würden mir glatt Eiszapfen aus den Ohren wachsen, so kalt klingt ihre Stimme.

»Ich sollte jetzt wirklich gehen«, beschließt sie nach einigen Momenten des Schweigens und will sich abwenden.

Im Affekt greife ich nach ihrem Arm, um sie aufzuhalten, und meine Handfläche kribbelt bei der Berührung wie verrückt, was nicht nur an dem Narbengewebe liegt. »Geh noch nicht.«

Sie sieht erst auf meine Hand, dann in mein Gesicht, und ihr Blick schießt Blitze ab, die mich definitiv mindestens einen Kopf kürzer machen sollen, doch mir entgeht das Zittern nicht, das ihren Körper erfasst.

»Was soll das, Cole?«

Fuck. Vier Jahre lang habe ich es vermisst, wie sie meinen Namen ausspricht. Vier beschissene Jahre habe ich mich jeden Tag gefragt, ob ich diesen Klang jemals wieder hören werde, und nun steht sie hier und schleudert ihn mir regelrecht ins Gesicht, und dennoch ist es das Schönste, was ich seit Langem gehört habe.

»Wieso bist du hergekommen, wenn du jetzt so dringend wieder verschwinden willst?«, frage ich gradeheraus, wobei ich meinen Griff jedoch nicht lockere und ihrem Blick standhalte. »Willst du mir wirklich weismachen, dass das ein Versehen war? Dass du nur gekommen bist, um Hallo zu sagen? Denn das kaufe ich dir nicht ab. Und du weißt ebenfalls, dass es Bullshit ist.«

Sophie schließt die Augen, wendet den Kopf ab und ringt sichtlich mit sich, wobei ich nicht sagen kann, ob sie mir antworten oder stattdessen eine scheuern wird. Beides wäre möglich; beides verdiene ich. Also warte ich geduldig, auch wenn ich sie am liebsten an mich ziehen und in meine Arme schließen will, um sie nie wieder loszulassen.

»Sie ist tot«, bringt sie irgendwann kaum hörbar hervor, und als sie mich wieder anschaut, sehe ich zum ersten Mal am heutigen Abend eine Regung in ihrem schönen Gesicht. »Ich habe heute meine Mutter beerdigt, und ich …«

Als ihr ein Schluchzen entweicht, kann ich mich nicht mehr zurückhalten. Ich überbrücke den letzten Abstand zwischen uns, schlinge meine Arme um ihren Körper und drücke sie an mich.

Das Gefühl ist unglaublich, und entgegen aller Wahrscheinlichkeiten und Bedenken hält sie mich nicht davon ab. Stattdessen verbirgt sie ihr Gesicht an meiner Brust und weint stumm, während ich versuche, angesichts ihrer Berührung nicht völlig wahnsinnig zu werden.

»Es tut mir so leid, Kleines«, flüstere ich an ihrem Haar, das kein bisschen mehr nach Eukalyptus riecht, was einen ungeahnten Schmerz in mir aufkommen lässt.

Was ist nur aus ihr geworden? *Wer* ist aus ihr geworden?

Wo ist meine Sophie hin und was kann ich tun, damit sie wieder zurückkommt, ganz egal, wer sie jetzt ist? Damit sie bleibt?

»Nenn mich nicht so«, sagt sie irgendwann undeutlich, aber mit hörbarem Ärger in der Stimme.

Ich lasse sie los, woraufhin sie sich abwendet und sich mit beiden Händen über das Gesicht reibt, um die Spuren ihrer vermeintlichen Schwäche wegzuwischen. Dann dreht sie sich wieder zu mir und sieht mich aus geröteten und zugleich leeren Augen an.

»Hast du Bourbon da?«

Das alles ist auf eine so verquere Weise falsch ... Und doch ist es das Beste, was mir seit Jahren widerfahren ist.

»Um ehrlich zu sein, bin ich schon eine Weile trocken, aber es könnte sein, dass ich irgendwo noch etwas rumstehen habe.«

»Könntest ... Könntest du nachsehen?«, bittet sie mich, wobei sie sichtbar darum bemüht ist, ihre Emotionen zu verbergen.

»Klar. Ich muss nur vorher noch die Hunde versorgen.«

Sophie nickt und folgt mir ins Lagerhaus. »Also ... Was ist hier los?«, fragt sie, als ich mich daran mache, die erste Hundeklappe für Nacht zu schließen.

»Wie gesagt: Ist eine lange Geschichte. Ich erzähle sie dir oben, wenn du sie hören möchtest.«

Nachdem sie zugestimmt hat, hilft sie mir stillschweigend dabei, die leeren Wassernäpfe aufzufüllen, wobei der rosa Elefant nun zwar nicht mehr wächst, aber dennoch weiterhin unübersehbar ist.

»Bist du sicher, dass du Bourbon willst?«, hake ich nach, als wir oben ankommen und ich so tue, als würde ich die letzte Flasche Jacky, die ich noch besitze, in den Küchenschränken suchen. »Ich kann dich nicht fahren. Die Kids dürfen nicht allein sein.«

Sophie steht unterdessen in der Mitte des großen Raumes und schaut sich um. Ich frage mich, was sie sieht, denn in meinen Augen hat sich nicht viel verändert, nachdem sie verschwunden ist. Ob das nun gut oder schlecht ist, vermag ich nicht zu sagen.

»Ich kann im Auto schlafen, falls es gar nicht anders geht.«

Als wäre das tatsächlich eine annehmbare Option.

»Du solltest wissen, dass ich das nicht zulassen werde«, erinnere ich sie, als ich meine Alibi-Suche in der Küchenzeile beende und zu den Armeeschränken gehe. »Du kannst in deinem alten Zimmer schlafen, wenn du –«

»Vergiss es«, unterbricht sie mich mit ihrer neuen, kalten Stimme, die mir durch Mark und Bein geht. »Ich werde nicht hier schlafen.«

Anstatt weiter darauf rumzureiten und einen Streit vom Zaun zu brechen, öffne ich den letzten der Schränke – *ihren* Schrank – und hole die Flasche Bourbon heraus, die ich darin aufbewahrt habe. In der Hoffnung, dass sie es nicht merkt, verdecke ich das Etikett mit meiner Hand, während ich zur Küchenzeile gehe und einen Tumbler hole, um ihr einen Fingerbreit von der bernsteinfarbenen Flüssigkeit einzuschenken. Es ist irgendeine Sonderedition, die Jules und Sophie mir zu meinem ersten Geburtstag, den ich mit Sophie gefeiert habe, geschenkt haben. Ich habe sie nie angerührt – so wie alles, was ich von Sophie bekommen habe – und brachte es auch nicht übers Herz, sie nach meinem Entschluss, dem Alkohol zu entsagen, wegzuschmeißen.

Der scharfe, vertraute Geruch des Bourbons erinnert mich daran, wie sehr ich selbst gerade einen Drink vertragen könnte, aber ich wäre mehr als bescheuert, wenn ich mich ausgerechnet jetzt dazu hinreißen lassen würde.

Als ich ihr das Glas reichen will, hebt sie eine Augenbraue und sieht mich bedeutungsschwer an. »Ich bin keine siebzehn mehr, Cole. Mach das Glas voll.«

Wir liefern uns ein Blickduell, bis ich seufzend nachgebe und den Tumbler fast bis zum Rand fülle, wohlwissend, dass ich ihr den Autoschlüssel irgendwie abnehmen sollte, da ich sie danach mit Sicherheit nicht mehr fahren lassen werde.

Sie nimmt mir das Glas ab, wobei sie darauf achtet, dass unsere Finger sich nicht berühren, und kippt den Inhalt beinah gänzlich in einem Zug hinunter, während ich mich auf die Couch setze.

Als sie das Glas abstellt, glänzen ihre Lippen vom Bourbon, und in mir kommt das starke Verlangen auf, ihn wegzuküssen. Stattdessen bleibe ich sitzen und sehe ihr dabei zu, wie sie durch den großen Wohnraum geht, hier und da mit den Fingerspitzen über Dinge streicht und letztendlich vor der Yamaha R6 stehenbleibt, die ich mir vor gut drei Jahren gekauft habe.

Nachdem ich den Pick-up aufgeben musste, brauchte ich etwas, das mich an möglichst wenig aus der Vergangenheit erinnert – sei es die mit Sophie oder alles davor –, und so wurde es diese Maschine, die mich fortan mobil machte. In den letzten zwei Jahren stand sie jedoch nur noch hier oben, da ich wegen der Jugendlichen schließlich nicht mehr allein weg kann.

»Hat die auch einen Motorschaden?«, will Sophie wissen und wendet sich mir endlich wieder zu.

Ich schüttele den Kopf, wobei ich die Erinnerung an diesen grauenvollen Tag zu vertreiben versuche, an dem unser anfängliches Kartenhaus in sich zusammenfiel, ich grün und blau geschlagen wurde und Sophie mir die Schulter einrenken musste, bevor ich beschloss, dass sie nicht länger bei mir bleiben konnte.

»Sie fährt. Aber da sie nur für zwei Personen ausgelegt ist, ist sie nutzlos geworden«, erwidere ich schulterzuckend.

»Hängt das mit deinem neuen Spitznamen zusammen, C?«

Es klingt falsch, wenn sie mich so nennt, aber ich gehe nicht darauf ein. Irgendeiner der Jugendlichen hat damals damit angefangen, und seitdem haben es alle übernommen, weil sich ihre Aufenthalte hier überschneiden. Nur Jules und Theo nennen mich noch Cole.

»Ich bin sozusagen ihr gesetzlicher Betreuer, und da ich allein bin, kann ich nicht einfach kommen und gehen, wie es mir passt, weil ich die Aufsichtspflicht habe«, fange ich an, ihr die Welt zu erklären, die ich mir irgendwie aufgebaut habe.

Sophie runzelt die Stirn und setzt sich ebenfalls auf die Couch, wobei sie jedoch so viel Abstand wie möglich zwischen uns lässt und die Beine unterschlägt, um sich mir zuwenden zu können. »Das erklärt nur bedingt, warum hier neun Jugendliche rumlaufen und dein Lagerhaus voller Hunde und Katzen ist.«

Sie will also weiterhin so tun, als wäre das alles zwischen uns und vor allem ihr Verschwinden nie passiert, aber mir soll es zumindest vorerst recht sein. Es tut verflucht weh, dass sie mich wie eine flüchtige Bekanntschaft oder einen beinah Fremden ansieht, wo wir doch alles andere als das füreinander sind. Doch ich bin gern dazu bereit, ihr zu geben, was sie will, bis ich an der Reihe bin, Fragen zu stellen und Sophie davon zu überzeugen, dass ich sie nicht mehr gehen lasse. Also spiele ich mit und erzähle ihr alles.

Dass ich Sozialstunden ableisten musste, weil ich – o Wunder – natürlich mal wieder Scheiße gebaut habe. Wie ich mit den anderen Straffälligen, unter denen auch einige Jugendliche waren, ein altes Gebäude ausräumen musste, und wir dabei eine herrenlose Hündin mit drei Welpen fanden, die ich kurzerhand mit zu mir nahm, um sie aufzupäppeln. Ich erzähle ihr, dass die Sozialarbeiter und Theo der Ansicht waren, ich und mein Umgang mit den Jugendlichen hätten Potenzial, und Theo daraufhin die wahnwitzige Idee hatte, ich solle doch endlich mal was aus meinem Leben machen und meine Vergangenheit sinnvoll nutzen, indem ich die Kids wieder auf die richtige Spur bringe und das Ganze mit meinem offensichtlichen Drang danach, Tieren zu helfen, verbinde.

Ich weiß bis heute nicht, wie er es geschafft hat, mich zu überreden. Aber nach vielen Wochen und Monaten voller Papierkram und Unterweisungen, die ich über mich ergehen lassen musste, dem Kauf und Ausbau des zweiten Lagerhauses, für den der Großteil meiner Ersparnisse draufging, und einigen Zweifeln meinerseits, begann vor gut zwei Jahren meine Karriere als Sozialarbeiter. Wobei ich mich selbst nie als solcher bezeichnen würde. Ich sehe mich eher als einen Begleiter, der den Kids dabei hilft, zu verstehen, dass ihre Taten Folgen haben, wofür ich der beste Beweis bin. Sie lernen hier, dass es im Leben eine Regel gibt, der sich im Grunde niemand entziehen kann: Wenn du Mist baust, musst du mit den Konsequenzen leben, und die sind meist mehr als beschissen, also reiß dich zusammen, sonst endest du wie ich.

Sophie hört sich alles schweigend an, und dass ich nicht in ihrem Gesicht erkennen kann, was sie darüber denkt, bringt mich schier um.

Es ist nicht so, dass ich mich nun als Heiligen ansehe; aber ich glaube dennoch, dass ich auf einem guten Weg bin, und wünsche mir gerade nichts mehr, als dass sie das auch sieht. Denn ich weiß, dass es meine *Leckt-mich-alle-am-Arsch*-Einstellung und alles, was dazugehört hat, war, die sie damals vertrieben hat. Mein exorbitant hoher Alkoholkonsum, meine Ignoranz und meine mangelnde Fähigkeit, die Faust nicht in anderer Leute Fressen zu rammen – all das sind Dinge, denen ich abgeschworen habe. Ich habe sogar mit dem Rauchen aufgehört, nachdem ich wegen meiner Insomnie und der damit einhergehenden gestörten Schlafrhythmen einmal beinah das Lagerhaus abgefackelt hätte.

Doch Sophie lässt nicht durchblicken, was in ihr vorgeht. Ihre Maske bleibt starr und kalt, und als ich fertig bin, nickt sie verstehend, bevor sie aufschreckt, weil von unten ein kratzendes Geräusch zu hören ist, dem ein gedämpftes

Bellen folgt.

»Das ist nur Buster«, beruhige ich sie und stehe auf, um den kleinen Scheißer reinzulassen, der immer an der Stahltür kratzt, wenn er von seinen Streifzügen zurückkommt und ich bereits oben bin.

Als ich nach unten gegangen bin und ihm die Tür öffne, rennt er wie von der Tarantel gestochen an mir vorbei und direkt nach oben.

Sieht ganz so aus, als hätte er Sophie gerochen, denn normalerweise lässt er sich beim Erklimmen der Stufen Zeit.

Als ich wieder oben ankomme, bleibe ich am Treppenabsatz stehen und sauge für einen Moment den Anblick in mich auf, den die beiden bieten und den ich so schmerzlich vermisst habe.

Buster ist auf die Couch gesprungen, wedelt wie verrückt mit dem Schwanz, gibt freudige Laute von sich und versucht, Sophie das Gesicht abzuschlecken, während sie zum ersten Mal seit ihrem Erscheinen ein echtes Lächeln auf den Lippen hat.

Das ist es. Das ist, was mir gefehlt hat und was ich für nichts auf der Welt wieder missen will. Ich werde Berge versetzen, wenn es sein muss – aber Sophie wird nicht wieder verschwinden; koste es, was es wolle.

SOPHIE

Es fühlt sich schmerzhaft vertraut an, auf dieser Couch zu sitzen, von Buster begrüßt zu werden und Cole im Augenwinkel zu sehen, der einfach nur dasteht und uns beobachtet, wie er es so oft getan hat, als alles noch gut war.

Jeder Atemzug ist eine einzige Qual, weil alles hier nach Cole riecht und meine Erinnerung an die Mischung aus Leder, Tabak und Lagerfeuer nicht einmal annähernd an das herankommt, wie es tatsächlich ist.

Es riecht nach Zuhause. Nach purer Freude und Geborgenheit. Nach lautem Lachen und gedämpftem Stöhnen. Es riecht nach langen Filmabenden, weil ich so viel nachzuholen hatte, und dem Gefühl vollkommenen Glücks. Nach Kissenschlachten, gemeinsamem Kochen und Stunden voller Zärtlichkeit. Nach Träumen von einer gemeinsamen Zukunft und Liebe.

Doch es riecht auch nach Einsamkeit, weil Cole immer häufiger einfach verschwand, um betrunken und verschlagen spät nachts zurückzukommen. Es riecht nach meiner Verzweiflung und der Sorge um ihn. Nach seiner Wut und den leeren Versprechungen, nicht mehr zu trinken. Nach meinen Tränen und seinem Rückzug in sich selbst. Es riecht nach allem, was ich verloren habe und aufgeben musste, weil ich sonst selbst verloren gegangen wäre.

Und doch fühle ich mich zum ersten Mal seit Jahren nicht so, als wäre mein Herz zu Eis erstarrt.

Ich habe nie darüber nachgedacht, wie es sein würde, Cole wieder zu begegnen, weil ich beschlossen hatte, genau das zu vermeiden. Dabei habe ich all die Jahre keinen einzigen Tag *nicht* an ihn gedacht. Er war trotz allem immer das Erste, woran ich nach dem Aufwachen denken musste, und das Letzte, was mir vor dem Einschlafen durch den Kopf ging.

Die Tatsache, dass er es mir schon den ganzen Abend so leicht macht, indem er nicht über das spricht, was ich getan habe, lässt mich daran zweifeln, was seine Intentionen sind. Doch die Dankbarkeit überwiegt und hält mich davon ab, das zu tun, was ich eigentlich tun sollte: abhauen. Verschwinden. Das Weite suchen, solange es noch geht, weil das mit uns nicht mehr funktionieren kann. Es sind zu viele Tränen vergossen worden. Es wurde zu viel gelitten, als dass ich ein weiteres Mal zulassen könnte, mich von ihm in seinen Bann ziehen zu lassen.

Dass ich mich vorhin von ihm halten ließ, verbuche ich als schwachen Moment und schiebe den unbändigen Wunsch, mich wieder in seine Arme zu werfen, von mir. Es war ein trügerischer Augenblick, und ich hätte es im Grunde nicht zulassen dürfen. Wenn ich nur daran denke, wie es war, als er mich Kleines nannte, drohe ich schon, zusammenzubrechen …

Um mich davon abzulenken, wie leicht es vielleicht sein könnte, mein Leben in New York aufzugeben und einfach hierzubleiben – denn ich kann an jedem von Coles Blicken erkennen, dass sich an seinen Gefühlen zu mir nichts geändert hat –, stelle ich ihm Fragen zu dem Leben, das er sich aufgebaut hat.

»Laufen sie nicht weg? Ich meine … Das sind doch fast noch Kinder. Wie schaffst du es, dass sie freiwillig hierbleiben?«, will ich wissen, als Cole sich wieder setzt und Buster sich wie damals auf meinen Schoß gelegt hat und nun leise schnarchend schläft.

Cole sieht mich geradeheraus an und beweist damit, wie richtig ich mit meiner Vermutung liege.

»Du hast es beim ersten Mal auch nicht geschafft, wegzulaufen«, sagt er mit leiser Stimme und lässt damit die Bilder der Nacht vor meinem geistigen Auge auftauchen, in der ich mich davongeschlichen habe. An den Moment, in dem er mich gefunden und an sich gedrückt hat, als wäre er wahnsinnig gewesen vor Sorge.

Ich schaffe es gerade so, meinen Gesichtsausdruck unter Kontrolle zu behalten, doch bevor ich etwas darauf erwidern kann, spricht er glücklicherweise weiter und erspart es mir damit, ihm zu sagen, dass er aufhören muss, solche Bemerkungen zu machen.

»Sie … mögen mich. Seltsamerweise.« Er schüttelt dabei leicht den Kopf, als würde ihn diese Tatsache wundern. Als würde er noch immer denken, dass es so abwegig ist, ihn könne jemand gernhaben. Doch der Augenblick ist so schnell vorbei, dass ich nicht sicher bin, ob es noch immer der alte Selbsthass ist, der sich da kurz an die Oberfläche gekämpft hat.

»Außerdem ist es hier besser als im Knast, was ich ihnen auch schnell klarmache. Also bleiben sie.«

Er zuckt mit den Schultern, und wenn ich daran denke, wie er mit den Jugendlichen umgegangen ist, verstehe ich, was er meint. Sie sehen zu ihm auf, respektieren ihn und scheinen sich hier wohlzufühlen, und ich kann nicht verhindern, dass mich das stolz macht.

Auch wenn ich es niemals erwartet hätte, scheint das, was Cole hier erschaffen hat, genau das Richtige für ihn zu sein, und für einen kurzen Augenblick bereue ich es fast, dass ich mich nie nach ihm erkundigt habe.

»Was machst du, wenn du mal wegmusst? Zum Tierarzt, einkaufen, was auch immer«, frage ich weiter.

»Ich nehme sie mit. Was soll ich sonst machen? Ich darf sie nicht allein lassen«, erklärt Cole, worauf ich auch selbst hätte kommen können. Es erklärt zudem, wieso die zwei Vans unten vor dem Lagerhaus stehen.

»Irgendeins der Kids hat immer einen Führerschein, also fahren wir mit zwei Autos.«

»Und du hast –«

»Nein, ich habe keine Angst davor, dass sie abhauen. Erstens packe ich immer ein paar der Vernünftigsten in das andere Auto, und zweitens habe ich beide Wagen mit einer Fernzündung ausgestattet, mit der ich den Motor killen und die Türen verriegeln kann, falls sie doch mal Dummheiten machen sollten.«

Ich verenge meine Augen und sehe ihn zweifelnd an. »Eine Fernzündung? Du verarschst mich doch.«

Es dauert einige Sekunden, doch dann kann Cole sich nicht mehr zurückhalten.

»Ein bisschen vielleicht«, gesteht er, während der Nachklang seines Lachens mir eine Gänsehaut beschert.

»Sie tragen alle Fußfesseln. Etwas lästig, aber es hält sie davon ab, auf blöde Gedanken zu kommen.« Er steht auf und geht zur Küchenzeile, um die Kaffeemaschine einzuschalten. »Willst du auch einen?«

Ich schüttele den Kopf, weil es mir eindeutig zu spät für Koffein ist. Da mir jedoch nicht entgangen ist, wie erschöpft Cole aussieht, gehe ich nicht weiter darauf ein. Zudem sollte ich mir viel eher Gedanken darüber machen, dass es Zeit ist, aufzubrechen. Wenn man bedenkt, dass ich nie wieder herkommen wollte, bin ich schon viel zu lange hier, und ich will keinesfalls, dass er sich falsche Hoffnungen macht.

»Ich denke, ich sollte jetzt wirklich fahren«, sage ich erneut und nicht zuletzt, um mich selbst dazu zu bewegen, endlich von hier zu verschwinden und am besten niemals wiederzukommen.

»Du hast getrunken.«

Ich schiebe Buster vorsichtig von mir und stehe auf. »Ich bin nüchtern genug, um zu fahren.«

Als ich zu ihm blicke, lehnt er in der mir so vertrauten Haltung mit dem Gesäß an der Küchenzeile und hat die Hände links und rechts von sich auf der Arbeitsplatte abgestützt, so dass die Muskeln und Sehnen an seinen tätowierten Armen hervortreten.

Himmel … Cole sieht noch immer so verflucht gut aus … Er ist die pure Männlichkeit, und gepaart mit dem Wissen über die guten Seiten, die durchaus in ihm schlummern, ist er für mich einfach perfekt.

Er ist all das, was ich mir wünsche, und dennoch kann ich nicht zu ihm zurück, weil ich es nicht ertrage, wenn er mir noch mal das Herz bricht.

Ganz egal, wie sehr ich dem Bild, das ich mir heute von ihm gemacht habe, glauben schenken möchte, ich kann es nicht.

»Es hat sich nichts verändert. Ich treffe meine Entscheidungen jetzt allein«, sage ich daher, um zu unterstreichen, dass wir getrennt sind und er kein Mitspracherecht mehr hat. Denn das hat er vor langer Zeit verloren, und alles in mir sträubt sich dagegen, es ihm wieder einzuräumen.

»Es hat sich *alles* geändert, Kleines.«

Seine sturmgrauen Augen sind unverwandt auf mich gerichtet und drohen, mich zu verbrennen, wenn ich den Blick nicht abwende.

Es war falsch, herzukommen, also drehe ich mich um und gehe auf den Treppenabsatz zu, ohne etwas darauf zu erwidern, doch plötzlich erscheint Cole vor mir, wodurch ich dazu gezwungen bin, stehenzubleiben.

»Menschen verändern sich«, gibt er zu bedenken, während er mir den Weg versperrt, ohne mir jedoch zu nah zu kommen. Dennoch spüre ich die Wärme seines Körpers auf meiner Haut und werde von seinem Duft betäubt.

»Ach ja? Tun sie das?«, frage ich in abfälligem Tonfall, wobei ich nicht vor ihm zurückweiche, auch wenn die Hitzewellen, die von ihm ausgehen, mich beinah zu Asche verbennen.

»Offensichtlich. Schau uns doch an.«

Seine Stimme ist ernst, doch weil ich es nicht länger ertrage, ihm so nah zu sein, wende ich mich ab und entferne mich ein paar Schritte von ihm, wobei ich mir mit einer Hand durch die Haare fahre.

Dass er mich immer noch so aus der Fassung bringen kann – immer noch eine solche Wirkung auf mich hat –, lässt Verzweiflung in mir aufsteigen.

Als ich genug Abstand zwischen uns gebracht habe, bleibe ich stehen, drehe mich aber nicht zu ihm um, da ich mir selbst nicht traue, wenn ich ihn weiterhin ansehe. Stattdessen lege ich einen eisigen Unterton in meine Stimme, als ich die nächsten Worte ausspreche.

»Ich habe mich nicht verändert. Ich habe lediglich herausgefunden, wer ich überhaupt bin.«

»Bullshit.«

Der Klang seiner Schritte lässt mich erschaudern. Ich schließe die Augen, als ich erneut seine Körperwärme spüre, die nun auf meinen Rücken trifft, weil er mir gefolgt ist.

Alles in mir schreit *Lauf!*, aber ich bin wie ein verdammter Baum, der Wurzeln geschlagen hat. Ich kann mich nicht rühren, und so jagt ein Schauder den nächsten, als Coles Atem bei seinem nächsten Satz meinen Nacken streift.

»Die Sophie, die vor mir steht, ist nicht die, in die ich mich verliebt habe.«

Seine Worte treffen mich unerwartet hart, doch sie machen vor allem deutlich, dass das Drumherumschiffen hiermit beendet ist. Aber was habe ich auch erwartet? Dachte ich wirklich, Cole würde einfach darüber hinwegsehen, dass ich ihn verlassen habe und wir kein Wort miteinander gesprochen haben, seit ich gegangen bin?

Dass ich tatsächlich geglaubt habe, ich könnte hier reinmarschieren und er würde so tun, als wäre nichts gewesen, war eine Farce. Wenn wir eines nicht sind, dann nur zwei alte Bekannte, die sich eine Weile aus den Augen verloren haben. Die Wahrheit ist: Wir wären füreinander durchs Feuer gegangen; bis einer von uns beschloss, dass das nicht mehr reicht, und er dem anderen damit das Herz brach.

»Dann solltest du dich erst recht fragen, was du dir hiervon erhoffst«, merke ich leise an. »Denn was auch immer es ist, es wird nicht funktionieren. Du kannst nicht ernsthaft glauben, dass das zwischen uns eine Chance hat. Mag sein, dass du dich verändert hast, aber wir beide …«

Die Hitze an meinem Rücken nimmt weiter zu, und ich verschlucke mich an meinen Worten.

»Warst du nicht diejenige, die mal sagte, es sei nie zu spät, sich zu ändern?«

Er flüstert beinah, doch jedes seiner Worte fühlt sich wie ein Peitschenhieb in meinem Nacken an, so nah ist er. Jedes Mal, wenn wir Luft holen, berührt der Stoff meiner Bluse seine Brust und schickt weitere Hitzewellen durch meinen Körper, die mir den Verstand rauben, wie nur Cole es kann.

»Denkst du nicht, das gilt auch für das, was zwischen zwei Menschen ist? Für eine Beziehung, die mal zum Scheitern verurteilt war?«

Ich will hier weg. Ich will einen Schritt nach vorne tun und laufen. Ich will raus aus diesem Haus und weg von ihm, und ich will mich an ihn lehnen und seine Hitze die Kälte vertreiben lassen, die sich in meinem Herzen festgesetzt hat. Ich will all das und noch viel mehr, aber ich weiß, dass ich zumindest von Cole nichts mehr bekommen kann. Denn als ich das letzte Mal alles wollte, hat er es mir genommen. Und der Schmerz, den meine Trennung und das, was danach geschehen ist, in mir hinterlassen haben, ist so unerträglich …

»Ich weiß nicht, worauf du hinauswillst, aber das, was zwischen uns war, ist schon vor langer Zeit gestorben. Es gibt also nichts mehr, das sich verändern könnte.«

Mit noch immer geschlossenen Augen ringe ich nach Atem, weil es mich solche Anstrengung kostet, ihm gegenüber souverän und unnahbar zu bleiben, obwohl alles in mir seinen Namen schreit und jede meiner Zellen sich an ihn schmiegen will.

»Das sehe ich anders«, erklärt Cole beinah lautlos, und als er mit seinen Fingerspitzen kaum spürbar meinen rechten Arm entlangfährt, kann ich das Zittern meines verräterischen Körpers nicht unterdrücken.

»Dein Mund sagt das eine, aber dein Körper spricht eine andere Sprache«, flüstert er mir ins Ohr und treibt mich damit in den Wahnsinn.

Ich wirbele herum und blicke ihm geradewegs in die sturmgrauen Augen, die mich mit einer solchen Intensität gefangen nehmen, dass ich nach Jahren wieder weiß, wie es ist, in flüssigem Silber zu ertrinken.

»Das ist doch Unsinn.«

Ich wollte es laut sagen, doch es ist nur ein kaum hörbares Hauchen, das meinen Mund verlässt, weil Cole sich mir entgegenreckt.

Ich merke erst, dass ich mich nach hinten bewegt habe, als ich plötzlich das kalte, unnachgiebige Metall der

Armeeschränke im Rücken spüre. Das leise Scheppern ist wie das Zuschnappen einer Falle, und ich stelle fest, dass Cole mich in die Ecke gedrängt hat.

Wie damals stehe ich schwer atmend da, während er seine Hände links und rechts neben meinem Kopf an den Schränken abstützt und sein Blick mich gefangen hält, nur dass er dieses Mal völlig klar und ruhig ist. Und wie damals rast mein Herz und sagt mir, dass es nirgendwo anders sein will als genau hier, mit seinem Körper an meinem, unfähig, davonzulaufen, selbst wenn ich es wollte.

»Ist es das?«

Seit Atem streift meine Haut, warm und vertraut, und ich rieche sogar den Bourbon, das Blut und den Schweiß, obwohl nichts davon real ist. Cole ist nüchtern, unverletzt und völlig entspannt. Er ist sich seiner Sache so sicher, während ich mit einem Mal gar nichts mehr weiß. Ich weiß nicht, wieso ich hergekommen bin. Wieso ich gegangen bin. Wieso wir –

Seine Hand löst sich vom Metall, streicht über meine Schulter nach unten und legt sich an die Seite meines Brustkorbs. »Dein Atem sagt etwas anderes«, stellt er leise fest. »Und dein Herz auch.«

»Sie lügen.«

Coles Lippen verziehen sich zu einem leichten Lächeln, und sein Blick wandert zwischen meinen Augen und meinem Mund hin und her. Die Narbe an seinem Jochbein schimmert im schwachen Licht der Laterne, das ich insgeheim so vermisst habe, ansonsten sieht er fast genauso aus wie damals.

Es wäre leicht, die letzten Zentimeter zu überbrücken und

zumindest für einen Moment so zu tun, als wäre alles gut …

»Du warst schon immer eine beschissene Lügnerin«, murmelt er und drängt sich zwar vorsichtig, aber dennoch unaufhaltsam gegen mich.

Mein gesamter Körper bebt, während ich die Handflächen gegen das kalte Metall presse und ihm in Gedanken recht geben muss. Ich bin tatsächlich eine Lügnerin und ich war nie besonders gut darin.

Nur mich selbst belügen – das kann ich ziemlich gut. Anders hätte ich es nicht all die Jahre geschafft, mir einzureden, dass ich über Cole hinwegkomme. Dass ich ihn irgendwann vergessen oder er zumindest zu einer verschwommenen Erinnerung verblassen würde. Dass ich nur lange genug warten müsste, bis die Narben verheilt wären und ich jemand neues kennenlernen könnte.

Doch nichts davon ist wahr.

Ich bin nicht über ihn hinweg und werde es vermutlich auch nie sein. Ich kann ihn nicht vergessen. Die Narben werden nie gänzlich verheilen und erst recht wird niemals ein anderer seinen Platz einnehmen können. Es war schon immer Cole, und so sehr ich diesen Umstand auch verfluche: Er wird es immer bleiben, egal wie sehr ich mich selbst vom Gegenteil überzeugen will.

Ich weiß nicht, ob es nur Sekunden oder Stunden sind, in denen wir uns wortlos ansehen, bevor sein leises Raunen durch mich hindurchvibriert. »Ich sollte das nicht tun.«

»Dann tu's nicht.«

Cole schüttelt den Kopf und legt seine Hand an meine Wange, womit er jeden meiner Gedanken zu Staub zerfallen lässt. »Zu spät.«

COLE

Keine. Sekunde. Länger.

Keine gottverdammte Sekunde länger hätte ich es ausgehalten, sie nicht zu küssen, und so prallen meine Lippen auf ihre, ohne dass sie oder ich etwas dagegen tun könnten.

Fuck. Sie schmeckt noch immer wie meine Sophie. Ihre Lippen sind noch genauso weich wie damals. Das leise Stöhnen, das ihr entweicht, hat die gleiche Macht, die es schon immer über mich hatte. Ihr Körper passt noch genau an meinen, und sie schmiegt sich an mich, als sie den Kuss erwidert, in dem alles liegt, was zwischen uns passiert ist.

Wut, Glück, Verzweiflung, Leidenschaft, Trauer, Liebe.

All das schmecke ich, als ich mit meiner Zunge in ihren Mund eindringe und sie sich mit den Händen an mir festhält.

Wir sind noch immer zwei Gegensätze, die sich anziehen und nicht ohneeinander können, und die Art, wie Sophie sich gegen mich presst, straft ihre Worte nur noch mehr Lügen. Sie will das hier genauso sehr wie ich, obwohl ich verstehe, dass sie nicht an ein Wir glauben kann, weil sie Angst hat.

Doch ich habe keine mehr.

Ich habe bereits zu oft und zu viel verloren, um noch Angst zu haben, also küsse ich sie hart und ungestüm und mit dem Wunsch, dass ich sie damit für immer bei mir halten kann. Dass ich sie nie mehr loslassen muss und wir alles, was war, vergessen können, um einfach da weiterzumachen, wo wir einst waren. Um wieder Sophie und Cole zu sein, die sich entgegen allem, was gut und richtig war, gefunden und gegenseitig gerettet haben.

Sophie erwidert den Kuss mit der gleichen Verzweiflung, die auch ich in mir spüre, weil von ihm so viel abhängt. Dieser Kuss stellt die Weichen für unsere Zukunft – das spürt sie genauso wie ich, und vielleicht ist das der Grund dafür, dass sie ihn plötzlich unterbricht, mich von sich stößt und mir eine Ohrfeige verpasst, die sich gewaschen hat.

Ohne ein weiteres Wort stürmt sie an mir vorbei, und nur die Tatsache, dass sie den Kuss erwidert hat und ich genau weiß, dass ihre Wut jede Trunkenheit vertreibt, hält mich davon ab, ihr zu folgen und sie aufzuhalten. Weil ich weiß, dass da noch etwas zwischen uns ist, so sehr sie es auch leugnet.

Stattdessen bleibe ich stehen und reibe mir mit der Handfläche über die Wange, die nach der – zugegeben verdienten – Ohrfeige brennt, während ich die Stahltür ins Schloss fallen höre.

Als ich mich umdrehe, sieht Buster mich vorwurfsvoll an.

»Ach komm schon!«, sage ich laut, als wäre es das Normalste der Welt, sich mit einem Hund zu unterhalten.

»Du hast sie auch vermisst. Ich sorge nur dafür, dass sie endlich wieder nach Hause kommt, also schau mich nicht so an.«

Mit diesen Worten gehe ich an ihm vorbei und schalte erneut die Kaffeemaschine an, die sich während unseres Kusses in den Standby-Modus verabschiedet hat. Dann räume ich den Bourbon weg, mache mir einen Espresso und verbringe den Rest der Nacht damit, mich an Sophies Lippen an meinen zu erinnern und darüber nachzudenken, was ich tun muss, damit sie mit diesen beschissenen Lügen aufhört, die sie sich selbst einzureden versucht.

Denn nichts anderes war es, was sie von sich gegeben hat. Da ist nichts mehr zwischen uns? Dass ich nicht lache! Es ist alles noch da, und ich werde nicht zulassen, dass sie das weiterhin leugnet. Dabei ist es mir egal, ob sie mich verfluchen, zum Teufel jagen oder von mir aus wieder schlagen wird. Wenn sie das braucht – bitte. Aber ich werde sie nicht mehr fortgehen lassen. Diesen Fehler habe ich zweimal begangen. Ein drittes Mal wird er mir nicht unterlaufen, dafür werde ich sorgen.

***

»Bist du völlig hirnverbrannt? Was zum Teufel hast du dir dabei gedacht? Habe ich dir nicht gesagt, du sollst dich von ihr fernhalten? Geht es nicht in dein Spatzenhirn, dass das mit euch vorbei ist?«

»Dir auch einen guten Morgen«, erwidere ich ruhig, obwohl Jules sich mit ihrer Begrüßung ein klein wenig im Ton vergriffen hat. Meine Laune wird sie damit nicht trüben können, und das soll sie ruhig spüren.

»*Was stimmt nicht mit dir?*«

Sie schreit so laut, dass ich das Handy von meinem Ohr weghalten muss, um mein Trommelfell zu schützen.

»Sie hat es dir also schon gesagt«, stelle ich beinah gelangweilt fest, weil ich mir sowas schon dachte.

Jules ist noch immer Sophies beste Freundin, also war es klar, dass sie ihr vom gestrigen Abend erzählen würde. Wieso Jules jedoch so tut, als wäre *ich* hier der Böse, ist mir ein Rätsel.

Ja, mag sein, dass ich etwas zu offensiv war. Und ja, Sophie so in die Ecke zu drängen war womöglich ein bisschen zu viel. Aber sie ist eine erwachsene Frau, die sich durchaus zu wehren weiß und zu nichts gezwungen wurde, daher kann ich Jules' Aufstand nicht so ernst nehmen, wie sie es sich vielleicht wünscht.

»Was fällt dir ein, sie so zu überfallen, du Hornochse?«

»*Sie* war diejenige, die hier plötzlich aufgetaucht ist.« Ich habe womöglich den Brand gelegt, aber Sophie hat eindeutig das Öl vergossen, als sie plötzlich in mein Lagerhaus kam. »Ich habe sie weder angerufen noch bin ich zu ihr gefahren oder sonst irgendwas. Ich habe mich brav an eure Anweisungen gehalten und sie nicht kontaktiert. Was kann ich dafür, dass sie mich unbedingt sehen wollte?«

Jules gibt ein frustriertes Geräusch von sich, das eine Mischung aus Schnauben, Quieken und Brüllen ist. »Du bist echt unmöglich, Cole! Sei froh, dass ich in Chicago bin, sonst würde ich dich eigenhändig windelweich prügeln!«

Mit einem Grinsen auf den Lippen gehe ich ans Fenster

und schaue den Kids dabei zu, wie sie mit den Hunden ihre Runden drehen und die Ausläufe saubermachen. »Keine Sorge. Das hat Sophie schon erledigt«, erwidere ich leichthin.

»Hä?«

»Sie hat mich geschlagen. Fest, um ehrlich zu sein. Ich spüre meine Scheißbacke immer noch nicht richtig.«

Okay. Letzteres ist ein Lüge. Dennoch war Sophies Ohrfeige tatsächlich recht eindrucksvoll, auch wenn ich mir nichts daraus mache, da ich schon weitaus mehr eingesteckt und sie – wie bereits erwähnt – auch verdient habe.

»Hat sie?«, will Jules ungläubig wissen, woraufhin ich lachen muss.

»Allerdings. Aber erst, nachdem sie meinen Namen gestöhnt und sich an mich gepresst hat.«

Jules gibt ein Würgegeräusch von sich. »Würdest du *bitte* nicht vom Thema ablenken und mich mit deinen widerlichen Fantasien verschonen?«

»Es ist keine Fantasie«, stelle ich trocken fest. »Frag sie. Und tu nicht so, als hättest du nicht wenige Meter von mir entfernt –«

»Wage es nicht, mich daran zu erinnern!«, fällt sie mir ins Wort, wobei sie zugleich wütend und peinlich berührt scheint, was bei Jules wirklich eine Seltenheit ist. Es gibt nicht viel, was ihr unangenehm ist, aber bei dieser einen Geschichte ist sie bis heute empfindlich.

»Was auch immer«, fährt sie fort. »Du bleibst gefälligst, wo du bist. Und sollte sie – was ich bezweifle – wieder zu dir fahren, behältst du sämtliche Körperteile bei dir, hast du verstanden? Ich habe nicht den Nerv, um mich mit euch beiden herumzuärgern, nur weil –«

»Sophie sich selbst verarscht?«, unterbreche ich sie, wobei auch meine Stimme nun ernst und etwas lauter ist. »Denn das tut sie. Und das wissen wir alle. Oder kaufst du ihr wirklich ab, dass sie nichts mehr für mich empfindet? Falls ja, bist du eine beschissene Freundin. Ich habe diese Lüge bereits nach zwei Stunden aufgedeckt. Also tu mir einen Gefallen, Jules: Wenn du mir nicht hilfst, solltest du dich raushalten. Und da ihr ja so dicke miteinander seid, kannst du das auch gleich deinem Komplizen Theo stecken.«

Nach diesen Worten lege ich auf, ohne ihre Antwort abzuwarten, weil ich es leid bin, mir immer wieder von ihr die Leviten lesen zu lassen.

Ja, ich habe weiß Gott mehr Scheiße gebaut als die drei zusammen, aber das ändert nichts an der Tatsache, dass nicht ich derjenige war, der das zwischen Sophie und mir beendet hat. Ich mag daran schuld sein, aber letztendlich war sie es, die gegangen ist. Ebenso wie es Sophie war, die gestern zu mir kam, ohne dass ich irgendetwas dafür getan habe. *Sie* kam *zu mir*, nicht umgekehrt. Und wie wir alle muss auch sie mit den Konsequenzen leben, die ihr Verhalten mit sich bringen, ob es ihr passt oder nicht.

»C?«

Ich wende mich vom Fenster ab und mache mich auf den Weg nach unten, wo Sarah am Treppenabsatz auf mich wartet.

»Wir müssen einkaufen«, erklärt sie ohne Umschweife, was jedoch ein Fortschritt ist, da sie zu Beginn ihres Aufenthalts hier entweder gar nicht mit mir geredet hat oder einen Ton auflegte, der mir in meinen schlimmsten Zeiten glich und somit absolut inakzeptabel war.

»Okay. Dann trommle die anderen zusammen«, sage ich und mache mich daran, die Hunde reinzurufen und die Türen zu schließen, da ein Einkauf mit neun Jugendlichen immer eine gefühlte Ewigkeit dauert.

Ich hoffe nur, dass Sophie nicht während meiner Abwesenheit auf die Idee kommt, mich erneut zu besuchen, aber da es noch recht früh am Morgen ist und sie wirklich angepisst zu sein schien, gehe ich davon aus, dass noch etwas Zeit vergehen wird, bis sich ihre Wut legt. Und wenn ich eines in den letzten Jahren geworden bin, dann geduldig.

Zumindest halbwegs; denn sollte sie binnen der nächsten achtundvierzig Stunden nicht wieder hier auftauchen, werde ich sie holen gehen.

Nachdem alles verriegelt und sicher ist, scheuche ich die Kids in die Autos, wobei ich Alisha den Schlüssel für den zweiten Van überlasse. Sie sieht mich aus riesigen Augen an, aber da ich ihrer Akte entnommen habe, dass sie einen Führerschein besitzt, spare ich mir die Frage, ob sie fahren kann, und steige in den ersten Wagen.

Sie scheint sich schnell zu fangen, denn wenige Sekunden später folgt sie mir im zweiten Van, als ich wende und den Weg zum Walmart ansteuere. Ja, derselbe Walmart, in dem wir damals mit Sophie einkaufen waren. Und ja, es ist jedes Mal eine Tortur, in diesen Laden zu gehen, weil ich mich dabei immer an ihre unschuldige Unwissenheit erinnere.

Doch heute wird es mir ein Fest sein, das Geschäft zu

betreten, da ich weiß, dass nun die Chance besteht, bald wieder mit Sophie hinzufahren. Sie mag klein sein, aber sie reicht mir. Ich nehme alles, was ich kriegen kann, und werde es für mich nutzen, um zu bekommen, was ich will.

SOPHIE

Die Liste meiner Dummheiten hat einen so dicken, fetten weiteren Punkt erhalten, dass *ich* eigentlich diejenige bin, die eine Ohrfeige verdient hätte.

Ich bin zu seinem Lagerhaus gefahren.

Ich habe das Lagerhaus betreten, obwohl ich unbemerkt wieder hätte verschwinden können.

Ich habe mit ihm gesprochen.

Ich habe mit ihm eine verdammte Cola getrunken *und* zu Abend gegessen, als hätten wir ein Date.

Und dann habe ich dämliche Kuh mich dazu überreden lassen, zu bleiben, um von dem Bourbon zu trinken, den ich ihm geschenkt habe, und mich anschließend stöhnend an ihm festzukrallen, obwohl er derjenige war, der mich mit diesem Kuss so unglaublich dreist überfallen hat.

Das beinah Schlimmste an all dem ist jedoch, dass ich zu jeder Zeit hätte gehen können. Es war meine Entscheidung, zu bleiben, genauso wie es meine Entscheidung war, diesen Kuss zuzulassen. Denn auch wenn Cole mir körperlich überlegen ist, würde er niemals etwas tun, das ich nicht möchte. Das Dumme ist nur, dass dieser Mistkerl genau wusste, was ich unterbewusst wollte. Und das hat er schamlos ausgenutzt, weswegen er die Ohrfeige, die ich ihm im Affekt verpasst habe, mehr als verdient hat.

Meine Wut ist riesig, aber leider nicht so rasend, dass sie die Gedanken an den Kuss vertreiben könnte. Diesen gottverdammten Kuss, der welterschütternd war.

Coles Lippen nach Jahren auf meinen zu spüren, war, als würde man mich von innen heraus verbrennen. Es hat mich alles vergessen lassen, was zwischen uns und vor allem in mir zerbrochen ist. Es hat mich daran erinnert, wie sehr ich ihn liebe und dass er mehr Macht über mich hat, als ein Mensch über einen anderen jemals haben sollte. Es hat mir mit einem Mal den Boden unter den Füßen weggerissen, obwohl ich wirklich dachte, dass ich genau weiß, wo ich stehe.

Ich habe ein Leben in New York. Ich habe dort meinen Schulabschluss in einem besonderen Programm gemacht und studiere im dritten Semester, wenn auch noch ohne richtigen Schwerpunkt. Ich habe eine Wohnung, einen Job, ein paar Freunde. Ich habe mich in diese Stadt verliebt und mich in ihr gefunden.

Und dann kommt Cole und zerstört all das mit einem einzigen Kuss.

Plötzlich weiß ich nicht mehr, wer ich bin, was ich will und wo ich hingehöre.

Bin ich noch Sophie Reed, die junge Frau aus dem Nirgendwo, die in der Großstadt studiert, um sich dort etwas aufzubauen, von dem sie selbst nicht genau weiß, was das eigentlich ist?

Oder bin ich Sophie, Coles Kleines, die noch immer dorthin gehört, wo sie gestern Abend war: in seine Arme?

Beides sein zu können, ist ein Gedanke, den ich verdränge, da es zu absurd und auch schlicht unmöglich ist.

War es ein Fehler, zu ihm zu gehen, oder war der wahre Fehler mein Verschwinden?

Ich weiß gar nichts mehr, und das macht mich wahnsinnig.

»… daher denke ich, dass wir den Verkaufspreis nicht zu hoch ansetzen sollten. Ich kann dir nicht mal sagen, ob wir überhaupt einen Käufer finden.«

Mein Kopf landet mit einem dumpfen Poltern auf der Tischplatte vor mir.

»Sophie? Ist alles in Ordnung?«

Theos Stimme dringt wie durch dichten Nebel an mein Ohr. Ich habe keine Ahnung, was er in den letzten fünfzehn Minuten gesagt hat, weil ich dank Cole und seinen verfluchten Lippen völlig fertig bin.

»Nein«, murmle ich gegen die Tischplatte und fühle mich dabei wie ein Kind.

»Brauchst du eine Pause?«, fragt er vorsichtig. »Wir müssen das nicht jetzt besprechen. Es hat Zeit. Erst recht nach dem, was gestern passiert ist.«

»Du hast ja keine Ahnung.«

»Wie bitte?«

Ich seufze. »Wir haben uns geküsst.«

Die Stille, die sich daraufhin um uns legt, hält nicht lange an, aber sie ist dennoch so schwer, dass ich den Kopf einfach auf dem kühlen Holz liegen lasse, weil ich Theos

Gesichtsausdruck nicht sehen möchte.

Irgendwann räuspert er sich hörbar, bevor er endlich etwas sagt. »Also … Ich weiß nicht, ob ich dafür der richtige Ansprechpartner bin.«

»Jules weiß es schon. Sie war *begeistert*.«

Aus den letzten Worten trieft der Sarkasmus, und als ich den Kopf doch hebe und Theo anschaue, wirkt er gleichermaßen besorgt wie verunsichert.

»Tut mir leid«, lenke ich schnell ein.

»Nein, nein. Schon okay«, antwortet er, bevor er die Unterlagen, die er wegen des Verkaufs des Hauses mitgebracht hat, zusammensucht und zurück in die Mappe packt, um sie anschließend zur Seite zu schieben, die Hände auf dem Tisch ineinanderzulegen und mich anzusehen. »Also ist er hergekommen?«, will Theo wissen, wobei er beinah verärgert klingt.

»Schlimmer.« Ich stehe auf, um mir einen Instantkaffee zu machen; eine Kaffeemaschine gibt es hier schließlich nicht. »Ich bin zu ihm gefahren.«

»Oh …«

»Ja. *Oh*. Keine Ahnung, was mich da geritten hat, aber ich bin zu ihm gefahren. Nach der Beerdigung. Einfach so. Ich weiß selbst, dass es absolut bescheuert war und –«

»Sophie.«

Theo steht neben mir und nimmt mir den Löffel ab, weil er gemerkt haben muss, dass ich einfach immer mehr Instantkaffee in die Tasse gegeben habe.

Seufzend drehe ich mich um und lehne mich gegen die alten Schränke, während er das Wasser aufsetzt.

»Hat Cole … Ähm …«

Es ist beinah lustig, wie der sonst so toughe Anwalt mit den Worten kämpft, da ihm das Thema offenbar unangenehm ist. Daher bin ich ihm umso dankbarer dafür, dass er sich meiner dennoch annimmt.

»Hat er dich geküsst oder du ihn?«

Ich erspare es ihm, ihn anzusehen. »Er mich. Ich ihn. Wir uns. Macht das denn einen Unterschied?«, will ich erschöpft wissen. »Wir haben uns geküsst. Und das ist eine Katastrophe. Ich will ihn nicht mehr, Theo. Ich bin fertig mit ihm.«

Nun sehe ich ihn doch an, aber meine Sicht wird von Tränen getrübt, die sich unerwartet ihren Weg nach draußen erkämpfen.

»Ich will ihn doch einfach nur vergessen«, flüstere ich, woraufhin Theos Miene so traurig wird, dass es mir beinah im Herzen wehtut, ihn anzusehen.

»Komm her«, sagt er sanft.

Ich gehe zu ihm, wo er mich in den Arm nimmt, an sich drückt und mir tröstend über den Rücken streicht, während ich sein hundert Dollar Hemd mit meinen Tränen ruiniere.

»Wieso kann ich ihn nicht vergessen?«, bringe ich undeutlich hervor und spüre, wie er daraufhin den Kopf schüttelt.

»Du willst die Antwort darauf nicht hören, glaube ich.«

Seine Stimme klingt nun genauso bedrückt, wie ich mich fühle, und so bekomme ich zu all dem Leid, das Cole erneut ausgelöst hat, auch noch ein schlechtes Gewissen.

»Tut mir leid«, sage ich schnell und will mich aus Theos Umarmung lösen, doch er hält mich an den Schultern fest und sieht mir ernst in die Augen.

»Entschuldige dich nicht. Für nichts. Du weißt genau, dass ich immer hinter dir stehe.« Er streicht mir die Tränen von den Wangen, bevor er mich wieder an sich zieht.

Minutenlang stehen wir so da, bis er leise fragt: »Du liebst ihn immer noch, habe ich recht?«

»Ich will ihn nicht lieben«, entgegne ich frustriert. Denn leider liegt er mit seiner Vermutung goldrichtig, auch wenn ich das die ganze Zeit vehement abgestritten habe; selbst mir gegenüber.

Ja, ich liebe Cole immer noch. Daran hat sich nie etwas geändert, egal wie sehr ich es mir wünschte. Stattdessen habe ich diese Liebe fest in meinem Herz verschlossen und es dann zu Eis werden lassen, bevor es endgültig brechen konnte. Denn entgegen meiner damaligen Annahme kann selbst das menschliche Herz nicht unendlich viel Schmerz ertragen, ganz egal, wie sehr es noch versucht, zu schlagen.

»Soll ich dir die Wahrheit sagen oder das, was du hören möchtest?«, will Theo mit sanfter Stimme wissen, woraufhin ich mich endgültig von ihm löse, und den inzwischen pfeifenden Kessel vom Herd nehme.

»Weder noch«, entgegne ich und wische mir die letzten Tränen weg.

Theo mustert mich einen Moment, bevor er ein Nicken andeutet und sich setzt. »Möchtest du weitermachen oder sollen wir das vertagen? Es eilt nicht. Du kannst dir alle Zeit der Welt nehmen.«

»Nein«, sage ich energisch. »Das kann ich nicht. Je eher ich wieder von hier verschwinde, desto besser.« Mit diesen Worten gieße ich das heiße Wasser in die Tasse und setze mich an den Tisch. »Ich will so schnell wie möglich hier weg.«

Denn ganz egal, was ich für Cole empfinde: Ich habe mit der Trennung nicht nur ihn verloren, sondern so viel mehr ... Ich kann nicht zurückkommen und so tun, als wäre nichts passiert. Ich bin nicht mehr die Sophie, die zu Cole gehört. Und wenn ich auch nur einen Funken Selbstachtung und Disziplin besitze, werde ich mich von ihm fernhalten und zurück nach New York gehen. Ganz egal, wie groß der Teil von mir ist, der bleiben will.

In der Nacht liege ich erneut wach, da es hier zu dunkel, zu still und zu fremd ist. Und weil diese verdammten sturmgrauen Augen mich wieder heimsuchen, sobald ich meine Lider senke.

Es ist zum Verrücktwerden, aber ich finde auch nichts, womit ich mich ablenken könnte, bis ich müde genug bin, um einzuschlafen. Ich habe die meisten Dinge, die meine Mutter hier hatte, bereits aussortiert; nur ihre persönlichen Sachen aus ihrem Schafzimmer und das Notwendigste, das ich brauche, solang ich hier bin, ist noch unangetastet. Aber nachdem ich fast den ganzen Tag damit verbracht habe, mich darum zu kümmern, brauche ich dringend eine Pause.

Morgen wird Theo das Inserat für mich aufgeben, damit ich dieses Haus loswerde, und spätestens nach der Schlüsselübergabe werde ich in den nächsten Flieger steigen und Mississippi endgültig hinter mir lassen. Vielleicht nehme ich sogar Theos Angebot an, den Verkauf des Hauses für mich abzuschließen, damit ich nicht länger bleiben muss. Denn jede Stunde, die ich hier verbringe – in Coles Nähe –, treibt mich näher an den Rand des Wahnsinns.

Ich bin gut damit gefahren, ihn vergessen zu wollen. Ich habe es sogar geschafft, mir selbst einzureden, nichts mehr für ihn zu empfinden, auch wenn ich nun feststellen muss, dass diese Lüge wackeliger ist als der halb zerfallene Schuppen draußen im Garten. Aber ich werde nicht riskieren, erneut von ihm verletzt zu werden. Denn das ist es, was Cole tut. Mit seiner Impulsivität und seinem Talent, sich wie ein Bulldozer zu verhalten, würde er mir wieder das Herz brechen; zumindest vermute ich das. Auch wenn es den Anschein macht, als hätte er sich geändert, traue ich dem nicht. Ich war schon einmal in dem Glauben, dass er sich geändert hätte. Bis er mich vom Gegenteil überzeugt hat.

Nein. Ich kann nicht bleiben. Ich muss erneut von hier fliehen, wie ich es vor sechs Jahren getan habe. Nur dass ich dieses Mal nicht zu Cole, sondern vor ihm davonlaufen werde.

Als ich draußen das Geräusch eines Autos höre, das in der Nähe stehenbleibt, ignoriere ich es erst, aber es verschwindet nicht wieder, und mein Herzschlag beginnt, sich zu beschleunigen.

Er würde es nicht wagen, einfach hier aufzutauchen, oder?

Doch dann erinnere ich mich daran, dass er sagte, er könne die Jugendlichen nicht allein lassen.

Das Motorengeräusch bleibt weiterhin hörbar, und da ich lange genug hier gelebt habe, weiß ich, dass der Wagen an der Kreuzung steht. Die Frage ist nur: Wieso steht er da? Die Ampel ist ausgeschaltet und es ist mitten in der Nacht. Es gibt keinen ersichtlichen Grund dafür, dass jemand dort wartet, also stehe ich irgendwann mit zitternden Knien auf, weil ich befürchte, dass es doch Cole ist.

Mit um den Oberkörper geschlungenen Armen trete ich ans Fenster, wohlwissend, dass man mich von draußen nicht sehen kann, und blicke zur Kreuzung. Als ich sehe, dass dort ein Wagen mit Stufenheck steht, beruhigt mich das ein wenig, da Cole schließlich nur die beiden Vans hat. Kurz darauf setzt sich das Fahrzeug wieder in Bewegung und verschwindet in der Dunkelheit.

Ich schüttele über mich selbst den Kopf und gehe zurück ins Bett. Vermutlich hat sich derjenige einfach nur verfahren und wollte nachsehen, in welche Richtung er muss. Er hat wahrscheinlich nicht einmal bemerkt, dass hier ein Haus steht, und falls doch, hat ihn der Zustand des Gebäudes sicherlich glauben lassen, dass es hier nichts Interessantes gibt.

Nachdem sich das Adrenalin verflüchtigt hat, schaffe ich es glücklicherweise endlich, einzuschlafen, auch wenn es ein unruhiger Schlaf ist, der mir nicht das Vergessen bringt, das ich mir wünsche.

***

Am darauffolgenden Abend stelle ich mich endlich der Kommode meiner Mutter, die bis zuletzt unangetastet blieb. Keine Ahnung, was für Dämonen ich darin vermutet habe, aber zu meiner Erleichterung finde ich darin fast nur Kleidung und ein paar alte Schmuckstücke, die sie nie getragen hat. Lediglich in der untersten Schublade erwartet mich etwas, das ich vorerst zur Seite lege. Es ist ein in Leder gebundenes Buch, das alt und abgegriffen wirkt und mit einem Lederband zugebunden wurde. Da ich das ungute

Gefühl habe, dass es sich dabei weder um die Bibel noch ein Kräuterbuch oder gar einen Roman handelt, überlege ich lange, ob ich es wirklich aufschlagen soll, doch letztendlich siegt meine Neugier.

Auf den leicht vergilbten Seiten erkenne ich sofort die Handschrift meiner Mutter, und meine Befürchtung bewahrheitet sich, als ich die ersten Sätze überfliege.

Ich halte eine Art Tagebuch in der Hand.

Es fühlt sich falsch an, darin zu lesen, doch meine Mutter ist tot, und nachdem mir immer wieder mein eigener Name ins Auge sticht, überwinde ich mich schließlich, setze mich auf ihr Bett und gehe zurück zur ersten Seite, um zu lesen, was sie geschrieben hat.

Die Einträge beginnen kurz nach dem Gerichtstermin, der unser letztes Wiedersehen war, und handeln von ihren Gedanken und Gefühlen. Anfangs sind sie recht knapp und oft wütend. Sie drücken ihren Hass gegen Cole aus. Ihr mangelndes Verständnis dafür, dass ich bei ihm geblieben bin. Die Frage, warum ich überhaupt weglaufen wollte und es letztendlich auch getan habe.

Mit der Zeit verändert sich der negative Tenor und wird zu einer Art Verzweiflung. Sie sorgte sich um meine Gesundheit – die körperliche wie die seelische – und zweifelte in ein paar Einträgen sogar daran, dass ich bei Sinnen war, als ich mich für Cole entschied. Rückblickend war das wohl nicht ganz unbegründet, aber ich verwerfe diesen sarkastischen Gedanken schnell wieder.

Irgendwann werden ihre Worte traurig. Es scheint, als hätte sie viel darüber nachgedacht, was in mir vorgegangen ist, und wäre letztendlich an dem Punkt angelangt, an dem sie sich selbst eingestehen musste, dass ihre Handlungen nicht immer richtig waren. Sie schrieb davon, dass sie mich zwar beschützen wollte, ihre Sorge aber vermutlich genau das Gegenteil bewirkte und mich am Ende dazu brachte, mich von ihr abzuwenden.

Die letzten Einträge sind ungefähr zwei Jahre alt und so voller Reue, dass es mich innerlich zerreißt. Ihr wurde klar, dass sie sich falsch verhalten hat, und mit jedem weiteren Eintrag wird deutlicher, wie sehr sie sich gewünscht hat, mich um Verzeihung bitten zu können. Doch da ich ihr nie eine Kontaktmöglichkeit hinterlassen habe – erst recht nicht, als ich nach New York gegangen bin –, nahm ich ihr damit die Chance, mir das zu sagen.

Der allerletzte Eintrag ist nur wenige Monate alt, besteht lediglich aus zwei Sätzen und ist direkt an mich gerichtet:

Ich wollte nie, dass all das passiert, Sophie. Ich hoffe, du kannst mir verzeihen, denn ich liebe dich mehr als mein eigenes Leben.

Meine Hand wandert an meinen Bauch, weil es so sehr schmerzt, diese Worte zu lesen.

Meine Mutter hat immer nur das Beste für mich gewollt, und nun, da sie tot ist, kann ich ihr nicht mal mehr sagen, dass ich ihr vergebe. Denn wie könnte ich ihre Liebe und den Wunsch, ihr Kind vor dem Leid zu beschützen, das die Welt ihm zufügen will, als etwas Schlechtes ansehen? Wie könnte ich ihr nicht verzeihen, dass es ihr immer nur um meine Sicherheit ging und sie mich vor all dem bewahren wollte, woran ich letztendlich beinah zugrunde gegangen bin? Ja, ihre Mittel waren fragwürdig, aber sie tat es aus Liebe, und die Liebe einer Mutter zu ihrem Kind ist bekanntlich eine der stärksten Mächte, die es auf der Welt gibt.

Ich lege das Tagebuch zur Seite und starre ziellos vor mich hin.

Weil ich fortgegangen bin, hatte sie nie die Möglichkeit dazu, mir all das zu sagen. Stattdessen ließ ich sie mit ihren Gefühlen und der Schuld, die sie letztendlich ins Grab mitgenommen hat, allein.

Diese Erkenntnis lässt mich aufschluchzen, da ich meiner Mutter trotz allem niemals etwas Schlechtes wünschte und mir nun bewusst wird, wie sehr ich diese Worte womöglich von ihr hätte hören müssen. Sie hätten nicht ungeschehen gemacht, was sie getan hat, aber sie hätten unser Verhältnis vielleicht ein wenig kitten können.

Doch nun ist nichts mehr davon möglich, weil ich gegangen bin und meine Mutter gestorben ist.

Ich könnte ihr die Schuld dafür geben, dass es so gekommen ist, aber ich weiß es besser. Sie war nicht diejenige, die abgehauen ist und zweitausend Meilen entfernt ein neues Leben angefangen hat, ohne zurückzublicken. Das war ich. Ich und mein egoistischer Wunsch, allem zu entkommen, was mich hier verletzt hat, in der Hoffnung, den Geistern der Vergangenheit zu entfliehen. Nur um jetzt festzustellen, dass sie einen auf ewig verfolgen, wenn man sich ihnen nicht stellt.

In einem Anflug von Verzweiflung hole ich mein Handy und wähle Theos Nummer. Jules feiert heute den Geburtstag ihrer kleinen Schwester, darum will ich sie nicht stören. Doch auch Theo scheint beschäftigt, und als ich einen kurzen Blick auf die alte Uhr werfe, die über dem Tisch an der Wand hängt, lege ich schnell auf, da ich festellen muss, dass es inzwischen fast ein Uhr in der Nacht ist.

Minutenlang starre ich auf den Zeiger und verfolge ihn; sehe dabei zu, wie er Runde um Runde dreht, bis ich den Blick senke und meine Finger sich verselbstständigen.

Er wird nicht rangehen. Wahrscheinlich ist es nicht mal mehr seine Nummer, da er sich bestimmt irgendwann eine neue zugelegt hat, so wie ich es getan habe.

Gleich wird eine Bandansage mir mitteilen, dass der Teilnehmer nicht –

»Walker.«

Seine Stimme lässt meinen Atem stocken.

Selbst wenn er nicht seinen Namen gesagt hätte – seine Stimme ist für mich unverkennbar. Es ist die einzige auf diesem verfluchten Planeten, die mir eine Gänsehaut beschert.

»Hallo?«

Ich schnappe nach Luft und räuspere mich, weil ich mich dabei fast verschlucke.

»Sophie? Ist alles in Ordnung?«

Ich höre genau, wie er von Verwirrung zu Sorge wechselt, und presse die Lider fest zusammen.

Wieso habe ich ihn nur angerufen?

»Nein.«

Und wieso zum Teufel lege ich nicht einfach auf, verdammt?

»Was ist passiert?«, will er wissen, nachdem er leise

geflucht hat, was einen weiteren Schauder über meinen Körper schickt.

Ich lasse mich auf einen der beiden Stühle fallen, die am Esstisch stehen, bevor ich ihm endlich antworte. »Ich habe das Tagebuch meiner Mutter gefunden. Oder zumindest etwas, das dem gleichkommt.«

Nun ist es Cole, der aufatmet, und ich kann sogar durch den kleinen Lautsprecher hören, dass er erleichtert zu sein scheint.

Er macht sich noch immer Sorgen um mich …

»Hast du es gelesen?«

»Ja. Ich – Warte mal. Habe ich dich nicht geweckt?« Ich schlage mir mit dem Handballen mehrmals gegen die Stirn, weil ich so rücksichtslos war und ihn mit meinem Anruf vermutlich aus dem Schlaf gerissen habe.

Cole lacht leise und mit einer Spur Verbitterung darin, die ich jedoch nicht einordnen kann. »Nein, hast du nicht. Keine Sorge.«

»Okay.«

»Und? Was hat sie geschrieben?«

Ich schüttele den Kopf, weil es absurd ist, dass ich ausgerechnet mit Cole rede. Allein, dass wir telefonieren, ist absurd. Wir haben *nie* telefoniert! Ab und an schrieb er mir Nachrichten, die mich rot werden ließen – manchmal sogar, wenn wir im selben Raum waren –, aber es gab nie einen Grund dazu, den jeweils anderen anzurufen.

»Vergiss es. Ich hätte nicht anrufen sollen«, versuche ich ihn abzuwimmeln. »Bitte entschuldige. Ich lege jetzt auf.«

»Sophie. Warte.«

Und ich tue es.

An mir ist wirklich ein Masochist verlorengegangen …

»Ich kann hier nicht weg, aber … Du kannst jederzeit herkommen. Das weißt du, oder?«

Ich lache bitter auf. »Damit du mich wieder so überfallen kannst?«

»Komm schon«, sagt er beinah sanft. »Das ist jetzt nicht der Zeitpunkt, um darüber zu streiten.«

Was ist nur aus ihm geworden? Seit wann ist er so besonnen? Und seit wann bin ich so wankelmütig, dass ich tatsächlich darüber nachdenke, genau das zu tun, was er mir anbietet?

»Ich verspreche, dich nicht anzurühren«, redet er weiter und klingt dabei aufrichtig. »Also bitte zwing mich nicht dazu, das Gesetz zu brechen, denn das wäre den Kids gegenüber wirklich nicht fair.«

Ich winde mich innerlich, während die zwei Hälften in mir miteinander ringen. Die, die am liebsten sofort aus dem Haus und zum Auto laufen würde, um zu ihm zu fahren, und die, die auflegen und das Handy im Klo versenken will.

»Komm zu mir, Sophie. Bitte.«

COLE

Es ist fast ein Uhr nachts und stockdunkel draußen. Der Wildwechsel ist eine ernstzunehmende Gefahr, die Sophie unterschätzen könnte. Zudem wird jeder, der gerade ebenfalls unterwegs ist, in meinem Kopf zu einem potenziellen Serienkiller, der ihr etwas antun will.

Ich sitze also auf glühenden Kohlen, während ich am Fenster stehend in die Schwärze der Nacht starre und darauf warte, dass mich die Scheinwerfer ihres Mietwagens endlich blenden.

Das Einzige, was mich davon abhält, selbst ins Auto zu steigen und auf die Vorschriften zu scheißen: Der Pick-up ist so massiv und schwer, dass Sophie bei einem etwaigen Zusammenstoß mit einem Wildtier vermutlich nichts passieren würde. Dennoch öffne und schließe ich immer wieder meine rechte Hand, um mich mit dem Schmerz, den das Narbengewebe verursacht, abzulenken. Dabei frage ich mich, ob Sophie weiß, was damals geschehen ist, doch als ein Licht zwischen den Bäumen am Rand des alten

Industriegebietes erscheint und immer heller wird, verwerfe ich den Gedanken und gehe stattdessen nach unten.

Kurz darauf parkt Sophie den Pick-up neben den beiden Vans und steigt aus. Sofort legt sich die unterschwellige Unruhe, die mich seit ihrem Verschwinden vor zwei Tagen beinah verrückt gemacht hat, weil ich nicht wusste, was sie tut oder ob sie wiederkommt.

»Kannst du dein Versprechen halten?« Sie bleibt neben der Fahrertür stehen und wirkt so unnahbar wie bei ihrem ersten Besuch, was mich zwar nicht wundert, aber dennoch trifft.

»Jetzt komm schon rein.«

Sie schüttelt den Kopf, kommt meiner Bitte aber glücklicherweise nach.

»Bourbon?«, frage ich, als wir oben angekommen sind, und sie lacht kurz auf, verneint dann aber.

»Besser nicht. Immerhin war es ein Geschenk.«

Ich verziehe das Gesicht, weil sie es bemerkt hat, lasse es jedoch unkommentiert. »Also? Was steht in dem Buch?«

Sie setzt sich seufzend auf die Couch, wobei sie einen gebührenden Abstand zu mir hält, den ich ihr nicht übel zu nehmen versuche. Ich würde gern meinen Arm ausstrecken und sie an mich ziehen – dorthin, wo sie hingehört –, aber ich beherrsche mich und warte stattdessen geduldig auf ihre Antwort.

»Ihr letzter Wille, wenn man so will.«

»Der da wäre?«

Sophie wendet mir ihr hübsches Gesicht zu, das mit einem Mal so erschöpft aussieht, wie ich mich dank meiner beschissenen Nächte immer fühle, während in ihren

Augen Schuldgefühle zu lesen sind. »Sie wollte mich um Verzeihung bitten.«

Anschließend rezitiert sie die Einträge ihrer Mutter, beschreibt die einzelnen Phasen, die sie durchlebt hat, bis sie an den Punkt gekommen ist, an dem sie offenbar nichts mehr wollte, als von ihrer Tochter Vergebung zu erlangen, die sie jedoch nie bekommen hat.

»Sie ist gestorben, und ich konnte ihr nicht sagen, dass ich ihr verzeihe.«

Dann bricht ihre Stimme, und ich verkrampfe die Finger meiner Hand, um mich davon abzuhalten, sie so zu trösten, wie ich es gern würde.

»Du konntest es nicht wissen«, sage ich stattdessen leise, während Sophie in sich zusammensackt und die Hände vor das Gesicht schlägt.

Als sie zu weinen beginnt, scheiße ich auf meine guten Vorsätze und das Versprechen. Ich rutsche zu ihr rüber und lege meine Arme um ihren Oberkörper, in der Hoffnung, ihr so ein wenig Halt geben zu können.

Sie zögert einen Moment, der sich wie eine Ewigkeit anfühlt, doch dann lehnt sie sich an mich, so dass ich jedes Schluchzen an meiner Brust spüre.

»Was passiert ist, ist nicht deine Schuld«, versuche ich, sie zu beruhigen, und atme ihren neuen, mir so fremden und zugleich doch vertrauten Duft ein. Sie riecht süß und nach Sophie, und ich frage mich, wann sie aufgehört hat, nach Eukalyptus zu duften.

»Sie war allein, Cole. Sie ist einsam und allein gestorben, weil ich in New York war, anstatt bei ihr zu sein«, bringt sie unter Tränen hervor und scheint dabei nicht einmal zu merken, dass sie mir soeben verraten hat, wo sie die letzten Jahre war.

New York. Diese riesige Metropole, in der so unsagbar viele Gefahren lauern … Es kostet mich eine Menge Selbstbeherrschung, um sie nicht an den Schultern zu packen, zu schütteln und zu fragen, was in drei Teufels Namen sie sich dabei gedacht hat, ausgerechnet nach New *fucking* York zu gehen.

»Hey«, sage ich sanft und löse meine Umarmung, damit ich ihr ins Gesicht schauen kann. »Du konntest weder wissen, was in ihr vorging, noch, dass sie im Sterben lag.«

»Aber ich hätte es wissen *sollen*, verstehst du? Ich bin ihre Tochter. Sie ist meine verdammte Mutter gewesen, und ganz egal, was sie getan hat, ich hätte dennoch wissen müssen, wie es ihr geht, und für sie da sein sollen.«

Ihre Augen sind gerötet, als sie mich endlich ansieht, und die Wangen nass von den Tränen, die sie geweint hat.

»Hör auf damit. Was geschehen ist, ist geschehen.«

Mit der rechten Hand streiche ich ihr eine lose Haarsträhne aus dem Gesicht. Viel lieber würde ich die Tränen von ihren Wangen wischen, doch ich wage es nicht. Der Moment ist zu zerbrechlich, als dass ich ihn mit meiner Ungeduld und dem unbändigen Wunsch, Sophie zu berühren, kaputtmachen will.

Sie wendet den Blick ab, doch als ich meine Hand sinken lasse, greift sie plötzlich danach und zieht sie zu sich, während sich ein Runzeln auf ihre Stirn legt.

»Wie ist das passiert?«, will sie kaum hörbar wissen und streicht dabei mit ihren Fingerspitzen über die vielen Narben, die sich in einem Wirrwarr über meine gesamte

Handfläche ziehen und sie aussehen lassen wie die von Frankensteins Monster.

Ich folge ihrem Blick und sauge das seltsame Gefühl, das ihre Berührung auf dem harten Gewebe verursacht, in mich auf. »Frag nicht. Es ist keine schöne Geschichte«, antworte ich leise, weil ich der Meinung bin, dass es für heute mit der Traurigkeit reicht, doch Sophie hebt den Kopf und sieht mich an.

»Erzähl sie mir trotzdem«, fordert sie, wobei ihre Hand in meine sinkt und dort liegenbleibt, als hätte sie vergessen, dass sie mich eigentlich von sich stoßen will.

Mein Gesicht verzieht sich kurz zu einer Grimasse der Wehmut, doch wenn Sophie etwas von mir will, das nicht beinhaltet, dass ich mich von ihr fernhalte, werde ich es ihr ohne Widerworte geben.

»Nachdem du … gegangen bist, bin ich ein kleines bisschen abgerutscht, könnte man sagen.«

Sie gibt ein missbilligendes Schnalzen von sich und hebt eine Augenbraue.

»Ich habe mich in Bourbon ertränkt. Ist es das, was du hören willst?«

Ihre Hand liegt noch immer in meiner, während ihre Gesichtszüge eine Spur weicher werden. »Sag mir einfach, was passiert ist.«

»Was passiert ist …«, wiederhole ich mit bitterem Tonfall.

Sophie nickt, also hole ich tief Luft und erzähle ihr von der Nacht, an die ich kaum noch Erinnerungen habe und die mich beinah mein Leben gekostet hat.

»Okay. Aber sag nicht, ich hätte dich nicht gewarnt.

Es muss ein paar Wochen nach deinem Verschwinden gewesen sein. Niemand hat mir verraten, wo du bist, wie es dir geht oder was du machst. Alles, was Jules und Theo mir gesagt haben, war, dass du weg bist und nicht zurückkommen wirst. Ich hatte dich verloren. Schon wieder.«

Das altbekannte Ziehen in meiner Brust lässt mich innehalten. Doch als Sophie – wohl eher unbewusst, denn es passt nicht zu dem Menschen, der vor mir sitzt – mit ihren Fingern über meine zerstörte Handfläche streicht, wieder und wieder und wieder, konzentriere ich mich auf das, woran ich mich noch erinnern kann.

»Es war recht kalt und nass. Muss also Winter gewesen sein, keine Ahnung. Ich hatte kein Gespür mehr für Zeit oder irgendetwas, was unter anderem am Alkohol gelegen haben könnte. Ich erinnere mich daran, dass ich nur noch eine Flasche Jacky dahatte, also habe ich sie als Wegzehrung mitgenommen und mich ins Auto gesetzt, um Nachschub zu besorgen.«

Sophie holt hörbar Luft, was mich nicht wundert. Sie weiß genau, dass es eine meiner obersten Regeln war, niemals betrunken in ein Auto zu steigen.

»Glaub mir … Ich bin nicht stolz darauf. Allein der Gedanke daran, dass ich jemanden hätte verletzen können …«

Das war absolut keine Glanzleistung, und nein, ich entschuldige sie nicht mit dem Alkohol. Ich war einfach nur ein Wichser, weil ich das Leben anderer in Gefahr gebracht habe.

»Es war, wie bereits gesagt, nass, und die Spurensicherung sagte, dass der Regen daran Schuld gewesen sei, dass ich von der Fahrbahn abgekommen bin. Na ja …

Das und meine Betrunkenheit. Kurzum: Ich habe die Kontrolle verloren und den Pick-up um den erstbesten Baum gewickelt, der mir in die Quere kam.«

Sophies Finger sind erstarrt, und die Stille, die sich über uns legt, ist beinah so erdrückend wie der Schmerz, der mich damals so leichtsinnig mit meinem Leben hat umgehen lassen.

Ihr Gesicht zeigt keine Regung, während wir uns unverwandt in die Augen blicken. Ich wünschte, ich könnte sie fragen, was sie denkt, doch ich traue mich nicht. Ich habe Angst vor ihrer Zurückweisung. Angst davor, dass sie mich wie Jules und Theo für das, was ich damals getan habe, hasst – mehr noch, als ein Teil von ihr es offenbar ohnehin schon tut. Aber sie sagt kein Wort, also erkläre ich irgendwann, wieso meine Hand aussieht, als hätte ich sie in einen Fleischwolf gesteckt.

»Ich hatte die Flasche noch in der Hand, und als sie beim Aufprall zersprungen ist, hat sich das Meiste davon in meine Handfläche gebohrt.«

Wie auf ein Stichwort senken wir beide den Blick und schauen auf die Narben, die neben einigen anderen von dem Unfall stammen.

Ich habe mir unzählige Knochen gebrochen – manche davon mehrfach –, hatte eine überaus bedenkliche Gehirnerschütterung und wäre um ein Haar an inneren Verblutungen verreckt, wenn nicht irgendwann ein Trucker meinen Wagen entdeckt und sofort die 911 gewählt hätte.

Nein, es war nicht schön. Ebenso wie der wochenlange Krankenhausaufenthalt, die Standpauken von Jules und Theo und die Schuldgefühle, weil ich dafür hätte verantwortlich sein können, dass ein anderer an meiner statt im Krankenhaus lag. Auch die Wochen danach, in denen ich für fast alles Hilfe benötigte und Jules sich meiner erbarmte, waren die Hölle, aber sie haben mir letztendlich die Augen geöffnet und den Weg in ein etwas sinnvolleres Leben geebnet.

»Ist die auch davon?«, fragt Sophie irgendwann, und ich beobachte, wie sie ihre Hand zu meinem anderen Arm führt und dort ebenso vorsichtig über die Narbe streicht, an der vor vier Jahren mein Knochen die Haut durchdrungen hat, nachdem er gebrochen ist.

»Ja. Die und ein paar mehr«, antworte ich und füge ein schwaches Lachen an. »Ich muss dich also enttäuschen: Du sitzt vor einem Mängelexemplar.«

Sophie gibt ein leises, tadelndes Schnauben von sich. »Nichts an dir war je mangelhaft, Cole«, erwidert sie flüsternd. »Du hast nur falsche Entscheidungen getroffen, das ist alles.«

»Und ich bereue die meisten davon. Allen voran, dass ich dich dazu gebracht habe, mich zu verlassen.«

Sie zieht ihre Hand zurück und sieht mir wieder ins Gesicht. »Leider ändert das nichts. Was geschehen ist, ist geschehen.«

»Aber das heißt nicht, dass es so bleiben muss«, halte ich dagegen. »Dinge verändern sich. *Menschen* verändern sich. New York hat dich verändert.«

Ein kurzes Aufblitzen in ihren Bernsteinaugen verrät mir, dass sie gehofft zu haben schien, ich hätte nicht mitbekommen, dass sie mir dieses Geheimnis versehentlich offenbart hat, doch sie fasst sich schnell wieder.

»*Das Leben* hat mich verändert. New York hat lediglich dafür gesorgt, dass ich mich für kurze Zeit treiben lassen konnte, um mich dann selbst zu finden.«

Die Worte schmerzen, da sie mir damit zeigt, dass sie das bei mir nicht konnte.

»Und? Wer bist du jetzt, Kleines?«, will ich leise wissen, anstatt auf den Schmerz zu achten.

Sie legt das traurigste Lächeln auf, das die Menschheit je gesehen hat. »Jemand, der etwas verloren hat, das er liebte. Und bitte … Nenn mich nicht so.«

Ich senke den Blick. »Tut mir leid. Macht der Gewohnheit.«

Das ist nur die halbe Wahrheit. Ich werde sie immer Kleines nennen, ganz egal, wie oft sie es mir verbietet. Es ist wie ein Naturgesetz – beinah wie atmen –, das nicht mal Sophie aus mir rausbekommen wird.

»Der Gewohnheit?«, wiederholt sie sarkastisch und lehnt sich zurück, um den Abstand zwischen uns zu vergrößern. »Es ist vier Jahre her, dass –«

»Denkst du, das habe ich vergessen?«

Meine Stimme klingt dabei fast verbittert, weil es mich für den Bruchteil einer Sekunde wütend macht. Schließlich war sie es, die gegangen ist. Es hätte alles anders sein können, wenn sie geblieben wäre.

»Nein«, sagt sie leise und weicht meinem Blick aus, als ich sie wieder ansehen will. »Tut mir leid.«

Ich bin mir sicher, dass sie damit nur ihre Bemerkung meint, aber ein Teil von mir will glauben, dass sie sich auch für ihre feige Art, mich zu verlassen, entschuldigen will.

»Es ist spät«, merkt Sophie irgendwann an.

»Bleib«, bitte ich sie, als sie mich endlich wieder ansieht. »Mir ist nicht wohl dabei, dass du nachts draußen rumfährst. Oder allein in diesem Haus bist.«

Sie lacht freudlos auf und schüttelt den Kopf. »Du redest schon wie Jules.«

»Zu Recht. Es ist zu gefährlich.«

Sophie seufzt leise und sieht nach links zu dem Bett, in dem wir zwei Jahre lang jede Nacht gemeinsam verbracht haben.

»Du kannst das Bett haben. Oder das Zimmer. Mir egal«, schlage ich schnell vor. »Ich schlafe unten bei den Tieren.«

»Mach dich nicht lächerlich, Cole …«

»Bitte.«

Ihre Augen finden meine, und ich kann ihr ansehen, wie sie mit sich ringt. Irgendwann gibt sie jedoch nach, und es ist mir egal, warum sie es tut, solange ich nur weiß, dass sie in Sicherheit ist.

»Okay. Ich bleibe. Aber morgen werde ich wirklich gehen.«

***

Ich muss wohl nicht erwähnen, dass ich in dieser Nacht erst recht kein Auge zugetan habe, während ich auf einem der Klappstühle im Erdgeschoss saß. Nur dass es dieses Mal nicht an meiner Insomnie lag, sondern daran, dass Sophie nur wenige Meter entfernt schlief.

Ich fühlte mich wie ein Verdurstender, dem man ein Glas Wasser vor die Nase gestellt, ihm aber verboten hat, davon zu trinken.

Es war die beste und zugleich schlimmste Nacht seit Langem.

Im Morgengrauen bin ich leise nach oben gegangen, doch Sophie schlief wie ein Stein, wobei sie Buster zu sich ins Bett gelassen hatte und sich an ihn kuschelte. Der Anblick der beiden war so schmerzhaft schön, dass es mir regelrecht die Kehle zuschnürte.

Ich ließ sie schlafen und ging laufen, um danach unter die Dusche zu steigen und mir zu überlegen, wie ich es anstellen könnte, den Tag mit Sophie zu verbringen; *nur* mit ihr. Doch auch wenn heute Samstag ist und Theo frei hat, bezweifle ich, dass er sich dazu breitschlagen lässt, den ganzen Tag lang den Babysitter für die Kids zu spielen, also bleibt mir nichts anderes übrig, als Sophie in den Alltag hier einzubinden.

Ich bin gerade dabei, mich anzuziehen, als sich die Badezimmertür öffnet und Sophie völlig verschlafen, mit zerzausten Haaren und meinem Shirt, das ihr bis zur Mitte der Oberschenkel reicht, ins Bad tritt. Als sie realisiert, dass ich oberkörperfrei vor ihr stehe, erstarrt sie.

»Sorry … Ich dachte, du wärst unten«, sagt sie mit leicht kratziger Stimme und dreht sich weg.

Ich kann mir das Grinsen nicht verkneifen, während ich in meine Jeans steige. »Beruhig dich. Außer ein paar neuen Narben gibt es hier nichts, was du nicht schon gesehen hättest«, necke ich sie, woraufhin sie mir einen Blick zuwirft, der ganze Meere binnen Sekunden einfrieren lassen könnte.

Leise lachend nehme ich mein Shirt in die Hand und gehe damit auf sie zu. Als ich bei ihr angelangt bin, macht sie einen Schritt zur Seite und verschränkt die Arme vor der Brust.

»Du solltest dir was anziehen«, schlage ich vor, woraufhin sich eine leichte Röte auf ihren Wangen bildet, die in krassem Kontrast zu dem noch immer eisigen Blick steht. »In fünf Minuten gibt es Frühstück, und ganz egal, was das zwischen uns ist: So lasse ich dich nicht mit den Kids an einem Tisch sitzen.«

Sophie reißt die Augen auf, während ihr im wahrsten Sinne des Wortes die Kinnlade runterklappt, doch bevor sie etwas erwidert, bin ich bereits aus dem Bad getreten und habe die Tür hinter mir geschlossen.

Als sie ein wütendes »Zwischen uns ist absolut gar nichts!« durch die Tür ruft, kleistert sich ein Grinsen auf mein Gesicht, das ich vermutlich den gesamten Tag über nicht mehr wegbekomme.

»Guten Morgen«, begrüße ich die Jugendlichen, die bereits am Tisch sitzen, als ich ihr Lagerhaus betrete. Die meisten von ihnen sehen zwar aus, als wären sie vor nicht einmal sechzig Sekunden erst aus dem Bett gefallen, aber da der Tisch gedeckt ist, soll es mir egal sein. Was mir jedoch nicht egal ist, ist das kackendreiste Grinsen, das Trent auflegt.

»Na, C? Heiße Nacht gehabt?« Dabei wackelt er mit den Augenbrauen, als wären wir Best Buddies und Sophie irgendein unbedeutender One Night Stand.

Ich hoffe für ihn, dass er lediglich am Pick-up erkannt hat, dass sie hier ist, und sie nicht durch die bodentiefen Fenster in meiner Wohnung gesehen hat. Denn dann müsste ich ihm die Augen ausstechen, da keiner außer mir mein Mädchen halb nackt sehen darf.

Ich trete an den Tisch, greife nach der Kaffeetasse von Sarah, weil ich weiß, dass sie ihn immer mit Milch trinkt und er somit nicht ganz so heiß ist, dafür aber stinken wird wie die Pest, wenn er getrocknet ist, und kippe ihn über Trents Kopf aus.

Er gibt einen grellen Schrei von sich und springt auf, doch der Kaffee hat bereits seine Cap, das Gesicht und vor allem das gesamte Shirt durchnässt, was mich für einen kurzen Moment nur noch breiter grinsen lässt.

»Was so–«

Ich greife nach seinem Shirtkragen, bevor er den Satz beenden kann, und bringe mein Gesicht dicht an seins.

»Mein Privatleben und vor allem meine Nächte sind für dich tabu. Was Sophie angeht: Du wirst sie nicht ansehen. Du wirst nicht mal in ihre Richtung atmen, ist das klar? Und jetzt setz dich auf deinen Arsch und überleg dir ganz genau, ob du es noch mal wagen willst, so mit mir zu reden. Du hast die gesamte nächste Woche Putzdienst.«

Ich lasse ihn los, woraufhin er einen Schritt nach hinten taumelt.

»Ach so: Die Sachen behältst du den ganzen Tag an.«

»Aber –«

»Kein Aber. Hinsetzen und Klappe halten. Du hast für heute Sendepause.«

Mit zerknirschter Miene lässt Trent sich wieder auf den Stuhl sinken und schaut dabei bedröppelt auf seinen nun nassen Schritt. Er mag es vielleicht kaum erwarten, dass der Stoff trocknet, aber dann wird es erst richtig widerlich. Denn Milch ist nichts, was man den ganzen Tag in der

Kleidung mit sich rumtragen will.

»Möchte mich sonst noch jemand am frühen Morgen reizen?«, frage ich in die Runde, doch die anderen acht senken schnell die Blicke und schütteln ihre Köpfe.

»Wunderbar.«

Wenige Augenblicke später betritt Sophie das Lagerhaus.

»Trent, mach deinen Platz frei«, bestimme ich tonlos, was er umgehend tut, wobei er seinen angebissenen Toast mitnimmt.

Sophie will protestieren, doch ich lasse sie nicht zu Wort kommen.

»Er hat keinen Hunger mehr.«

»Ja«, murmelt Trent im Vorbeigehen, blickt dabei aber stur nach unten auf seine Füße. »Bin satt.«

»Siehst du? Alles gut«, sage ich an Sophie gewandt und grinse breit.

Sie sieht mich zweifelnd an, bevor sie Trent hinterherblickt, der sich aus dem Staub macht und nach draußen geht.

»Was ist mit ihm passiert?«

»Er war nur etwas tollpatschig«, antworte ich leichthin und schenke uns Kaffee ein.

Die anderen Kids widmen sich hochkonzentriert ihrem Frühstück, während ich gut gelaunt etwas von dem Rührei auf meinen Teller lade und ein paar Scheiben Toast daneben lege.

»*Cole.*«

Ich hebe den Blick.

Sophie schaut mich an, als würde sie ahnen, dass das kleine Pickelgesicht meinetwegen wie ein begossener

Pudel aussieht. Aber was habe ich auch erwartet? Sie kennt mich besser als jeder andere.

Ergeben hebe ich meine Hände. »Er hat es verdient, okay? Also komm schon … Setz dich einfach und frühstücke mit uns.«

Ihre Augen verengen sich, und ich warte nur darauf, dass sie wie damals die Hände in die Hüften stemmt, um ihren Ärger zu unterstreichen, weil ich mal wieder Scheiße gebaut habe. Doch als ich ein leises »Bitte« anfüge, verdreht sie lediglich die Augen und setzt sich endlich.

SOPHIE

Cole ist wirklich *unmöglich*. Und so selbstgerecht!

Es ist mir völlig egal, was Trent angestellt hat – Cole kann seine Schützlinge doch nicht mit Kaffee übergießen!

Dieser Mann treibt mich in den Wahnsinn. Und zwar auf jede nur erdenkliche Art. Mir ist jetzt noch ganz heiß, weil er vor wenigen Minuten beinah unbekleidet vor mir stand …

Ich wollte ihm für seinen Spruch den Hals umdrehen und ihn gleichzeitig bespringen, was mich an meiner geistigen Gesundheit zweifeln lässt, da ich nichts mehr mit Cole anfangen werde, auch wenn er und ein Teil von mir das noch immer nicht begriffen haben.

Dennoch kann ich nicht leugnen, dass die Nacht die beste war, die ich seit Ewigkeiten hatte. Ich konnte zwar nicht lange schlafen, aber die wenigen Stunden haben mich dennoch so erholt aufwachen lassen, als wäre es ein ganzes Jahrhundert gewesen. Trotz des frischen Bettzeugs roch alles nach Cole, und als die Masochistin, in die ich mich in seiner Gegenwart zu verwandeln scheine, habe ich jeden Atemzug genossen, als wäre es mein erster und zugleich letzter, weil ich seinen Duft so sehr vermisst habe.

Entgegen meiner guten Vorsätze gibt Cole mir keine Gelegenheit dazu, mich aus dem Staub zu machen. Wie selbstverständlich nimmt er nach dem Frühstück einfach meine Hand in seine und zeigt mir, was er hier in den letzten Jahren aufgebaut hat.

Mit einem Gefühl von Stolz, das ich verfluche, hänge ich an seinen Lippen, als er mir erzählt, dass er tatsächlich fast alles in dem zweiten Lagerhaus selbst gebaut hat, ebenso wie die Zwinger und Außengehege der Tiere. Er erklärt mir, dass Mädchen und Jungs getrennt schlafen müssen, und zitiert dabei die Sachbearbeiterin, die ihm damals die entsprechende Verordnung vorlas, wobei er deutlich durchklingen lässt, wie schwachsinnig er das findet.

Nachdem ich alles gesehen habe, stellt er mir jedes der Tiere vor, die gerade in seiner Obhut sind. Ich kämpfe mehrmals mit den Tränen, weil es mich nun nicht nur stolz macht, was er hier erschaffen hat. Es erinnert mich auch daran, was für ein unendlich guter Mensch Cole ist, auch wenn er das nie wirklich sehen konnte. Ich weiß nicht einmal, ob er es heute erkennt, und die Trauer, die deswegen erneut in mir aufkommt, macht mein Gefühlschaos perfekt.

Als wir an den vorletzten Zwinger treten, schnappe ich erschrocken nach Luft.

»Um Himmels Willen«, flüstere ich, als ich mir das arme Tier darin genauer ansehe. »Was ist mit ihm passiert?«

»Ihr. Es ist eine Hündin«, erklärt Cole mit etwas leiserer Stimme und öffnet die Tür des Zwingers.

Der große dunkle Hund, der in der hinteren Ecke liegt, verfolgt dabei jede seiner Bewegungen, und ich kann sogar von hier die Wachsamkeit in den Augen des Tieres sehen.

»Sagen wir einfach, sie hatte mit ihren Besitzern nicht viel Glück.«

Ich bleibe draußen stehen und sehe dabei zu, wie er sich langsam der Hündin nähert, sich dann neben sie auf den Boden setzt und sie streichelt, während ihre Augen nun auf mich gerichtet sind.

»Das war ein *Mensch*?«

Ich bin fassungslos, weil ich mir nicht vorstellen möchte, dass jemand einem Tier solche Verletzungen zufügen kann, von denen die Narben an ihrem Körper zeugen.

»Indirekt«, antwortet Cole, bevor er zu mir sieht. »Komm rein. Sie ist ganz brav. Sie hat nur etwas Angst.«

»Bist du sicher?«

Ich will das arme Ding nicht in Panik versetzen, doch Cole nickt.

»Ja. Beweg dich einfach langsam und setz dich neben mich.«

Also tue ich es, wobei ich die Tür des Zwingers hinter mir schließe. Mit vorsichtigen Schritten nähere ich mich den beiden und sinke dann wie in Zeitlupe neben Cole auf den gefliesten Boden. Unsere Knie berühren sich, aber ich ignoriere es, so gut ich kann, und betrachte stattdessen die Hündin.

Ihre Ohren sind spitz und nach oben gerichtet, einen Schwanz hat sie nicht mehr, und zumindest von letzterem weiß ich, dass es nicht natürlich ist. Das dunkle Fell glänzt dort, wo es nicht geschoren wurde, onyxschwarz, und ihre braunen Augen sehen mich etwas unsicher, aber dennoch neugierig an.

»Kann ich sie streicheln?«, frage ich flüsternd.

Nachdem ich Cole im Augenwinkel mit dem Kopf nicken sehe, mache ich es wie damals, als er mich zu Buster ins Tierheim mitgenommen hat. Ich strecke meine Hand langsam aus und halte sie der Hündin hin, damit sie daran riechen kann, woraufhin sie den Kopf hebt und sich zögerlich streckt, um an mir zu schnuppern. Ihr warmer Atem streift meine Haut, und als ich die Hand hebe, um ihren Kopf zu streicheln, legt sie ihn etwas schräg und schiebt sich regelrecht gegen meine Handfläche.

»Ich werde keinen Platz für sie finden«, merkt Cole irgendwann an, und ich hebe den Blick, um ihn stirnrunzelnd anzusehen.

»Wieso?«

»Sie ist zu ängstlich. Keine besonders gute Eigenschaft für einen Dobermann«, erklärt er. »Die Rasse wurde gezüchtet, um ihre Besitzer zu beschützen und Angreifer abzuwehren. Aber sie ist einfach … zu lieb, verstehst du? Ich bin mir nicht mal sicher, ob sie weiß, wie man knurrt.«

Ich sehe wieder nach unten zu der Hündin, die ihren Kopf nun abgelegt hat und es sichtlich zu genießen scheint, dass wir sie streicheln. Ihre Augen sind halb geschlossen und sie atmet tief und ruhig.

»Du denkst also, dass sie keiner haben will, weil sie nicht so funktioniert, wie sie sollte?«

»Ich *weiß* es«, erwidert Cole in neutralem Tonfall, doch

mir ist klar, dass er seine wahren Gefühle gerade unter Verschluss hält.

Ich kenne seine Vergangenheit; kenne die Geschichten aus seiner Kindheit, in der er von einer Pflegefamilie zur nächsten weitergereicht wurde, weil er als kleiner Junge zu laut, zu frech und zu wild war. Weil er sich nicht an Regeln halten wollte, die er sinnlos fand, und einfach tat, wonach ihm der Sinn stand, wobei das anfangs nicht mal aus Ungehorsam oder Widerspenstigkeit geschah. Er war einfach ein Kind, das nicht verstand, wieso manche Dinge so waren, wie sie nun mal waren. Doch vor allem die Pflegeväter haben das meist nicht erkennen können, weswegen er oft für seine Ungestümtheit bestraft und letztendlich einfach weggegeben wurde, bis sich eine neue Familie seiner annahm; immer und immer wieder.

Mit der Zeit wurde aus kindlicher Wildheit jugendliche Rebellion, die immer häufiger in Frustration und Wut umschlug, weil die Konflikte mit den Pflegeeltern heftiger wurden. Als er sechzehn war, reichte es ihm endgültig, und er lief davon, um sich fortan allein durchzubeißen, bis er auf Jules traf, die für ihn wie eine kleine Schwester ist.

Noch heute schnürt mir der Gedanke daran die Kehle zu und macht mir das Atmen schwer, weil so schrecklich viel in seinem Leben schiefgegangen ist und er zu oft in dem Glauben gelassen wurde, er würde es nicht verdienen, geliebt zu werden.

Cole erhebt sich und sieht auf seine Armbanduhr. »Ich muss mich umziehen. Es ist Zeit fürs Training.«

Fragend schaue ich zu ihm hoch, woraufhin er zu grinsen beginnt. »Du kannst zuschauen, wenn du willst.

Ich werde schwitzen und stöhnen und –«

»Schon gut. Das reicht«, unterbreche ich ihn und stehe ebenfalls auf, wobei ich den Kopf schüttele. »Besser nicht. Ich muss zurück.«

»Einen Scheiß musst du«, widerspricht Cole in seiner gewohnten Manier. »In dem Haus gibt es nichts und niemanden, der auf dich wartet.«

Ich hasse es, dass er recht hat. Und ich hasse es, dass ein viel zu großer Teil von mir ihn unheimlich gern schwitzend und stöhnend sehen will. Doch Cole widersprechen zu wollen, ist, als würde man versuchen, einen Waldbrand mit einem Glas Wasser zu löschen, daher versuche ich es gar nicht erst und gebe dieses eine Mal noch nach.

Dabei zuzusehen, wie er mit Austin, einem der beiden Johnnys und Michelle im Keller trainiert, bringt mich beinah genauso sehr ins Schwitzen wie die drei Jugendlichen.

Cole ist völlig in seinem Element. Das erinnert mich zwar daran, wieso das so ist, lässt aber auch erneut Stolz in mir aufkommen. Hochkonzentriert übt er mit Michelle, wie man einen Angreifer abwehrt, während die beiden Jungs sich abwechselnd an einem der Boxsäcke austoben und er ihnen Anweisungen zuruft, damit sie die Bewegungen korrekt ausführen, ohne sich zu verletzen.

Dass er in dem, was er tut, so sehr aufgeht, lässt mein Herz auf eine seltsame und mir fremd gewordene Art warm werden, so dass mir beinah schwindelig wird. Ich muss mich immer wieder daran erinnern, dass das alles nur eine Scharade ist. Ich bin kein Teil hiervon – kein Teil von dem Leben, das Cole sich erarbeitet hat –, und ich darf nicht zulassen, dass ich mich daran gewöhne, ihn um mich zu haben, auch wenn es in manchen Momenten so leicht ist.

Denn genau so war es damals auch.

Unsere ersten eineinhalb Jahre waren wie ein Traum. Alles schien perfekt. *Cole* schien perfekt, bis er sich aus mir unerfindlichen Gründen immer mehr zurückgezogen hat. Ich habe bis heute keine Ahnung, wieso das passiert ist, und ich vermute, dass er es nicht einmal selbst weiß. Auch Jules und Theo hatten nie eine Erklärung dafür, dass er in alte Verhaltensmuster zurückfiel und irgendwann keinen von uns mehr an sich ranließ.

Es war die reinste Folter und hat mich sechs Monate und unzählige Tränen gekostet, bis ich mir eingestehen musste, dass ich ihn dieses Mal nicht retten konnte.

Daher kann und will ich nicht glauben, dass er sich wirklich geändert hat. Es erscheint mir zu gefährlich, zu unsicher, auch wenn eine leise Stimme in mir immer wieder sagt, dass das Cole gegenüber nicht fair ist. Dass seine Taten und alles, was er hier erschaffen hat – die Betreuung der Jugendlichen und das Aufnehmen und Pflegen der Tiere –, mir zeigen sollte, dass irgendetwas in ihm sich geändert haben *muss*. Dass es vielleicht sogar ich selbst war, die mit ihrem Verschwinden dafür verantwortlich ist, dass er endlich aus diesem Sumpf aus Wut und Trauer entkommen konnte.

Doch meine Angst ist zu mächtig. Ich habe damals so viel verloren … Das kann ich nicht ungeschehen machen oder vergessen, also verschließe ich mein Herz wieder und halte daran fest, nach dem Verkauf des Hauses zurück nach New York zu gehen und Cole hinter mir zu lassen. Ganz egal, wie schwer er es mir auch machen wird.

***

Als ich am darauffolgenden Vormittag die letzten Müllsäcke mit den Dingen, die ich im Haus gefunden habe, auf die Ladefläche des Pick-ups werfe, fühle ich mich seltsam ausgehöhlt. Bis auf ein paar wenige alltägliche Gegenstände, etwas Essen und meine eigenen Sachen ist das Haus nun im Grunde leer. Die Möbel werde ich dem Käufer überlassen, wenn sich denn einer findet, und meine Reisetasche habe ich nicht mal ausgepackt, da ich entweder zu beschäftigt oder bei Cole war. Der alte Wagen meiner Mutter wurde bereits von einem Schrotthändler abgeholt, da er nicht mehr fahrtauglich war.

Es ist alles erledigt, und so stehe ich draußen auf der unbefestigten Einfahrt und muss einsehen, dass ich alles getan habe, was ich tun konnte. Ich muss nun also warten, bis sich das Haus verkauft, was jedoch Wochen oder im schlimmsten Fall Monate dauern kann.

Müde und mit schmerzenden Knochen gehe ich wieder rein und lasse mich auf das alte Sofa fallen, nachdem ich mir einen Instantkaffee gemacht habe. Er schmeckt scheußlich im Vergleich zu dem, den ich vor vierundzwanzig Stunden bei Cole getrunken habe, aber ich kippe ihn dennoch runter und beschließe, mich mit einem Anruf bei Jules abzulenken.

»Hi Süße«, begrüßt sie mich freudig, nachdem sie abgehoben hat. »Wie geht es dir da unten?«

»Hey. Den Umständen entsprechend. Das Haus ist seit heute entrümpelt, ich habe also nichts mehr zu tun, und das ist … seltsam.«

»Jetzt erst? Wolltest du nicht vorgestern schon damit fertig sein?«, fragt sie verwundert und bringt damit ungewollt genau das Thema auf den Tisch, von dem ich mich ablenken wollte.

»Ja …«, sage ich gedehnt und räuspere mich dann. »Ich bin nicht eher dazu gekommen.«

»Oh oh … Ich kenne diesen Ton«, merkt sie bedeutungsschwer an. »Was hat er getan?«

Stöhnend lege ich mich hin und ziehe mir die alte Wolldecke über den Körper und bis über das Gesicht, als könnte ich mich so vor der Wahrheit verstecken.

»Nichts. Erstaunlicherweise.«

Jules gibt ein unzufriedenes Grummeln von sich. »Cole ist nicht dazu in der Lage, *nichts* zu tun. Es liegt beinah in seinen Genen, dass er Scheiße baut. Also sag schon: Was hat er angestellt?«, redet sie auf mich ein und liegt damit gar nicht so falsch, auch wenn Cole dieses Mal tatsächlich nichts verbockt hat.

»Wirklich, Jules. Er hat sich benommen. Er hat im Erdgeschoss geschlafen, damit ich allein das Bett haben konnte, und als ich gestern Mittag gefahren bin, hat er mich tatsächlich ohne viele Widerworte gehen lassen.«

»Moment mal … Du hast bei ihm *geschlafen*?«, will sie ungläubig wissen.

»Ja …«

»Und er hat gesagt, dass er im Erdgeschoss schläft?«

»Ja. Das sagte ich doch. Wieso fragst du?«

Als sie nur ein nichtssagendes »Hm« von sich gibt, werde ich stutzig.

»Jules?«

»Ja?«, fragt sie unschuldig.

»Was soll dieses *Hm*? Du verschweigst mir doch irgendwas.« Ich ziehe mir die Decke vom Gesicht, da die Luft darunter allmählich stickig wurde.

»Okay«, gibt sie irgendwann seufzend nach und holt noch einmal tief Luft, bevor sie weiterspricht. »Du weißt, dass ich dich liebe und hinter dir stehe. Dass ich verstehe, wieso du gegangen bist, und dich bei allem unterstütze, was du tust. Es ist nur so: Cole liebe ich auch, verstehst du? Und du ... Er ...« Sie stöhnt hörbar auf. »Ich denke, es gibt da etwas, das ich dir sagen sollte. Ein paar Dinge über Cole, die du wissen musst, bevor du wieder nach New York gehst.«

Dass sie mich nicht zu Wort kommen lässt und diesen Monolog beginnt, ist kein gutes Zeichen.

»Jules ... Ich weiß nicht ... Ich will wirklich nicht –«

»Nein, Sophie. Hör mir bitte zu«, unterbricht sie mich, also halte ich den Mund, auch wenn mir jetzt schon schlecht wird, weil ich die Befürchtung habe, dass das, was sie sagen wird, mir nicht dabei hilft, bei meinem Entschluss zu bleiben.

»Ich habe vier Jahre lang den Mund gehalten, weil ich dachte, es sei das Richtige, und du mich darum gebeten hast. Aber wenn ich ehrlich bin, war das einer der größten Fehler, die ich je gemacht habe. Ich weiß, dass ich gerade etwas anderes gesagt habe – was Cole und seine Impulsivität betrifft –, und meistens stimmt das auch immer noch. Sein Kuss ist das beste Beispiel dafür, dass er –«

»*Jules!* Komm zum Punkt.«

Nicht, dass ich ihn wirklich hören möchte, aber ich merke, wie wichtig ihr das zu sein scheint, und da sie tatsächlich all die Jahre zu mir gehalten hat, ist es wohl das Mindeste, dass ich ihr zuhöre.

»Ja. Okay. Bitte entschuldige. Die Sache ist die: Cole hat sich benehmen können, weil er sich geändert hat. *Wirklich* geändert, Sophie. Natürlich schlägt er immer noch ab und an über die Stränge und ist einfach … *Cole*. Aber er prügelt sich nicht mehr. Er raucht nicht mehr. Er hat sogar mit dem Trinken aufgehört, nachdem er …«

»Den Unfall hatte?«, beende ich den Satz für sie, da ihr die Stimme kurz versagt hat. »Ich weiß. Er hat mir davon erzählt.«

Der Gedanke daran, dass Cole um ein Haar gestorben wäre, lässt mich erschaudern. Jules hat mir damals zwar von seinem Autounfall erzählt, auf mein Bitten hin jedoch nur gesagt, dass er wieder werden wird. Bis vor zwei Tagen wusste ich also nicht, wie schlimm es wirklich um Cole gestanden hat.

Jules holt tief Luft. »Hat er dir auch erzählt, dass er sich umbringen wollte?« Sie macht eine kurze Pause, bevor sie weiterspricht, wobei ihre Stimme leiser und hörbar trauriger wird. »Dass er … absichtlich gegen den Baum gefahren ist?«

Mir stockt der Atem.

Das kann sie nicht ernst meinen. Cole würde niemals …

»Sag, dass das nicht wahr ist«, flehe ich flüsternd, dabei kenne ich die Antwort bereits.

Jules würde nicht lügen, wenn es um sowas geht. *Niemand* lügt, wenn es um Selbstmord geht.

»Du hast ihm das Herz gebrochen, als du gegangen bist. Ich weiß, dass du gehen musstest, aber … Es hat ihn zerstört, Sophie. Er saß nur noch rum und litt. Er aß nicht mehr, hat nicht mehr geschlafen – wortwörtlich – und tut es bis heute nicht richtig. Keine Ahnung, wie er es über den Tag schafft …«

»Was meinst du damit?«, will ich verwirrt wissen, da ich die Bedeutung ihrer Worte nicht ganz verstehe. Oder nicht verstehen *will*.

»Er leidet an Insomnie. Manchmal ist er mehrere Tage am Stück wach, weil er einfach nicht einschlafen kann«, erklärt sie niedergeschlagen, während sich in mir ein immer grauenvolleres Bild zusammensetzt.

Seine offensichtliche Müdigkeit ist keine schlichte Erschöpfung. Er ist bereits nach dem ersten Klingeln an sein Telefon gegangen, obwohl es mitten in der Nacht war. Und es war ihm *wirklich* egal, ob ich in seinem Bett schlafe.

Weil er *nicht* schläft.

Erst als mich etwas an der Wange kitzelt und ich fahrig mit der Hand darüber streiche, merke ich, dass mir Tränen aus den Augen laufen.

Mir war klar, dass ich Cole verletzt habe, indem ich einfach abgehauen bin. Nachts. Ohne ein Wort. Aber dass er *so* darunter leidet … Dass mein Verschwinden ihn seit vier Jahren um den Schlaf bringt und er sich sogar das Leben nehmen wollte … Nein. Das habe ich nie gewollt.

»Es geht ihm jetzt gut, Sophie«, versucht Jules, mich zu beruhigen, weil ich seit einer gefühlten Ewigkeit nichts sage. »Er hat sich zusammengerissen und … lebt. Das ist, was ich eigentlich sagen will, verstehst du? Er ist nicht mehr der Cole von damals, der nichts mehr hasst als sich selbst. Irgendwas in ihm hat *klick* gemacht. Ich weiß nicht, ob es die Trennung war oder der Unfall, aber er ist nicht mehr so wütend. Er ist … eine bessere Version von sich selbst, könnte man sagen. Noch immer etwas störrisch und widerspenstig, aber darüber kann man wohl hinwegsehen.«

Mir entkommt ein trauriges Lachen, das von Schluchzern verzerrt ist.

»Worauf ich hinauswill – und ich sage das, weil ich euch beide kenne und euch liebe wie mein eigen Fleisch und Blut –, ist, dass er es nicht noch einmal so verbocken würde. Und ganz egal, wie sehr ich auf deiner Seite war: Ich bin es leid, so zu tun, als würde ich dir glauben. Ich weiß genau, dass du ihn noch liebst.«

»Jules … Bitte …«, flehe ich sie an, weil ich nicht hören will, was sie mir gleich sagen wird.

Doch sie wäre nicht meine beste Freundin, wenn sie einfach den Mund halten würde. Und insgeheim weiß ich, dass es nicht fair war, von ihr zu verlangen, mir beizustehen. Denn das hat sie getan. In all der Zeit hielt sie zu mir und tat alles, worum ich sie gebeten habe. Ob es das Geheimhalten meines Aufenthaltsortes Cole gegenüber war oder die Tatsache, dass ich nichts von ihm wissen wollte. Sie hat mich sogar eine Woche bei einer Freundin untergebracht, weil sie wusste, dass Cole bei ihr nach mir suchen würde; was er auch tat. Sie hat es stillschweigend hingenommen, dass ich nach New York wollte, weil ich von allem hier wegmusste und ein neues Leben beginnen wollte.

Sie war immer für mich da. Sogar in den dunkelsten Stunden stand sie mir bei und behielt alles, was geschehen ist, auf meine Bitte hin für sich.

»Ich hätte das schon viel eher tun sollen, aber ich war wohl einfach zu feige, darum tue ich es jetzt und flehe dich an: Gib ihm noch eine Chance. Er hat sie sich verdient, und es macht mich krank, zu sehen, wie ihr beide leidet. Ihr gehört zusammen. Also bitte denk wenigstens darüber nach. Denn er liebt dich immer noch wie verrückt, Sophie. Mehr als alles andere.«

***

Am nächsten Tag bin ich so müde, wie Cole es schon seit Jahren sein muss. Ich lag die ganze Nacht wach, weil ich nach dem Telefonat mit Jules keine Ruhe fand und mir ihre Worte unentwegt durch den Kopf gingen.

Ich wäre ihr gern böse, weil sie so auf mich eingeredet hat, aber das wäre ungerecht. Nichts von dem, was sie gesagt hat, war gegen mich gerichtet. Sie meinte es einfach nur gut. Und anders als ich scheint sie mir nicht die Schuld für das zu geben, was Cole getan oder erlitten hat. Obwohl ich es bin, die dafür verantwortlich ist.

Ich war diejenige, die aufgegeben hat. Ich war es, die gegangen ist. Meinetwegen wollte er sich das Leben nehmen, und jedes Mal, wenn ich erneut darüber nachdenke, dass Cole … *tot* sein könnte, verkrampfen sich meine Lungen und ich bekomme keine Luft mehr.

Was habe ich nur getan? Wie konnte ich so herzlos und grausam handeln und ihn verlassen? Ja, er hat mir mit seinem Verhalten das Herz gebrochen, aber ich habe ihn mit meinem Verschwinden beinah getötet.

Als wäre das nicht genug, lastet Jules' Bitte, ihm noch eine Chance zu geben, wie ein tonnenschwerer Stein auf meiner Brust. Ich konnte hören, wie sehr sie sich das wünscht. Für sich, Theo, Cole und mich. Doch mein Herz hat einen so tiefen Riss wegen der Dinge, die geschehen sind und die Jules – wie sie mir am Ende unseres Telefonats versicherte – Cole bis heute nicht verraten hat, dass meine Angst mich zurückhalten will. Ich wüsste nicht einmal, wie ich ihm erklären sollte, wie groß mein Verlust wirklich war, und ich habe auch keine Ahnung, wie er darauf reagieren oder was er sagen würde.

Es ist alles zu viel auf einmal, und so liege ich seit gestern Nachmittag wie erstarrt auf dem Sofa im Haus meiner Mutter und weiß nicht, was ich tun soll, als mein Handy plötzlich eine neue Nachricht ankündigt.

Erschöpft strecke ich meinen Arm, um das Smartphone von dem Beistelltisch zu nehmen, und erkenne direkt, dass die Nachricht von Cole ist.

Ich habe mir nach meinem Verschwinden eine neue Nummer zugelegt, aber als ich ihn vor drei Tagen angerufen habe, muss er sie gespeichert haben. Dass er sie tatsächlich erst jetzt nutzt, um mich zu kontaktieren, wundert mich beinah, doch dann wird mir bewusst, dass er mich womöglich nicht bedrängen möchte, was mich nur noch mehr verwirrt. Vor allem, wenn ich an den Kuss denke, bei dem seine Impulsivität ganz klar die Oberhand hatte.

Mit schwerem Herzen öffne ich die Nachricht, die lediglich ein Foto enthält. Ich erkenne darauf eine Art

Lagerfeuer, über dem ein riesiger Rost aufgehängt wurde, der mit Unmengen an Grillgut belegt ist.

Noch während ich versuche, zu verstehen, was das soll, erscheint ein weiteres Foto in dem Chat. Es zeigt den großen Esstisch, an dem ich bereits zweimal mit Cole und den Jugendlichen saß, nur dass er jetzt draußen steht. Die Teenager sitzen alle auf ihren Plätzen und grinsen breit in die Kamera. Cole ist nicht zu sehen, da er vermutlich derjenige war, der das Foto geschossen hat. Was ich allerdings sehr wohl sehe, sind die zwei Gedecke, die nebeneinander hergerichtet wurden und nur darauf warten, dass sich jemand dorthin setzt. Dass *wir* uns dorthin setzen.

Mir ist schon jetzt ganz warm ums Herz, und als endlich eine Textnachricht ankommt, kann ich nichts dagegen tun, dass sich ein Lächeln auf mein Gesicht legt, das so breit und echt ist, dass es beinah wehtut.

Bring mich nicht dazu, sie in einen der Zwinger zu sperren, damit ich dich holen kann.

Als ich nicht gleich antworte, kommt noch eine zweite Nachricht.

Du weißt, dass ich es tun würde.

Und noch eine.

Ich bluffe nicht, Kleines.

Ich springe vom Sofa auf und laufe ins Badezimmer, um wenigstens frische Sachen anzuziehen, während ich eine kurze Antwort tippe, da ich Cole gut genug kenne. Er *würde* die Jugendlichen irgendwo einsperren, um mich holen zu kommen.

Ich weiß.

Als ich den Autoschlüssel vom Küchentisch nehme, schieße ich schnell ein Foto davon, wie ich ihn in der Hand halte, und schicke es Cole, bevor ich mich in den Pick-up setze und losfahre.

COLE

»C, *bitte*!«, quengelt der ältere der beiden Johnnys, während wir auf Sophie warten. »Nur einen Bissen. Ich sterbe gleich vor Hunger!«

»Du hast heute Morgen ein halbes Dutzend Eier zum Frühstück gehabt«, gebe ich leicht gereizt zurück. »Du *kannst* gar keinen Hunger haben.«

»Die habe ich alle schon längst verbrannt! Du weißt doch, wie das ist, wenn man so einen Körper hat.«

Ich sehe genervt zu ihm, wobei ich eine Augenbraue hebe, weil er offenbar darauf anzuspielen versucht, dass er muskulös oder auch nur annähernd so gebaut ist wie ich, was jedoch nicht den Tatsachen entspricht. »Übertreib es nicht, Johnny. Du wirst es überleben. Keiner rührt das Essen an, solange sie nicht hier ist.«

Es ist mir egal, ob das Mittagessen nun schon um eine Stunde verschoben wurde, weil mich die Idee überkam, draußen zu grillen, da die Herbstsonne heute noch mal alles gibt und ich einen Vorwand brauchte, um Sophie einzuladen. Keiner der Jugendlichen wird wegen einer Stunde verhungern, also sollen sie sich gefälligst nicht so anstellen.

Kurz darauf wird das leise Dröhnen eines Motors hörbar, und nur Sekunden später erscheint der schwarze Pick-up, was ein paar der Kids aufatmen lässt, als hätte ich ihnen eine Woche lang jegliche Nahrung verwehrt.

Lediglich Alisha hat ein Schmunzeln auf den Lippen, als wüsste sie genau, wie wichtig Sophie und alles, was mit ihr zu tun hat, für mich ist.

Sophie parkt den Pick-up, und als sie aussteigt, kann ich genau sehen, dass sie ein Lächeln zurückhält. Ob sie es wegen mir oder der Kids tut, ist mir egal. Für mich zählt nur, dass sie hier ist, denn die letzten 48 Stunden waren kaum auszuhalten. Ich habe mein Handy irgendwann einfach oben in der Wohnung gelassen, damit ich nicht in Versuchung komme, sie anzurufen oder ihr zu schreiben.

»Hi«, sagt sie in die Runde, und die Jugendlichen erwidern ihre Begrüßung, während ich ihren Anblick in mich aufsauge.

Wie die Sonne auf ihr blondes Haar scheint und ihre Haut zum Strahlen bringt. Wie sie den Träger ihres Tops zurück nach oben schiebt, weil er von ihrer Schulter gerutscht ist, als sie die Strickjacke ausgezogen hat. Wie ihre Lippen glänzen, nachdem sie unbewusst mit der Zunge darübergefahren ist. Wie ihre Augen leuchten, als würde flüssiges Gold darin schwimmen.

Alles an dieser Frau ist so unfassbar schön.

Ich flehe sämtliche Götter und Mächte dieser Welt im Minutentakt an, sie mir endlich ganz zurückzugeben. Ich kann einfach nicht zulassen, dass ich sie ein drittes Mal verliere. Denn auch wenn ich wirklich viel dafür getan habe, es nach außen nicht zu zeigen, haben mich die letzten vier Jahre innerlich zerfressen. Unzählige Male habe ich die Webseiten von Privatdetektiven auf dem Laptop geöffnet, um sie dann doch wieder zu schließen, da ich zu viel Angst vor dem hatte, was sie finden würden. Nicht weil ich dachte, Sophie könnte etwas passiert sein; ich wusste, dass Jules und Theo so etwas nicht vor mir geheim gehalten hätten. Es war viel mehr die Angst davor, dass Sophie mich nicht mehr liebt. Dass sie mich deswegen verlassen hat und nicht, weil ich ein widerliches Arschloch war. Dass sie nicht mehr das Gleiche empfindet wie ich. Also habe ich den Schwanz eingezogen und blieb lieber unwissend.

Doch jetzt, da ich in ihren Augen sehen kann, dass da noch etwas ist, werde ich Himmel und Hölle in Bewegung setzen, um ihr klarzumachen, dass sie hierher gehört. Zu mir. Dass sie nicht wieder nach New York abhauen kann, um dort jemand zu sein, den ich kaum noch kenne.

Ich habe zwei Tage zuvor mit Jules gesprochen und konnte nach einem kurzen Ausraster meinerseits endlich aus ihr rausquetschen, dass Sophie dort studiert. Dass sie ihren Schulabschluss nachgeholt hat und in einer 20-Quadratmeter-Wohnung lebt. Dass sie in einer Kneipe kellnert – *nachts* – und Freunde gefunden hat.

Dass ich darüber nicht gerade begeistert war, ist keine Überraschung. Was hingegen eine war, ist die Tatsache, dass Jules mir zum ersten Mal etwas verraten hat.

Das und ihre allgemeine Stimmung während des Telefonats hat mich die letzten zwei Tage darüber nachdenken lassen, dass ich womöglich nicht der Einzige war, der einen Teil dessen, was in ihm vorging, in den letzten Jahren verborgen hat. Dass auch Jules sich nichts mehr wünscht, als Sophie und mich wieder zusammen zu sehen. Dass auch sie Sophies Verschwinden und ihren Umzug nach New York nicht so gutheißt, wie sie uns allen hat weismachen wollen. Und am wichtigsten: Dass sie daran glaubt, unsere Beziehung hätte noch eine Chance.

»Danke«, sage ich leise zu Sophie, als sie sich neben mich gesetzt hat. »Sie sind nicht ganz stubenrein. Die Sauerei wegzumachen, wäre eine Scheißarbeit gewesen.«

Sie schüttelt den Kopf, doch ich kann das Lächeln, das sie erneut zu verbergen versucht, indem sie nach unten auf den leeren Teller blickt, dennoch sehen.

»Du spielst mit unfairen Mitteln, weißt du das?«

Dann hebt sie den Blick, um mich anzusehen, und zum ersten Mal habe ich nicht das Gefühl, dass sie mich auf Abstand halten will.

»Erstens spiele ich nicht, Kleines«, erwidere ich, während ich nach dem Teller mit dem Grillgut greife. »Das habe ich nie. Und zweitens ist im Krieg und in der Liebe angeblich alles erlaubt. War das nicht so?«

Sarah deutet ein Würgen an, doch ich lasse es ihr durchgehen, weil Sophie hier ist und mich nicht von sich stößt und ich deshalb nicht glücklicher sein könnte. Sollen die Kids doch denken, was sie wollen. Heute bekommen sie einen Freifahrtsschein.

»Du bist unmöglich«, murmelt Sophie kopfschüttelnd, doch ich höre heraus, dass sie es nicht annähernd so ernst meint, wie sie es vielleicht gern würde.

Ich kann nicht widerstehen und beuge mich zu ihr, um ihr ins Ohr zu flüstern. »Und trotzdem liebst du mich.«

Sie holt sichtbar Luft, erwidert aber nichts mehr und widmet sich ihrem Essen, aber selbst das kann meine Laune nicht trüben.

Sie ist hier. Das ist alles, was für mich zählt.

Zwei Stunden später sieht der Tisch wie ein Schlachtfeld aus, die Glut ist erloschen und die Sonne steht im letzten Viertel ihrer Laufbahn, während wir alle vollgefressen und zufrieden dasitzen.

Die Kids versuchen, sich gegenseitig mit vermeintlich wilden Geschichten zu übertrumpfen, und ich habe einen Arm auf Sophies Stuhllehne abgelegt. Ihre Schulter berührt mein Handgelenk, während ich gedankenverloren mit einer ihrer Haarsträhnen spiele und sie seit einer Stunde so tut, als würde sie es nicht merken, wobei ich hingegen sehr genau merke, dass sie immer wieder erschaudert, wenn meine Fingerspitzen kaum spürbar ihre Haut streifen.

Ich kann nicht sagen, wann ich das letzte Mal so glücklich war, also atme ich den Moment mit jedem Atemzug so tief in mich ein, wie ich nur kann, um möglichst lange von ihm zu zehren. Denn auch wenn ich mich auf der Zielgeraden befinden mag: Noch habe ich Sophie nicht gänzlich für mich gewonnen. Aber ich lasse mich davon nicht aus der Ruhe bringen. Weder Jules noch Theo oder sie selbst haben auch nur angedeutet, dass sie in naher Zukunft abreisen wird, also habe ich vermutlich noch ein paar Tage, und es wäre schließlich nicht das erste Mal, dass eine Woche Leben verändert.

Auch wenn ich mich keinen Millimeter bewegen will, ruft die Pflicht, also erhebe ich mich irgendwann widerwillig. »Okay, Leute. Aufräumen.«

Die Kids unterbrechen ihre Unterhaltungen und stöhnen kollektiv, aber da sie wissen, dass sie nicht drumrumkommen, folgen sie meiner Anweisung und beginnen damit, den Tisch abzuräumen.

Als Sophie ebenfalls aufstehen will, werfe ich ihr einen Blick zu, der sie innehalten lässt.

»Bleib sitzen. Du bist unser Gast«, erkläre ich und mache mich dann daran, den großen Schwenkgrill abzubauen, wobei ich genau merke, dass sie mich die ganze Zeit beobachtet.

Nachdem die Jungs und ich den Tisch und die Stühle reingetragen haben, beschließe ich, dass wir alle gemeinsam mit den Hunden rausgehen könnten, damit die mal etwas anderes sehen als den Schotter und die paar Büsche, die es hier gibt. Ich selbst nehme die Dobermannhündin an die Leine, und dann treten wir mit einer Meute aufgeregter Vierbeiner den kurzen Marsch raus aus dem Industriegebiet und zu dem kleinen Wäldchen an, das sich daneben erstreckt.

Sophie und ich sind die Letzten in der Gruppe, damit ich alle im Blick habe, und ich gehe absichtlich etwas langsamer, damit wir leicht zurückfallen und so zumindest die Illusion von Privatsphäre haben. Dann greife ich nach Sophies Hand und verwebe unsere Finger miteinander, woraufhin sie leicht zusammenzuckt, sich mir jedoch nicht entzieht. Als ich zu ihr sehe, schaut sie mich aus ihren Bernsteinaugen an, und ich wage einen vorsichtigen Vorstoß.

»Wieso New York?«, frage ich, wohlwissend, dass sie womöglich nicht antworten wird.

Doch Sophie überrascht mich. Sie unterbricht zwar unseren Blickkontakt, doch dann beginnt sie zu reden.

»Ich wollte die Welt sehen. Das weißt du doch«, erklärt sie, wobei sie weiterhin nach vorne blickt. »Welche Stadt wäre da wohl besser?«

Mir entweicht ein verächtliches Schnauben. »Da gibt es sicher so einige. Musstest du dir ausgerechnet eine mit über zwanzig Millionen Einwohnern aussuchen, in der im Schnitt jeden Tag mindestens ein Mensch ermordet wird?«

Ich kenne die Statistiken, weil ich diese verfluchte Stadt und alles, was man darüber wissen kann, gegoogelt habe. Dieses Wissen bestärkt mich nur noch mehr darin, Sophie nicht mehr dorthin zurückgehen zu lassen, da es der lebensfeindlichste und gefährlichste Ort zu sein scheint, den ich mir vorstellen kann.

Sie verdreht die Augen. »Sei nicht so pessimistisch –«

»Ich nenne es besorgt.«

»– und so herrisch. Beides steht dir nicht.«

»Das sehe ich anders«, widerspreche ich. »Zudem schien dir zumindest Letzteres früher mehr als gut gefallen zu haben.«

Sie hebt den Kopf und sieht mir wieder in die Augen. »Früher war ich auch ein unwissendes Mädchen, das keine Ahnung vom Leben hatte. Heute bin ich eine Frau, die mehr gesehen und erlebt hat, als ihr lieb ist.«

Ihre Worte treffen mich hart, da ich weiß, dass sie damit vor allem mich und meine unzähligen Fehltritte meint. Wenn ich allein an den Abend denke, an dem sie mir in diese verdammte Halle gefolgt ist und den illegalen Untergrundkampf mitangesehen hat ... Oder an den Kuss, den ich mir danach mehr genommen habe, als darum zu bitten.

»Es tut mir leid, Kleines. Alles«, sage ich daher ernst. »Ich wünschte, dass vieles anders gelaufen wäre.«

»Das wünsche ich mir auch oft. Aber man kann die Zeit nicht zurückdrehen«, erwidert sie mit trauriger Stimme. »Was geschehen ist, ist geschehen. Lass uns bitte nicht mehr darüber reden, ja? Wir können es nicht rückgängig machen.«

Ich sage ihr nicht, wie oft ich mir genau das gewünscht habe, wobei ich jedoch nie weiß, zu welchem Moment ich zurückgegangen wäre. Mir fällt einfach keiner ein, da im Grunde so vieles schrecklich falsch gelaufen ist bei uns ... Allein unser Kennenlernen war alles andere als normal und stand unter keinem guten Stern. Aber wenn ich diesen Moment ausgelöscht hätte, wären wir uns niemals begegnet. Sophie wäre bei ihrer Mutter geblieben oder – schlimmer noch – zu jemandem ins Auto gestiegen, der es nicht so gut mit ihr gemeint hätte wie ich. Eine Vorstellung, die dazu führt, dass sich meine Eingeweide schmerzhaft zusammenziehen und mir die Galle hochkommt. Dass ich in diesem Fall irgendwann an meiner Wut erstickt wäre oder mir im Kampf das Genick hätte brechen lassen, ist dabei für mich eher nebensächlich.

Doch letztendlich hat Sophie natürlich recht. Man kann die Zeit nicht zurückdrehen und Geschehenes auslöschen. Und vielleicht ist das auch ganz gut so, denn der Gedanke daran, dass ich sie vielleicht nie getroffen hätte, ist für mich unerträglich, ganz egal, wie schlimm die letzten vier Jahre auch waren.

»Es ist alles gut, wie es ist«, sagt sie irgendwann, doch dieses Mal kann ich nicht zustimmen.

»Es könnte besser sein, weißt du?«

Unsere Blicke verankern sich wieder ineinander, und in einem Anflug von Nostalgie hebe ich unsere Hände an, führe ihren Handrücken an meine Lippen und küsse ihre weiche Haut, wie ich es damals so oft getan habe. Und entgegen meiner Befürchtung lässt Sophie es zu, auch wenn sie nichts dazu sagt und mit einem leichten Kopfschütteln wegsieht.

»Bleib. Bleib hier und komm zu mir zurück.«

Es ist mir egal, ob es erbärmlich klingt, weil es nun mal genau das ist, was ich mir mehr wünsche als alles andere. Ja, ich flehe sie an, weil mir jedes Mittel recht ist. Zudem bin ich es leid, meinen Mund zu halten und die Dinge, die ich denke und fühle, nicht auszusprechen.

»Du stellst dir das so einfach vor«, merkt sie mit Melancholie in der Stimme an. »Aber das ist es nicht.«

»Wieso? Nenn mir einen Grund«, fordere ich ernst, doch sie antwortet nicht.

»Ich hätte dir alles gegeben, wenn du nur danach gefragt hättest. Du wolltest in eine Großstadt ziehen? Ich wäre mit dir gegangen. Du wolltest studieren? Ich hätte dich unterstützt und dir alles bezahlt. Du wolltest die Welt sehen? Ich wäre mit dir bis ans Ende und noch weiter gegangen, wenn du mich nur danach gefragt hättest.«

»Cole …«

»Ich hätte *alles* für dich getan, Kleines. Also warum bist

du gegangen? Ohne ein Wort? Heimlich?«

Sie hat mir ihre Hand noch immer nicht entzogen und scheint mit sich zu ringen, ob und was sie antworten soll, doch als ich einen Aufschrei höre, wende ich widerwillig den Blick von ihr ab.

»Was ist da vorne los?«, rufe ich und suche den Waldweg mit den Augen ab. Ich kann alle Kids und die Hunde sehen, doch dann erkenne ich, dass Margo sich den Knöchel hält und sich dabei mit der Hand an einem Baum abstützt.

»Mein Fuß«, gibt sie mit schmerzverzerrter Stimme zurück, woraufhin ich ein frustriertes Stöhnen unterdrücke.

Margo hat mich gerade womöglich um die Antworten gebracht, von denen ich nicht weiß, ob ich sie zu einem späteren Zeitpunkt bekommen werde, doch die Kids gehen vor.

»Hier. Nimm du sie«, sage ich zu Sophie und drücke ihr die Leine der Hündin in die Hand, da diese sowieso schon die ganze Zeit an Sophies Bein klebt wie eine Klette.

Scheinbar hat die Dobermanndame einen Narren an meiner Freundin gefressen, was ich nur zu gut verstehen kann. Ich meine: Wie könnte man Sophie nicht lieben? Sie ist die Perfektion auf zwei Beinen; in jeder nur erdenklichen Art und Weise.

Und ja, ich weiß, dass sie nicht meine Freundin ist, aber der Einfachheit halber ist sie das in meinem Kopf, denn einen Rückflug nach New York werde ich ihr definitiv nicht durchgehen lassen. Sie wird also schon bald wieder meine Freundin sein; alles andere ist Haarspalterei.

Bevor Sophie protestieren kann, weil ich ihr den großen Hund anvertraue, jogge ich bereits los. Als ich bei Margo angelangt bin, haben Alisha und Trent ihr schon die Leinen der beiden Hunde abgenommen, die sie geführt hat, während die Fünfzehnjährige inzwischen auf dem weichen Waldboden sitzt.

»Was ist passiert?«, frage ich und gehe neben ihr in die Hocke.

Margo verzieht das Gesicht und wischt sich schnell eine Träne aus dem Augenwinkel. »Eine Baumwurzel. Bin umgeknickt.«

»Darf ich?« Ich deute auf ihr Bein.

Sie nickt, also schiebe ich vorsichtig das Hosenbein nach oben, um mir ihr Fußgelenk anzuschauen. Der Knöchel schwillt bereits an, und bei dem Schrei, den sie von sich gegeben hat, befürchte ich, dass sie sich ein Band überdehnt oder womöglich sogar zerrissen hat.

Ich öffne den Schnürsenkel ihres Schuhs, um ihn zu lockern, und hole dann mein Handy raus. »Lass mich kurz telefonieren. Ich muss die Fußfessel abnehmen«, erkläre ich, da die Schwellung schnell zunehmen und durch das Band nur noch schmerzhafter für sie sein wird.

Margo nickt mit gequältem Gesichtsausdruck, während ich den Anruf tätige, mit dem ich der zuständigen Wache mitteile, dass ich die Fessel entfernen werde. Das Durchschneiden des Bandes würde einen Alarm auslösen, wenn ich die Funktion nicht deaktivieren lasse, woraufhin man eine Polizeistreife losschicken und ich eine Verwarnung kriegen würde, weil ich nicht vorschriftsmäßig gehandelt und einen unnötigen Einsatz verursacht habe.

Anschließend schneide ich das Kunststoffband mit einem Taschenmesser durch und stecke die Fußfessel ein.

»Ich trage dich«, beschließe ich, da ich weiß, dass Margo mit dieser Verletzung sowieso nicht laufen kann, und hebe sie kurzerhand hoch.

Sie legt ihre Arme um meinen Hals und lehnt ihre Stirn an meine Schulter, um ihr Gesicht vor den anderen Kids zu verbergen. Die Sache ist ihr sichtlich unangenehm, und die Schmerzen machen es vermutlich nicht besser, was dazu führt, dass sie mir leidtut.

»Das wird schon wieder. Und hey: Nicht jeder kann sagen, dass er mal von mir auf Händen getragen wurde«, sage ich leise und in der Hoffnung, sie damit ein wenig aufmuntern zu können. Margo reagiert jedoch nicht, also hebe ich den Blick, um in acht Augenpaare zu sehen, die uns anstarren. »Was guckt ihr denn so? Ab nach Hause mit euch!«

Die anderen drehen sich schnell um und machen sich daran, den Rückweg anzutreten. Ich warte ab, bis sie vorgelaufen sind, und gehe wie auch zuvor als Letzter, wobei ich Sophie einen Blick zuwerfe. Sie sieht mit Mitgefühl in den Augen zu uns, das ganz klar Margo gilt. Sie weiß, dass mir eine vierzig Kilo leichte Fünfzehnjährige keine Schwierigkeiten bereitet, weswegen sie mir auch nicht wie die Kids immer wieder verstohlene Blicke zuwirft, als wir schweigend zurück zu den Lagerhäusern gehen.

Während sich die Jugendlichen um die Hunde kümmern, trage ich Margo nach oben in den Schlafsaal der Mädchen. Bei ihrem Bett angekommen, lege ich sie vorsichtig ab, und erst jetzt, als wir allein sind, erlaubt sie es sich, ein paar Tränen zu verdrücken.

»Es ist halb so wild«, versuche ich, sie zu beruhigen,

nachdem ich einen weiteren Blick auf ihr Bein geworfen habe. »Sophie hilft dir gleich dabei, etwas Bequemeres anzuziehen, und ich hole dir was zum Kühlen und gegen die Schmerzen. In ein paar Tagen bist du wieder fit.«

Da der Knöchel auf dem Heimweg nur dicker und nicht auch noch blau geworden ist, schließe ich einen Bänderriss aus.

Margo wendet ihr Gesicht der Wand zu und legt einen Unterarm über ihre Augen. Sie will ganz offensichtlich nicht mit mir reden, aber das ist okay. Ich kann verstehen, dass es ihr peinlich ist, von mir herumgetragen zu werden wie ein Baby, aber auch darüber wird sie hinwegkommen.

Als Sophie kurz darauf mit einem leisen Klopfen auf sich aufmerksam macht und das Zimmer betritt, stehe ich auf und gehe zu ihr.

»Hilf ihr, die enge Hose auszuziehen. Zerschneide sie, wenn es nicht anders geht. Und dann leg den Fuß hoch«, weise ich sie an, woraufhin sie nickt. »Ich hole Eis und Schmerzmittel.«

Als ich nach draußen trete, stehen die anderen acht Kids wie bestellt und nicht abgeholt herum und schauen mich an, als wäre sonst was passiert.

»Wenn sich auch nur einer von euch darüber lustig macht, gnade euch Gott«, sage ich im Vorbeigehen. »Und steht hier nicht so blöd rum. Habt ihr nichts zu tun?«

Sie murmeln halbherzige Entschuldigungen und verkrümeln sich, während ich nach oben in meine Wohnung gehe, um das versprochene Eis und die Schmerztabletten sowie eine Bandage zu holen.

Den Rest des Abends werde ich Margo in Ruhe lassen,

aber morgen muss ich ihr eine der Ersatzfesseln am anderen Bein anlegen, da ich sie mir sonst auf den Rücken binden oder sie wirklich in einem Zwinger unterbringen müsste, um die Vorschriften einzuhalten, und ich habe weder auf das eine noch auf das andere Lust.

Zum Abendessen biete ich Margo an, sie nach unten zu tragen, doch sie verneint stumm, und bevor ich ihr erklären kann, dass sie sich nicht so anstellen soll, greift Sophie ein und schiebt mich aus dem Schlafsaal.

»Lass sie. Ich bringe es ihr hoch und esse mit ihr«, beschließt sie, woraufhin ich meinen Mund halte.

Sophie hat in dieser Situation eindeutig das notwendige Fingerspitzengefühl, das mir fehlt, wenn es um pubertierende Mädchen geht, denen Dinge peinlich zu sein scheinen, die für mich nicht mehr als ein kleiner Zwischenfall sind.

In solchen Momenten bereue ich es jedes Mal ein wenig, dass ich mich nicht darum bemühe, endlich jemanden einzustellen, der mich unterstützt. Es würde vieles leichter machen, aber ich kann mich einfach nicht dazu durchringen, mich in der für diese Arbeit notwendigen Intensität auf eine andere Person einzulassen. Zudem komme ich die meiste Zeit wunderbar allein zurecht, und den Kids scheint meine Art angenehmer zu sein als die der meisten studierten Pädagogen, also sehe ich keinen wirklichen Anlass dazu, etwas an der Situation zu ändern.

Dennoch kann ich nichts dagegen tun, dass ich mir ausmale, wie es wäre, wenn Sophie das alles mit mir machen würde. Wenn sie einfach wieder nach Hause kommen und sich gemeinsam mit mir um die Kids kümmern würde. Sie ist der einfühlsamste und empathischste Mensch, den ich kenne, und würde eine fabelhafte Betreuerin abgeben.

Das Bild, das sich bei dieser Vorstellung in meinem Kopf zusammensetzt, ist so perfekt, dass ich beinah schon eine gewisse Vorfreude dabei verspüre. Es ist fast so, als wäre es nicht nur eine Idee, sondern ein Blick in die Zukunft, und er bestärkt mich nur noch mehr darin, Sophie mit allen mir möglichen Mitteln dazu zu bringen, bei mir zu bleiben.

SOPHIE

Das Problem mit Cole ist: Wenn er sich etwas in den Kopf gesetzt hat, ist es schwer, ihn davon abzubringen. Er wird dann zu einer Feuerwalze, die jeden Widerstand niedermäht, bis er seinen Willen durchgesetzt hat. Manchmal sogar ohne Rücksicht auf Verluste.

So fühlt es sich zumindest gerade an.

Seine einnehmende Art und wie er mich ansieht; wie er mich immer wieder berührt, es aber fast jedes Mal wie ein Versehen wirken lässt; wie er mit mir spricht und dabei stets die richtigen Worte findet.

Die Spannung, die er zwischen uns entstehen lässt, sorgt dafür, dass wir unausweichlich auf einen großen Knall zurasen, der entweder alles retten oder alles zerstören könnte.

All das stellt Dinge mit mir an, die ich nicht mehr kontrollieren kann.

Cole weiß genau, welche Knöpfe er bei mir drücken muss, und ist sich seiner Sache dabei so sicher, dass er meine Entscheidungen damit ins Wanken bringt. Alles, was ich weiß, ist, dass mein Herz, das ich so gut beschützt habe, mit jeder Minute, die ich in seiner Nähe verbringe, mehr auftaut. Dass immer häufiger die Sophie in mir durchbricht, die ich damals war. Bevor Cole sich verloren hat und ich gegangen bin. Bevor alles so furchtbar schiefging, weil Liebe allein manchmal nicht reicht, um einen Menschen zu retten.

Es sind viele kleine und große Dinge, die er sagt oder tut, die mich unentwegt daran erinnern, wieso ich mich vor sechs Jahren Hals über Kopf in ihn verliebt habe. Es ist die Art, wie er mit den Jugendlichen umgeht; autoritär, aber dennoch mit der nötigen Milde und Lockerheit, die junge Menschen brauchen, damit sie einem vertrauen. Wie er die Tiere behandelt, die sich in seiner Obhut befinden; stets ruhig, besonnen und mit einer solchen Fürsorge, dass es einem das Herz schmelzen lässt, wenn man ihm dabei zusieht. Dass er mich hin und wieder Kleines nennt, obwohl ich ihn darum gebeten habe, es nicht mehr zu tun, und dass er sich noch immer um mich sorgt, anstatt mich für das, was ich getan habe, zu hassen.

Dennoch schwirrt seine Frage vom Nachmittag in meinem Kopf herum, während ich ihm dabei helfe, die Hunde und Katzen für die Nacht zu versorgen, und ich ahne bereits jetzt, dass er auf eine Antwort bestehen wird. Er ist nicht der Typ Mensch, der sich damit zufriedengibt, wenn man ihm etwas vorenthält, und trotzdem hoffe ich die ganze Zeit, dass er es nicht so schnell wieder anspricht. Doch als wir fertig sind und alle Tiere versorgt haben, stehe ich vor der Wahl, zu fahren oder zu bleiben. Und ich befürchte, dass Cole mir diese Entscheidung nicht leicht machen wird.

»Das kannst du dir sparen«, sagt er und unterbricht damit nicht nur unser Schweigen, sondern entlarvt auch meinen lahmen Versuch, so zu tun, als würde ich geschäftig die vielen Leinen und Halsbänder sortieren, die neben der Stahltür an unzähligen Haken hängen, um das Unvermeidliche hinauszuzögern.

»Morgen sieht es wieder genauso aus wie jetzt.«

Ich hebe den Blick und sehe direkt in das Sturmgrau seiner Augen, während er sich mit der Schulter gegen die Wand lehnt und mich ernst mustert. »Also?«

»Also was?«, frage ich, obwohl ich genau weiß, was er meint.

»Fährst du oder …«

Dieses blöde Oder ist ein fieser psychologischer Trick, der das Gegenüber dazu bringen soll, sich für genau dieses Unausgesprochene zu entscheiden. Nicht, dass ich seit Neustem unter die Psychologen gegangen wäre; aber selbst ich saß inzwischen in Wartezimmern und habe diverse Zeitschriften durchgeblättert, in denen solche und unzählige andere Dinge stehen.

Leider gehöre ich nicht nur zu den Menschen, die darauf reinfallen; ich *will* auch bleiben, das wird mir mit einem Mal klar. Möge mich der Teufel holen – aber dieser Kerl, der da in seiner ganzen breitschultrigen Pracht vor mir steht und mich ansieht, als wäre ich der Mittelpunkt des Universums, hat es gegen meinen Willen geschafft, dass ich hier sein will. In diesem Lagerhaus. Bei ihm. Und auch wenn ich weiß, dass das nach hinten losgehen kann, weil wir nun mal Cole und Sophie sind, lasse ich von den Leinen ab und drehe mich um, um zur Treppe zu gehen, die nach oben in seine Wohnung führt. In die Wohnung, die – ich brauche es gar nicht mehr leugnen – mein Zuhause ist, ganz egal, wie sehr ich das auch abstreiten mag.

Ich weiß, dass er mich gleich erneut fragen wird, wieso ich gegangen bin, also entscheide ich, ihm zuvor zu kommen und den Spieß umzudrehen.

»Jules hat mir … ein paar Dinge erzählt«, beginne ich in neutralem Tonfall, nachdem ich mich an den Tisch gesetzt habe, da dieses Gespräch keins ist, welches man auf einer Couch führt.

Cole, der sich gerade einen Kaffee machen will und mit dem Rücken zu mir steht, wirft mir einen kurzen Blick über die Schulter zu. »Hat sie das?«

»M-hm.«

»Lass mich raten: Es ging dabei um mich«, mutmaßt er und holt eine Espressotasse aus einem der Schränke, was ironischerweise genau zu dem Thema passt, dass ich gleich unter anderem ansprechen werde.

Ich blicke nach unten auf meine Hände, die ich vor mir auf dem Tisch abgelegt habe. »Sie hat mir von dem Unfall erzählt. Davon, dass du …«

Cole stöhnt und flucht in einem, was mir eine Gänsehaut beschert und mich wieder zu ihm aufsehen lässt. Dann dreht er sich um und sieht mir geradeheraus in die Augen.

»Was willst du von mir hören, Sophie? Dass es nicht wahr ist? Denn das ist es. Ja, ich habe das Lenkrad mit Absicht verrissen, weil ich nicht mehr hier sein wollte. Weil *du* nicht mehr hier warst.«

»Es tut mir –«

»Das muss es nicht«, unterbricht er mich. »Es muss dir nicht leidtun, dass ich mich umbringen wollte.«

Dass er es so ausspricht, als wäre es keine große Sache, tut mir im Herzen weh. Als wäre es keine große Sache, wenn er nicht mehr hier wäre! Denn auch wenn ich ihn verlassen habe: Ich kann mir eine Welt ohne Cole nicht vorstellen. Es wäre nicht die gleiche Welt ohne ihn. Es wäre nicht das gleiche Leben, wenn ich wüsste, dass er nicht mehr hier ist.

»Gib dir nicht die Schuld daran«, sagt er, wobei seine Stimme etwas sanfter wird. »Es war allein meine Entscheidung. Und ich weiß, dass es ein Fehler war.«

Weil der Gedanke daran, dass er hätte tot sein können, mir solche seelischen Schmerzen bereitet und mir Tränen in die Augen treibt, senke ich den Blick und versuche, den Kloß in meinem Hals runterzuschlucken.

»Kleines.«

Im Augenwinkel sehe ich, dass er sich von der Küchenzeile abstößt und zu mir kommt, um neben mir in die Hocke zu gehen.

»Schau mich an«, fordert er, und als ich nicht reagiere, greift er nach dem Stuhl, auf dem ich sitze, und dreht ihn zu sich, um dann einen Finger unter mein Kinn zu legen, damit ich den Blick hebe.

In seinen Augen steht der gleiche Schmerz, den ich auch in mir spüre; das gleiche Bedauern über das, was geschehen ist, und die gleiche Zuneigung, die immer in ihnen stand.

Zumindest so lange, bis er sich zurückzog.

»Es geht mir gut. Ich bin hier, hörst du? Ich lebe und es geht mir gut«, redet er leise auf mich ein und streicht dabei mit dem Daumen über meine Wange, um die Tränen wegzuwischen, die daran herablaufen.

»Du schläfst nicht«, bringe ich mit kratziger Stimme hervor, woraufhin er kurz sein schönes Gesicht verzieht. »Wieso schläfst du nicht, Cole?«

Dabei hebe ich ebenfalls eine Hand und streiche unter seinem Auge entlang. Dort, wo die unzähligen Nächte dunkle Spuren hinterlassen haben, weil er keine Ruhe findet.

Er spannt sichtbar seine Muskeln an, als ich ihn berühre, weicht meinem Blick aber nicht aus. »Du bist gegangen, während ich schlief, Kleines. Was denkst du denn?«

Ja, was denke ich denn? Es ist offensichtlich, wieso er an Insomnie leidet, und ich kann nicht so tun, als wäre das nicht auch meine Schuld. Denn egal, wie oft er mir sagen mag, dass es nicht so ist: Ich fühle mich für all das verantwortlich, was Cole nach der Trennung getan hat und ihm zugestoßen ist. Er wollte sich meinetwegen umbringen und kann meinetwegen nicht schlafen, und die Schuldgefühle, die ich deswegen habe, drohen, mich zu erdrücken.

»Ich wollte das alles nicht«, flüstere ich. »Ich wollte nie, dass das passiert.«

Die Emotionen, die in mir aufkommen – die guten wie die schlechten –, zerreißen mich förmlich. Ich will alles, was ich getan habe, ungeschehen machen. Ich will gerade nichts mehr, als wieder Coles Sophie sein, auch wenn ich nicht mehr dieselbe bin wie damals. Ich weiß, dass ich nie wieder dieselbe sein werde, aber Cole zeigt mir in jeder Sekunde, dass er mich noch immer mit der gleichen Intensität liebt, mit der er mich damals geliebt hat, und das macht alles nur noch überwältigender.

»Wieso bist du gegangen?«, will Cole nun ebenfalls flüsternd wissen, und zum ersten Mal, seit ich wieder hierher gekommen bin, kann ich in seinen Augen erkennen, wie sehr ich ihn verletzt habe. Ich kann die Fragen und das unermessliche Leid sehen, das in dem Silber schwimmt, als er auf meine Antwort wartet, und das lässt noch mehr Tränen aufsteigen.

»Du warst nicht mehr der, in den ich mich verliebt habe«, bringe ich undeutlich hervor. »Alles, was ich an dir geliebt habe, ist verschwunden. Und ich habe das nicht mehr ertragen. Es hat zu sehr wehgetan, verstehst du?«

Während ich die Worte ausspreche, kommt derselbe Schmerz wieder in mir hoch. Die Erinnerungen an die unzähligen Nächte, in denen ich voller Sorge um ihn wach lag, weil er sich mal wieder betrunken hatte und einfach gegangen ist. In denen ich nicht wusste, wo er war, was er tat oder wie es ihm geht. An die Nächte, in denen er blutüberströmt nach Hause kam; völlig neben sich stehend, weil er so viel Bourbon in sich gekippt hatte, dass er nicht einmal mehr seinen Namen aussprechen konnte. Nächte, die der nach unserem ersten Kuss ähnelten, oft aber um ein Vielfaches schlimmer waren. Wie viele Platzwunden ich gereinigt und versorgt habe, während er bewusstlos im Bett lag. Wie viel Blut ich aufwischen musste. Wie viele Tränen ich vergossen habe …

»Es tat weh, dich so leiden zu sehen und nicht zu dir durchdringen zu können, weil du mich immer mehr von dir gestoßen hast«, erkläre ich weiter. »Aber am schlimmsten war, dass ich dich verlor. Ich konnte nur hilflos dabei zusehen, wie du vor meinen Augen zu einem Geist wurdest. Und man kann keinen Geist lieben, Cole. Doch mehr war von dir nicht da.«

Eine drückende Stille legt sich auf uns, während meine Worte verklingen und wir uns einfach nur ansehen. Während wir den Schmerz des jeweils anderen erkennen und darum trauern, was passiert ist, weil das, was wir hatten, unglaublich wertvoll war.

»Ich habe dich so sehr geliebt, Cole. Aber du bist einfach verschwunden … Und ich hatte zu viel Angst davor, mich selbst zu verlieren, wenn ich bei dir bleibe. Darum bin ich gegangen.«

»Das ist jetzt anders«, sagt er irgendwann leise. »Ich bin wieder ich. Ich bin hier, Kleines. Und ich werde dir beweisen, dass ich noch der bin, den du damals vor dem Knast und wer weiß was noch bewahrt hast. Ich bin hier und ich liebe dich. Also bitte …«

Ich will den Kopf wegdrehen, doch Cole legt seine Hände an mein Gesicht und zwingt mich so dazu, ihn weiterhin anzusehen.

»Geh nicht. Verschwinde nicht wieder, Sophie. Und hör verdammt noch mal damit auf, alle inklusive dir selbst zu belügen. Denn ich ertrage diese Scheiße nicht mehr, die du da abziehst. Wir wissen beide, dass du hierher gehörst. Zu mir.«

Sein Blick droht, mich zu verbrennen, während seine Berührung es bereits tut. Ich will weglaufen und mich gleichzeitig an ihn schmiegen. Will mich in ihm fallen lassen und wieder die sein, die ich bei ihm war. Ich will nicht mehr an die letzten Jahre oder das denken, was ich verloren habe. Aber ich …

»Ich brauche ein wenig Zeit«, kommt es mir über die Lippen. »Bitte.«

Coles Hände verkrampfen sich für den Bruchteil einer Sekunde an meinen Wangen, bevor er nickt.

»Alles, was du willst, Kleines«, murmelt er daraufhin, und ich kann ihm ansehen, dass er sich zurückhält. Dass er mich an sich pressen, mich berühren, mich küssen will. Dass er sich alles nehmen möchte, sich meinetwegen aber mit meinen Worten zufriedengibt. Er streicht nur einmal sanft mit dem Daumen über meine Unterlippe, bevor er die Hände sinken lässt und sich erhebt.

»Komm. Ich will etwas ausprobieren«, bittet er und hält mir die Hand hin, damit ich aufstehe und ihm folge.

Ich traue mich nicht, ihn zu fragen, was er meint, bis er neben dem riesigen Bett stehenbleibt und aus seinen Boots steigt.

»Cole …«

Er wirft mir einen Blick zu, dessen Ernsthaftigkeit seine folgenden Worte unterstreicht. »Das ist es nicht, was ich vorhabe«, stellt er klar und überrascht mich damit fast schon ein wenig, doch dann glaube ich, zu verstehen, worum es ihm geht.

Wortlos lege ich mich neben ihn, nachdem er sich auf die Matratze hat sinken lassen, wobei mir das Herz bis zum Hals schlägt.

Es sind so viele Jahre vergangen, seit ich das letzte Mal neben ihm lag. So viele Nächte, in denen ich seinen Körper neben meinem vermisst habe, es mir aber einfach nicht eingestehen wollte. Jetzt hier zu sein und seine Hitze an meinem Arm zu spüren, macht mir das Atmen schwer.

Ich habe ihn so schrecklich vermisst …

Musste ich wirklich gehen? Musste ich vor Cole davonlaufen, um zu heilen? Musste ich tausend Meilen entfernt versuchen, neu anzufangen, um mein gebrochenes Herz wieder zusammenzusetzen?

Inzwischen bin ich mir da nicht mehr so sicher.

»Darf ich … Würdest du dich umdrehen?«

Zum ersten Mal, seit ich Cole kenne, höre ich ein Zögern zwischen seinen Worten. Ich höre die Angst, die in seiner Stimme mitschwingt, weil er sich entweder vor meiner Zurückweisung fürchtet oder davor, dass das, was er vorhat, nicht funktioniert. Doch ich habe gar keine Wahl mehr, als ihm zu geben, was er sich wünscht, weil ich merke, wie viel Kraft es mich all die Zeit gekostet hat, mich von ihm fernzuhalten. Also drehe ich mich wortlos auf die Seite, damit ich mit dem Rücken zu ihm liege, weil es schon immer so war zwischen uns.

Er atmet hörbar aus, bevor er seinen Arm um mich legt und mich mit derselben Vorsicht an sich zieht, mit der er mich vor sechs Jahren berührt hat. Als könnte ich erschrecken, zerbrechen oder davonlaufen.

Dabei bin ich doch schon längst zerbrochen. Ich bin innerlich kaputt, weil ich ihn verlassen habe, und in diesem Augenblick bereue ich es so sehr, gegangen zu sein, dass es mir erneut die Kehle zuschnürt und ich losweinen will.

Doch Coles Umarmung hält mich zusammen.

Seine Brust legt sich an meinen Rücken, während ich

seinen Atem im Nacken spüre, und die Vertrautheit dieser Berührung ist so überwältigend …

Sie vertreibt all die Schatten und Dämonen und die Kälte in mir augenblicklich, weil es genau das ist, was ich brauche. Weil es letztendlich Cole ist, der mich gänzlich heilen kann. Weil er mein Zuhause ist und mit jedem seiner Worte recht hat.

Ich gehöre hierher. Ich gehöre *zu ihm*, und als er leise seufzt und mich dabei festhält, spüre ich, wie das letzte eisige Kettenglied, das mein Herz noch gefangen gehalten hat, aufbricht, weil ich weiß, dass Cole gerade zum ersten Mal seit vier Jahren einschläft. Weil er zum ersten Mal nach allem, was geschehen ist, so etwas wie Frieden findet.

***

Als Buster am Morgen mit seiner Schnauze gegen meine Hand stupst, um mich aufzuwecken, dämmert es gerade.

Cole hält mich in seinem eisernen, aber liebevollen Griff gefangen, und ich kann nichts gegen das Lächeln tun, das sich auf meine Lippen stiehlt.

Er schläft noch immer tief und fest.

Ich wage es nicht, mich zu rühren, doch Buster sieht mich ungeduldig an, und als ich nicht auf ihn reagiere, bellt er, woraufhin Cole hinter mir stöhnt und mir damit eine Gänsehaut beschert.

»Fuck«, murmelt er leise und drückt mich für einen kurzen Moment fester an sich. »Wie spät ist es?«

»Ich weiß nicht«, antworte ich leise, schiele dann aber auf seine Armbanduhr. »Kurz vor sechs.«

Coles Atem streift meinen Nacken, als er sich hinter mir windet, und ich erschaudere in seinen Armen, bevor er mich hörbar widerwillig freigibt, aber nicht aufsteht.

Ich drehe mich um und sehe ihm dabei zu, wie er sich mit beiden Händen über das Gesicht reibt. Seine Haare sind etwas verwuschelt und er sieht verschlafen aus, aber auf die gute Art. Die dunklen Ränder unter seinen Augen sind eine Nuance heller geworden, und das Lächeln, das sich auf seine vollen Lippen legt, lässt mich regelrecht dahinschmelzen.

»Danke, Kleines«, sagt er leise und streicht mir dabei eine Haarsträhne aus dem Gesicht. »Du kannst dir nicht vorstellen, wie gut das tat.«

Seine Hand verweilt an der Seite meines Halses, während wir uns einfach nur ansehen und den Anblick des jeweils anderen in uns aufsaugen, bis Buster den Moment zerstört und erneut bellt, woraufhin Cole sich erhebt und der Zauber des Augenblicks verfliegt. Doch ich halte ihn im Herzen fest, weil es mich unsagbar glücklich macht, dass diese Nacht für Cole keine schlaflose war.

Als wir nach unten gehen, kommen die ersten Jugendlichen gerade aus dem anderen Lagerhaus, und mir fällt auf, dass Trent – der Junge, den Cole mit Kaffee übergossen hat – beinah panisch den Blick abwendet, als würden ihm sonst die Augen rausfallen.

»Was ist mit ihm?«, frage ich Cole, als wir zu meinem Pick-up gehen und daneben stehenbleiben.

»Hm?«

»Wieso verhält er sich so komisch? Hängt das etwa – *Cole!*«

Er sieht kurz zur Seite, bevor er den Kopf etwas schief legt und einen Arm am Dach des Pick-ups abstützt, gegen dessen Fahrertür ich mich gelehnt habe.

»Sagen wir einfach, er hatte sein Mundwerk nicht unter Kontrolle, weswegen ich ihm verboten habe, dich anzuschauen«, erklärt Cole auf seine üblich selbstgefällige Art, wobei seine Mundwinkel leicht zucken.

Ich schüttele fassungslos den Kopf, frage aber nicht weiter nach, weil ich es gar nicht genauer wissen will. Mir ist durchaus bewusst, dass Cole hin und wieder *etwas* übers Ziel hinausschießt. Aber da ich ihn kenne und weiß, dass er meist seine Gründe dafür hat, beschließe ich, es dabei zu belassen.

»Ich muss los«, sage ich stattdessen. »Theo kommt in einer knappen Stunde.«

»Ruf ihn an und sag ihm, dass er hierherkommen soll«, fordert Cole und kommt einen Schritt näher, wodurch sich der Abstand zwischen uns regelrecht in Luft auflöst.

»Nein. Ich muss fahren«, bestimme ich und versuche, mich nicht davon ablenken zu lassen, dass er eine meiner Haarsträhnen um seinen Finger wickelt und mir dabei nicht mehr in die Augen, sondern auf den Mund starrt.

»Du hörst noch immer nicht auf mich, Kleines«, murmelt er tadelnd und beugt sich zu mir runter, so dass sich unsere Lippen fast berühren.

Mein gesamter Körper bebt, und der letzte noch halbwegs funktionierende Teil meines Gehirns ist sich der Blicke der Jugendlichen mehr als bewusst, weswegen ich meine Hände an Coles Brust lege, um ihn wegzuschieben, doch sie gehorchen mir einfach nicht. Stattdessen schließen sich meine Finger um den Stoff seines Shirts, was Coles Kehle ein leises Grollen entlockt, so dass mein Herz einen Schlag aussetzt.

»Ich komme zu spät«, bemerke ich schwach, während sich sein warmer Atem an meinen Lippen bricht und ich den Kopf gegen das Fahrerfenster des Pick-ups lehne, um etwas Abstand zu seinen Lippen zu bekommen, aus Angst davor, sonst nirgendwo mehr hinzugehen.

»Wann bist du wieder hier?«, will Cole wissen und streicht dabei mit den Fingerspitzen an der Seite meines Halses entlang.

»Bald.«

»Das ist zu spät.«

Seine Lippen berühren meine bei den Worten wie der Flügelschlag eines Schmetterlings, weil er meiner Bewegung gefolgt ist, während sich sein Becken gegen meins drückt.

»So schnell ich kann.«

»Schon besser.« Er lässt seine Hand in meinen Nacken gleiten und sieht mir wieder in die Augen. »Bekomme ich einen Abschiedskuss?«

»Ich weiß nicht, Cole …«

Ich weiß gar nichts mehr. Mein Gehirn ist leergefegt, meine Beine fühlen sich wie Pudding an, und mein Herz versucht, durch meine Kehle aus meinem Körper zu springen. Alles, woran ich denken kann, ist, dass ich mich gerade erneut in Cole verliebe und absolut nichts dagegen tun kann.

»Falsche Antwort«, erklärt er leise, bevor er mich einfach küsst.

Es ist der wohl sanfteste und zurückhaltendste Kuss, den er jemals zustande gebracht hat, und dennoch kralle ich meine Finger fester in sein Shirt, weil ich befürchte, sonst einfach umzukippen.

»Beeil dich«, murmelt er irgendwann mit leicht kratziger Stimme, und als ich höre, dass die Jugendlichen hinter Cole pfeifen und jubeln, öffne ich die Augen und merke, wie mir das Blut ins Gesicht schießt.

Cole hingegen nimmt lediglich seine Hand vom Dach des Pick-ups und zeigt ihnen den Mittelfinger, woraufhin ich ihm halbherzig gegen die Brust boxe.

»Was denn?«

Das typische Cole-Grinsen legt sich auf seine Lippen, als ich es endlich schaffe, ihn von mir zu schieben und kopfschüttelnd in den Wagen steige.

»Sie brauchen das ab und zu.«

Ich werfe ihm einen Blick zu, der ihm deutlich zeigt, was ich von seinen Erziehungsmethoden halte, kann jedoch nicht verhindern, dass auch ich nun lächeln muss, obwohl ich es eigentlich gar nicht will.

Das ist der Cole, den ich so schmerzlich vermisst habe.

Ich fürchte, dass er es geschafft hat, mich tatsächlich für sich zu gewinnen, und ich gar keine Wahl mehr habe, als mich dem zu fügen. Doch bevor ich endgültig eine Entscheidung treffe, will ich mir noch den Rat des Menschen einholen, der für uns mehr als nur ein Freund geworden ist und immer zu wissen scheint, was richtig und was falsch ist, daher starte ich den Motor und fahre los.

***

»Du hast deine Tasche immer noch nicht ausgepackt«, stellt Theo fest, nachdem wir den Papierkram erledigt haben, der wegen des Todes meiner Mutter noch ausstand.

Ich werfe einen Blick über meine Schulter zu der Reisetasche, die im Flur steht und zwar geöffnet wurde, weil ich ein paar Kleidungsstücke und meinen Kulturbeutel rausgeholt habe, ansonsten aber tatsächlich unangetastet ist. »Ja … Ich wollte mich hier nicht häuslich einrichten.«

Theo sieht mich aus zusammengekniffenen Augen an und erinnert mich damit daran, dass ihm als Anwalt mehr auffällt als uns Normalsterblichen.

Ergeben seufze ich und lasse die Schultern hängen. »Okay. Ich war bei Cole. Wieder.«

Er holt tief Luft, lässt mich aber nicht aus den Augen. »Ich werde es dir nicht zum Vorwurf machen.«

Dann trinkt er einen Schluck aus dem To-Go-Becher, den er mitgebracht hat. Vor mir steht ebenfalls einer, aber ich habe den Kaffee darin bereits geleert, weswegen ich jetzt nicht mal Zeit schinden kann.

»Du weißt doch, wie er sein kann«, druckse ich herum.

»Das weiß ich allerdings. Und du wiederum weißt, was ich darüber denke.«

Theo hat sich zwar immer mehr um Cole als um mich gesorgt, doch er vertritt die Meinung, dass ich bei meiner Entscheidung bleiben sollte. Ich weiß nicht, ob es daran liegt, dass er im Gegensatz zu Jules hin und wieder hautnah miterlebt hat, wie es bei uns bergab ging, aber er schien beinah erleichtert, als ich mich getrennt habe.

Es ist nicht so, als würde er unsere Beziehung boykottieren oder schlechtmachen. Doch er glaubt, dass zwei Menschen, die so gegensätzlich sind wie Cole und ich, zwangsläufig eine Detonation herbeiführen. Die Reibung wäre zu stark, sagte er mal.

Es tat ihm weh, dass ich Cole verließ, aber er war ebenso wie ich der Meinung, dass es das Beste sei, auch wenn er zu Beginn – vor sechs Jahren – genauso an diese Liebe glaubte wie ich.

Doch manche Dinge ändern sich eben.

Zu oft habe ich Theo um Hilfe bitten müssen, weil Cole mal wieder sturzbetrunken irgendwo herumlungerte und ich ihn nicht dazu bewegen konnte, mitzukommen. Und so war Theo letztendlich auch derjenige, der mir einen schnellen und unkomplizierten Umzug nach New York ermöglichte und mich anfangs sogar hin und wieder finanziell unterstützte, weil ich einige Zeit brauchte, bis ich auf eigenen Beinen stehen konnte.

Seine Loyalität galt stets mehr Cole, weil er ihm auf emotionaler Ebene nähersteht; aber was die Trennung betraf, stand er voll und ganz hinter mir. Daher habe ich ein wenig Sorge vor dem, was er sagen wird, wenn ich gleich ausspreche, was mir inzwischen schier unausweichlich erscheint.

»Nehmen wir mal an, ich würde hierbleiben wollen«, beginne ich unsicher, wobei ich ihn nicht anschaue.

»Hier in Mississippi oder hier bei Cole?«, hakt er nach und trifft damit ins Schwarze. Was habe ich auch erwartet?

Ich verziehe das Gesicht. »Beides …? Ich glaube, er hat sich wirklich geändert, Theo. Denkst du das nicht auch?«

Nun hebe ich doch den Blick.

Theo seufzt und lehnt sich auf dem alten Holzstuhl zurück, dessen Lehne dabei knarzend protestiert. Er fährt sich mit der Hand durch die Haare und überlegt, bevor er mir antwortet. »Ja, das hat er definitiv. Nur hast du dich auch verändert, und ich habe die Sorge, dass ihr beide an etwas festhaltet, das nie mehr so sein kann, wie es einmal war. Weil *ihr* nicht mehr so seid. Verstehst du?« Er sieht mir ernst und direkt in die Augen, als wolle er seine Worte damit unterstreichen. »Du bist nicht mehr die junge Frau, die einen Beschützer braucht, und Cole hat sich ebenfalls etwas aufgebaut, das ihn erfüllt. Zumindest hoffe ich das; ganz sicher kann man sich bei ihm da ja nie sein …«

Wir müssen beide kurz lächeln, doch es ist ein trauriges Lächeln, weil es für Cole so schwer war, sich zu erlauben, glücklich zu sein.

»Ich weiß, dass ihr noch immer absolut vernarrt ineinander seid, aber ich habe dennoch Angst davor, dass ihr euch in etwas verrennt, das schrecklich enden könnte, wenn ihr nicht aufpasst. Ihr seid beide unglaublich stur, und wenn ihr etwas wollt, tut ihr alles dafür, um es auch zu bekommen. Ich bin mir nur nicht sicher, ob ihr dasselbe wollt.«

»Denkst du, es ist dumm von mir, dass ich darüber nachdenke, es trotz allem noch mal zu versuchen? Mit Cole?«, frage ich geradeheraus und erwidere seinen Blick eisern.

Theo mustert mich lange, bevor er endlich antwortet. »Ich denke, dass nichts, was aus Liebe geschieht, dumm ist. Und um die Frage zu beantworten, die du mir als

Nächstes stellen willst: Ganz egal, wie du dich entscheidest – wie *ihr* euch entscheidet: Ich bin für euch da. Daran wird sich nichts ändern.«

COLE

»Wenn ihr wisst, was gut für euch ist, hört ihr mit diesem Bullshit auf«, rufe ich den Kids zu, während Sophie davonfährt, doch ich kann das Schmunzeln nicht gänzlich aus meinem Gesicht radieren, als ich mich umdrehe.

»Komm schon, C«, sagt Big T und hebt besänftigend die Hände. »Wir freuen uns doch nur.«

Die anderen nicken zustimmend, wobei sie breit grinsen.

»Kümmert euch lieber um euren eigenen Mist.«

Dabei kann ich ihnen nicht wirklich böse sein. Das sind Kinder, verdammt. Sie mögen Plagegeister und Unruhestifter sein, aber letztendlich sind sie gute Seelen, die genau zu merken scheinen, was hier abgeht.

Okay … Nach der Show, die ich da gerade abgezogen habe, ist das auch nicht schwer. Selbst ein kompletter Gefühlslegastheniker hätte bei diesem Beinah-Trockenfick erkannt, dass Sophie für mich nicht einfach nur irgendeine Frau ist, sondern meine ganze Welt.

Ich kann es ihnen also nicht verübeln, auch wenn ich ab

jetzt aufpassen muss, dass sie mich weiterhin ernst nehmen. Sie dürfen auf keinen Fall glauben, ich würde verweichlichen, nur weil sie jetzt auch meine andere Seite kennen. Denn das würde dazu führen, dass sie mir früher oder später auf der Nase herumtanzen, und das wäre wirklich fatal.

»Ist Margo noch oben?«, frage ich in die Runde, woraufhin die Mädchen nicken, alle jedoch weiterhin stehenbleiben.

Ich hebe eine Augenbraue. »Worauf wartet ihr noch? Das Frühstück macht sich nicht von selbst.«

Mit der altbekannten Genervtheit ziehen sie ab, und ich folge ihnen in ihr Lagerhaus, um nach oben zu gehen und nach Margo zu sehen.

Sie liegt noch im Bett, und als ich einen kurzen Blick auf den Knöchel werfe, sehe ich, dass er über Nacht weiter angeschwollen ist, weswegen sie besser nicht laufen sollte.

»Cleverer Schachzug«, begrüße ich sie und bleibe neben ihrem Bett stehen. »So kann man sich auch vor der Arbeit drücken.«

Margo sieht zu mir hoch und schneidet eine Grimasse, woraufhin ich lache.

»Na komm. Bringen wir dich runter, damit du was zu essen bekommst.«

Ihr Gesichtsausdruck zeigt mehr als deutlich, dass sie nicht von mir herumgetragen werden will, aber wenn sie ihren Knöchel nicht schont, verzögert das den Heilungsprozess nur unnötig, darum lasse ich ihr keine Wahl.

Ich weiß, wie sie sich fühlt; nur dass ich niemanden hatte, der mich herumgetragen hat. Ich musste stattdessen gefüttert werden und mir bei anderen Dingen helfen lassen, bei denen man definitiv keine Hilfe benötigen will. Aber wenn ich das überlebt habe, wird sie es auch überstehen, also hebe ich sie hoch und trage sie nach unten, damit sie wenigstens etwas isst und ein bisschen an die frische Luft kommt.

Ich sitze gerade in dem Büro, das sich neben dem großen Aufenthaltsraum im Lagerhaus der Kids befindet, und plane die Aufgabenverteilung für den nächsten Tag, als Michelle im Türrahmen erscheint.

»C? Kannst du mal kurz kommen?«

»Was ist denn?« Ich hebe den Kopf und sehe sie an.

Sie deutet ein Nicken nach draußen an. »Da ist ein Auto. An der Grenze. Es ist vor einer halben Stunde gekommen und … steht jetzt einfach da.«

Ich runzele die Stirn und erhebe mich. »Und es ist niemand ausgestiegen?«, will ich wissen, doch sie schüttelt den Kopf, was mir überhaupt nicht gefällt.

Als ich nach draußen gehe, sehe ich den Wagen sofort. Es ist ein unscheinbarer alter Toyota, der mir nicht bekannt vorkommt. Da ich jedoch nicht nur die Aufsichtspflicht für die Kids habe, sondern auch für ihre Sicherheit verantwortlich bin, muss ich nachsehen, was da los ist. Es könnte irgendein Perverser in dem Auto sitzen, der sich am Anblick von Jugendlichen aufgeilt, oder ein Junkie, der sich den nächsten Schuss setzt und dann seinen Dreck hier rumliegen lässt, was nicht nur für die Teenager, sondern auch für die Hunde gefährlich wäre.

Ich muss also sicherstellen, dass keine Gefahr von dem Auto ausgeht, weswegen ich geradewegs darauf zugehe.

Als ich mich bis auf fünfzig Meter genähert habe, wird der Motor gestartet. Der Fahrer setzt zurück, wendet, wobei er

Staub aufwirbelt, und fährt davon.

Zähneknirschend bleibe ich stehen und sehe dabei zu, wie das Auto zwischen den wenigen Bäumen am Rand des Industriegebietes um die Ecke fährt und damit aus meinem Blickfeld verschwindet.

Ich bin froh darum, dass derjenige freiwillig abgehauen ist, aber dass ich nicht nachsehen konnte, wer das war oder was er hier wollte, gefällt mir nicht. Dass der Wagen keine Kennzeichen hatte, macht die Sache nicht besser, aber mir bleibt nichts anderes übrig, als umzudrehen.

Michelle, Sarah und Austin stehen etwas unschlüssig herum, während Margo gezwungenermaßen sitzt.

»Regeländerung«, sage ich knapp, als ich bei ihnen angelangt bin. »Ich will keinen von euch allein draußen sehen. Und die Grenze liegt jetzt bei fünfzig Metern.«

Da sie offenbar an meinem Gesichtsausdruck erkennen, wie ernst es mir ist, nicken sie alle, woraufhin ich mir Margo schnappe und sie kurzerhand drinnen auf einen Stuhl setze, damit sie nicht allein draußen hockt.

»Sorry«, murmle ich entschuldigend, bevor ich wieder rausgehe, um erst Big T und Alisha bei den Zwingern Bescheid zu geben und dann die anderen zu suchen, die gerade mit ein paar Hunden ihre Runden drehen.

Nein, es macht nicht immer Spaß, den Babysitter für eine Horde Pubertierender zu spielen. Aber auch wenn man es mir nicht anmerken mag, bedeuten mir die Kids alle etwas, daher werde ich kein Risiko eingehen und bis auf Weiteres die verschärften Regeln gelten lassen. Denn irgendetwas an diesem beschissenen Toyota, der hier ohne ersichtlichen Grund rumstand, gefällt mir ganz und gar nicht. Und bisher hat mich mein Bauchgefühl nur selten im Stich gelassen. Zudem habe ich mit zu vielen zwielichtigen Gestalten zu tun gehabt, um immer an das Gute in den Menschen zu glauben.

Was mich daran erinnert, dass Sophie noch immer nicht zurück ist und ich sie dringend davon abbringen sollte, dass sie weiterhin in diesem beschissenen Haus irgendwo im Nirgendwo schläft, wo ich nicht auf sie aufpassen kann. Ich muss sie also dazu überreden, den Rest ihres Aufenthaltes bei mir zu verbringen.

Ach … Was rede ich da? Als würde ich sie noch mal nach New York zurückgehen lassen!

Nein. Mein Mädchen wird nirgendwo mehr hingehen; zumindest nicht ohne mich. Dafür werde ich sorgen.

***

Auch wenn ich mit jeder Minute, die verstreicht und in der Sophie nicht zurückgekehrt ist, unruhiger werde, versuche ich, den Ablauf hier so normal wie möglich weiterzuführen, weswegen ich am Nachmittag mit Big T, Trent und Austin im Keller bin.

Da Big T, der eigentlich Tony heißt und seinen Spitznamen nicht grundlos hat, für die anderen beiden Jungs kein fairer Gegner ist, widme ich den Großteil meiner Aufmerksamkeit heute ihm, während Trent und Austin miteinander trainieren. Das Kickboxen bringt ihn stark aus der Puste, aber er hält sich wacker und landet dank meiner mangelnden Konzentration sogar den ein oder anderen Treffer.

Immer wieder werfe ich einen Blick auf die Uhr, die ich an der nackten Betonwand aufgehängt habe, weil man bei sämtlichen Kontaktsportarten besser keine Armbanduhr tragen sollte. Sophie ist schon seit Stunden weg, und ich frage mich, was sie so lange treibt. Redet sie etwa immer noch mit Theo? Versucht der Schweinehund, sie gegen mich aufzuhetzen, weil er nicht daran glaubt, dass wir eine weitere Chance verdienen? Zweifelt sie selbst doch zu sehr? Ist sie womöglich schon in den nächsten Flieger gestiegen, um zu verschwinden? Oder – und daran will ich am aller wenigsten denken – ist ihr irgendetwas passiert?

Die Fragen treiben mich in den Wahnsinn, und so schafft Big T es erneut, mir einen Tritt zu versetzen, der mich an der Seite trifft und trotz mangelnder Technik wegen des Gewichts, das er auf die Waage bringt, aufkeuchen lässt. Er kann froh sein, dass er ein Schutzbefohlener und kein echter Gegner ist, sonst hätte ich ihn dafür, dass er meine Unachtsamkeit ausgenutzt hat, einen Kopf kürzer gemacht. Stattdessen werfe ich ihm einen vielsagenden Blick zu und lande kurz darauf selbst einen Treffer, der jedoch eher einem Klaps gleicht, weil ich mich bei den Kids immer zurückhalte. Die Behörden würden es nicht gutheißen, wenn die Jugendlichen hier im Minutentakt von Krankenwagen abgeholt werden müssten, nur weil ich meine fragwürdigen Talente an ihnen anwende.

Als ich im Augenwinkel eine Bewegung auf der Treppe sehe, hebe ich die Hand, um Big T zu signalisieren, dass wir eine Pause machen, und drehe mich um.

Es ist wie ein Déjà-vu, als ich die Stufen hinaufblicke und Sophie auf der Treppe stehen sehe, nur dass ich sie dieses Mal nicht wegschicken will. Ganz im Gegenteil. Am liebsten würde ich sie mir auf den Rücken binden, damit ich immer genau weiß, wo sie ist, und mir keine Sorgen machen muss.

Ich ziehe meine Handschuhe aus und werfe sie achtlos auf den Boden, um dann zu ihr zu gehen und auf der Stufe unter ihrer stehenzubleiben.

»Das nennst du *bald*?«, frage ich mit einem Grollen in der Stimme und streiche dabei mit den Fingern über ihre Wange, als müsste ich mich davon überzeugen, dass sie wirklich hier ist. »Wie lange bist du allein draußen gewesen?«

Sophie legt den Kopf schief und sieht mich mit einem leichten Stirnrunzeln an. »Ich bin gerade erst angekommen.«

Möglich, dass ich ein wenig übertreibe, aber Sophie soll keinen Schritt mehr allein tun. Der seltsame Wagen und meine allgemeine Angst davor, dass sie einfach wieder verschwinden könnte, machen mich paranoid. Diese Frau ist entgegen allem, was klug und gut ist, der Mittelpunkt meines Lebens, und ich werde nicht zulassen, dass ihr etwas zustößt oder ich sie wegen irgendetwas erneut verliere.

»Ich will nicht, dass du allein hier rumläufst. Ab sofort wird immer jemand bei dir sein«, bestimme ich. »Oder noch besser: Du bleibst in meiner Nähe.«

Sie weicht vor mir zurück und verengt die Augen. »Was ist los mit dir?«, fragt sie leicht verärgert. »Ich bin kein Kind, Cole. Ich kann auf mich aufpassen.«

Ich gebe ein unzufriedenes Brummen von mir, beschließe aber, dass ich sie lieber im Dunkeln lasse, als ihr von meinen Ängsten und dem beschissenen Auto zu erzählen. Ich werde Mittel und Wege finden, um sie im Auge zu behalten. Und der erste Schritt wird sein, dass sie nicht mehr in das Haus ihrer Mutter zurückkehrt.

»Schluss für heute«, rufe ich den drei Jungs zu, bevor ich

Sophies Hand in meine nehme und mit ihr nach oben gehe.

Sie folgt mir schweigend bis in meine Wohnung, wo ich mir das Shirt ausziehe und frische Klamotten aus einem der Armeeschränke hole.

»Hast du deine Sachen mitgebracht?«

Sie lehnt sich mit dem Becken an den großen Esstisch und verschränkt die Arme vor der Brust. »Sollte ich das denn?«

Ich balle meine rechte Hand zur Faust, um mich mit dem Schmerz ein wenig runterzubringen, bevor ich mich ihr ganz zuwende.

Ihr Gesichtsausdruck ist neutral, doch ich kann sogar von hier den leichten Ärger in ihren Augen erkennen, der mich daran erinnert, dass ich mich zusammenreißen sollte. Sie wollte Zeit zum Nachdenken, und ich Idiot dränge sie bereits jetzt, was wirklich verdammt bescheuert ist, wenn man bedenkt, dass sie am längeren Hebel sitzt.

»Tut mir leid, Kleines«, lenke ich ein und versuche, mich zu entspannen.

Sie ist hier, du Arschloch. Versau es nicht!

Sophie senkt mit einem Kopfschütteln den Blick, was mir augenblicklich Übelkeit beschert. Doch dann sieht sie mich wieder an und kommt auf mich zu, um ihre Hände an meine Wangen zu legen. Die Berührung ist mir vertraut, wenngleich ich sie seit über vier Jahren nicht mehr spüren konnte.

Ihre warme Haut auf meiner zu fühlen, macht mir das Atmen schwer. Ich will sie an mich ziehen; sie überall spüren und von ihr hören, dass sie bleibt. Dass sie mich liebt, so wie ich sie all die Jahre geliebt habe, auch wenn ich es für eine viel zu lange Zeit vergessen hatte und sie damit von mir stieß. Ich will ihr sagen, dass ich ihr die Welt zu Füßen lege, wenn sie mich nur lässt, und dass sie alles von mir verlangen darf, solange sie nur bei mir bleibt, doch ich bringe kein einziges Wort heraus.

»Es muss dir nicht leidtun«, sagt sie mit ihrer sanften Stimme, die noch immer die schönste ist, die ich jemals gehört habe, und die eine Macht über mich hat, wie sie sonst nichts und niemand innehält.

»Aber bitte dräng mich nicht, Cole. Ich bin hier. Und ich habe dir gesagt, dass ich darüber nachdenken werde. Doch du musst verstehen, dass ich nicht einfach darüber hinwegsehen kann, wie es mit uns geendet hat.«

Ich lasse den Kopf hängen und lege meine Stirn an ihre, während ich tief Luft hole und wieder ausatme.

Ihre Fingerspitzen streichen federleicht über meine Kiefer, und ich möchte all die Zweifel und Ängste, die sie zu haben scheint, einfach aus ihr rausküssen, begnüge mich jedoch damit, ein Nicken anzudeuten. Dennoch kann ich die Frage nicht zurückhalten, auch wenn ich mir dabei wie ein Waschlappen vorkomme.

»Wie stehen meine Chancen?«, will ich leise wissen und schließe dabei die Augen.

Sophie lacht beinah lautlos, bevor sie sich ein wenig streckt und ihre Lippen kaum merklich auf meine Wange drückt. »Besser, als mir lieb ist«, antwortet sie dann ebenso leise, und das ist wohl mehr, als ich verdiene.

Das Klingeln meines Handys zerstört den Moment. Sophie lässt die Hände sinken, während ich fluchend auf das Display blicke und die Nummer der Tierklinik darauf sehe. Da keines der Tiere, die aktuell in meiner Obhut sind, krank und dort in Behandlung ist, kann der Anruf nur eins bedeuten, und nachdem ich ihn entgegengenommen habe, bestätigt sich meine Vermutung.

»Wir müssen zur Klinik fahren«, erkläre ich Sophie nach dem kurzen Telefonat. »Sie haben zwei Welpen, die ein Zuhause brauchen.«

Es ist immer das Gleiche. Jemand schafft sich einen Hund an, merkt dann, wie viel Arbeit er macht, und setzt ihn im besten Fall an einem belebten Ort aus, bis ihn jemand ins Tierheim oder zum nächsten Veterinär bringt. Oder – und das scheint in diesem Fall passiert zu sein – die Besitzer sehen keinen Sinn in einer Kastration, lassen ihre Hunde frei herumlaufen, woraufhin diese sich munter mit dem nächsten Straßenköter paaren, und geben die Welpen dann einfach ab.

»Das kann ich doch machen«, bietet Sophie an. »Ich kenne den Weg noch, denke ich.«

Mit skeptischem Blick mustere ich sie und überlege, ob das eine gute Idee ist. Ich will sie nicht allein gehen lassen, aber es wäre wesentlich stressfreier, wenn ich nicht mit neun Kids durch das halbe County fahren müsste.

»Ich bin nicht lange weg«, sagt Sophie, als würde sie meine Gedanken lesen können, die darum kreisen, dass mir dann schon wieder wertvolle Zeit mit ihr flöten geht und sie erneut allein unterwegs ist.

»In spätestens eineinhalb Stunden sollte ich zurück sein.«

»In Ordnung«, lenke ich widerwillig ein, da ich nicht mit ihr streiten will.

Sie ist noch immer ein Dickkopf, und gerade jetzt sollte ich mich dem nicht widersetzen.

»Lass dir von den Kids eine Transportbox geben. Sie

wissen, wo die stehen.«

Sophie nickt und will sich von mir abwenden, doch ich greife nach ihrem Handgelenk und ziehe sie wieder zu mir, bevor ich ihr einen Kuss auf die Schläfe gebe. »Sei bitte vorsichtig«, murmle ich an ihrer Haut, und zu meiner Freude kann sie den leichten Schauder, der sie daraufhin durchfährt, nicht verbergen.

»Bis gleich«, sagt sie leicht atemlos und geht, nachdem ich sie endlich losgelassen habe.

Ich kann nur dastehen und ihr nachsehen, während ich erneut daran denke, wie perfekt alles wäre, wenn sie wieder zu mir zurückkäme. Wenn sie endlich wieder meine Sophie wäre und ich schlafen könnte und sie in Sicherheit wüsste. Wenn ich mich nicht mehr jeden Tag fragen müsste, wie es ihr geht, was sie macht oder mit wem sie zusammen ist. Wenn wir einfach wieder wir sein könnten, ohne den ganzen Scheiß, der uns damals im Weg stand. Und entgegen meiner sonst eher pessimistischen Natur glaube ich inzwischen, dass wir das wirklich schaffen können. Dass *ich* es wirklich schaffen und Sophie beweisen kann, dass ich jetzt gut genug für sie bin. Dass ich genau der Richtige für sie bin und sie nicht mehr nach New York zurückmuss.

Wenn es nach mir ginge, würde sie nicht einmal für einen Tag dorthin zurückgehen, um ihre Sachen zu holen, aber ich befürchte, dass ich ihr diesen Vorschlag noch nicht so schnell unterbreiten sollte.

Doch ganz egal, wie viel Zeit vergehen muss, bis sie wieder ganz Mein ist: Ich werde jede einzelne Sekunde nutzen und auskosten, so gut ich nur kann.

SOPHIE

Es war keine reine Selbstlosigkeit, die mich Cole anbieten ließ, die Welpen zu holen. Viel mehr war es meine eigene Feigheit vor dem, was in mir vorging, als wir uns schon wieder so nah waren und er dabei auch noch oberkörperfrei war.

Ich habe in den Jahren nach Cole niemanden gehabt – was keine Entschuldigung ist, aber dennoch dazu beiträgt, dass seine nackte Haut mit den unzähligen Tätowierungen und den ausgeprägten Muskeln darunter mir eine Hitzewelle nach der anderen beschert hat. Sein Körper hat noch die gleiche Wirkung auf mich, die er schon damals hatte, und meine Enthaltsamkeit macht es mir zu meiner Schande nicht gerade leichter, ihm zu widerstehen.

Darum bin ich mehr als dankbar dafür, die nächsten eineinhalb Stunden nicht in seiner Nähe sein zu müssen, damit ich mich wieder sammeln kann. Denn Cole bringt mich von Minute zu Minute mehr aus dem Konzept; und sein Körper tut das Übrige.

Die beiden Welpen sind zum Niederknien. Schwarzes, flauschiges Fell, kleine Schlappohren, tapsige Pfötchen, die viel zu groß erscheinen, und winzig kleine Milchzähne, mit denen sie an meinen Fingern knabbern, während der diensthabende Tierarzt die Unterlagen holt, die ich unterschreiben soll, um zu bestätigen, dass wir keinerlei Ansprüche gegen die Klinik erheben, falls einer der Hunde krank werden sollte. Als er erklärte, dass Cole bereits angerufen hat, um zu sagen, dass *seine Freundin* die Welpen holen würde, musste ich kurz schlucken, sah aber keinen Sinn darin, es zu berichtigen. Und wirklich übelnehmen konnte ich es Cole auch nicht, da ein viel zu großer Teil von mir eben genau das wieder sein will: seine Freundin.

Nachdem ich alles unterzeichnet und ein anderer Angestellter der Klinik mir mit der viel zu großen Transportbox geholfen hat, trete ich die Heimreise an und hoffe dabei, dass die Kleinen sich nicht übergeben müssen. Doch als ich endlich auf den Schotterweg des Industriegebietes abbiege, liegen sie schnarchend und eng aneinandergekuschelt da, was mich lächeln lässt, als ich den Wagen endlich neben den beiden Vans von Cole parke.

Er kommt nur Sekunden später durch die Stahltür, und als ich aussteige, werden seine zuvor noch angespannten Gesichtszüge weicher, als wäre er erleichtert, weil ich endlich wieder hier bin. Kurz darauf kommen auch die Jugendlichen zum Pick-up, um die Welpen zu begrüßen, was mit viel *O-Gott-sind-die-süß* und Gekicher einhergeht, das zum Teil sogar von den Jungs kommt, bis Cole die Teenager wegscheucht, damit er die Transportbox mitsamt der Welpen in das Lagerhaus tragen kann.

Ich folge ihm und sehe dabei zu, wie er die beiden Tierchen mit einer Vorsicht aus der Box holt, die man diesem großen Kerl kaum zutraut, um sie zu begutachten. Es erwärmt mein Herz, ihn so zu sehen, weil es in krassem Kontrast zu dem steht, was er früher getan hat. Wenn ich allein an diesen furchtbaren Abend denke, an dem ich ihm in die Halle gefolgt bin, in der er gekämpft hat, krampft sich mein Magen zusammen. Und das war nicht einmal die schlimmste Nacht …

Doch das hier – das ist der wahre Cole.

Es ist mir egal, ob er oder andere das nicht glauben wollen, aber er ist der fürsorglichste und liebevollste Mensch, den ich kenne, und die Narbe an meinem Herz verblasst mit jedem Moment, den ich bei ihm bin, ein bisschen mehr.

Wie konnte ich all die Jahre vergessen, dass er so ist? Wie konnte ich ihn aufgeben, nur weil er sich selbst eine Zeit lang verloren hat?

Ich hätte an ihn glauben und ihm beistehen sollen. Ich hätte bei ihm bleiben und ihm jeden Tag aufs Neue zeigen müssen, wie wichtig er mir ist, anstatt mich von ihm ausschließen zu lassen. Stattdessen habe ich ihn mit seinen Dämonen alleingelassen, und die Wut, die sich deswegen nun gegen mich richtet und in mir aufkocht, treibt mir die Tränen in die Augen.

»Hey«, sagt Cole leise, nachdem er die Welpen in dem abgelegenen Zwinger untergebracht hat, der für neue Tiere vorgesehen ist, die die ersten Tage von den anderen separiert werden, damit sie keine etwaigen Krankheiten übertragen. »Was ist los?«

Ich schüttele den Kopf und wische die Tränen weg, um mir ein Lächeln auf die Lippen zu legen, das sich jedoch falsch anfühlt und von ihm bestimmt durchschaut wird. »Nichts. Alles gut.«

Er kommt zu mir und legt ohne Vorwarnung die Arme um mich, so dass ich mich an ihn schmiege und mein Gesicht gegen seine Brust presse, um seinen so wunderbaren Duft einzuatmen.

»Sie sind okay. Etwas dünn, aber das kriegen wir in ein paar Tagen in den Griff«, erklärt er und streicht dabei über meinen Rücken. »Kein Grund zur Sorge.«

Ich schniefe leise. »Das ist es nicht.«

»Was ist es dann? Rede mit mir.«

»Es tut mir so leid, Cole«, bringe ich undeutlich hervor. »Ich habe mich schrecklich verhalten und das tut mir leid.«

Er schweigt und hält mich einfach fest, während ich um das weine, was ich uns angetan habe.

Ich warte schon seit Tagen auf den Moment, in dem er mir vorwerfen wird, wie sehr ich ihn verletzt habe, aber er tut es nicht. Obwohl er jeden Grund dazu hat, scheint er mich nicht zu hassen, und das zeigt mir noch mehr, wie falsch es war, zu gehen.

»Es ist okay, Kleines«, murmelt er irgendwann, bevor er seinen Griff löst und einen Finger unter mein Kinn legt, um meinen Kopf anzuheben, damit ich ihn ansehe. »Du bist jetzt hier. Das ist alles, was für mich zählt.«

Womit habe ich das verdient? Womit habe ich es nur verdient, dass er mich noch immer liebt? Und wird das so bleiben, wenn ich ihm die ganze Wahrheit sage? Ich traue mich nicht, es jetzt herauszufinden, auch wenn ich weiß, dass er es unweigerlich irgendwann erfahren wird, doch anstatt mich mit dem Gedanken daran zu beschäftigen, gehe ich auf die Zehenspitzen und küsse ihn.

Er stöhnt leise an meinen Lippen, erwidert den Kuss und legt dabei seine Hände an meine Wangen.

In diesem Augenblick sind wir wieder Cole und Sophie, und ich muss einsehen, dass ich meine Entscheidung vermutlich schon getroffen habe, als ich nach der Beerdigung meiner Mutter hierherkam und ihn das erste Mal nach vier Jahren wiedersah. Als er in diesem goldenen Sonnenstrahl stand und schier zu brennen schien und damit alles in mir so durcheinandergebracht hat, dass ich im Grunde keine Wahl mehr hatte, auch wenn ich das jetzt erst merke.

Ich kann ihn nicht noch einmal verlassen. Wie auch? Er ist perfekt. Er ist alles, was ich mir je hätte wünschen können, und noch so viel mehr, also küsse ich ihn inniger und hoffe, dass er auch nur annähernd versteht, wie sehr ich bereue, was ich getan habe, und dass ich nicht vorhabe, wieder zu gehen.

***

Am darauffolgenden Tag entscheidet Cole, dass es Zeit für eine Abwechslung ist, und scheucht uns in die Vans, wobei er Margo beim Einsteigen hilft und mir die Wagenschlüssel des zweiten Vans überlässt. Ich kann ihm ansehen, dass er mich viel lieber bei sich im Auto hätte, aber so ist es für ihn weniger stressig, was unter anderem daran liegt, dass die Versicherung es nicht gutheißen würde, wenn sie wüsste, dass Cole verurteilte Jugendstraftäter allein in einem Wagen fahren lässt. Als er mir das mit einem Augenzwinkern sagte, konnte ich erneut nur den Kopf schütteln, weil es zwar mal wieder unterstreicht, wie selbstgerecht er manchmal sein kann, mir aber auch klar ist, dass der Vertrauensvorschuss, den er den Teenagern damit gewährt, ebenfalls Teil seiner Art ist, sie wieder auf den richtigen Weg zu bringen.

Da Cole weder mir noch den Jugendlichen gesagt hat, wo es hingeht, raten Michelle, Sarah, Big T und Austin die gesamte Fahrt über, während ich dem Van vor mir folge und immer wieder Coles Blick in dessen Rückspiegel auffange. Alle paar Sekunden sieht er zu mir und lässt meinen Herzschlag damit so unregelmäßig werden, dass ich irgendwann nur noch unsere Ankunft herbeisehne, weil es mich zu sehr vom Fahren ablenkt.

Nach der schier endlosen Fahrt durch die Wald- und Sumpfgebiete Mississippis bremst Cole vor mir langsam ab, bis der Wald sich lichtet und wir auf einem asphaltieren Parkplatz stehenbleiben, der an einem See liegt.

Die Jugendlichen jubeln und springen aus den Autos, und als ich ebenfalls aussteige, überrollt mich die Erinnerung an den Tag, an dem Cole mit mir durch den halben Bundesstaat gefahren ist, um mir das Meer zu zeigen.

Als würde er meine Gedanken lesen können, kommt er zu mir, beugt sich runter und küsst mich auf die Wange.

»Es ist nicht der Golf von Mexiko, aber nachdem du New York gesehen hast, wird es wohl schwer für mich, das noch zu toppen.«

Ich sehe zu ihm auf und kann nicht anders, als zu lächeln.

»New York ist nichts im Vergleich hierzu«, entgegne ich, weil ich nicht will, dass er denkt, seine Geste wäre nichts wert. Sie bedeutet mir mehr, als ich in Worte fassen könnte, und so lege ich meine Hand in seine und gehe mit ihm den Jugendlichen hinterher, die bereits vorgelaufen sind.

»Keiner entfernt sich aus meinem Blickfeld. Und wehe, ich muss einen von euren Ärschen nackt sehen!«, bestimmt Cole in seiner üblichen Art, woraufhin die Teenager nur noch freudiger auf das Ufer des Sees zusteuern. Lediglich Margo und Alisha gehen in gemäßigtem Tempo, da Margo sich weigert, weiterhin von Cole getragen zu werden.

Als wir ebenfalls das Ufer erreichen, lässt Cole einen Rucksack, den ich bis dahin gar nicht bemerkt habe, über die Schulter nach vorne rutschen und stößt dabei einen grellen Pfiff aus.

»Hier. Eure Handys«, ruft er den Jugendlichen zu, die ihn daraufhin beinah überrennen, um an ihre geliebten Smartphones zu kommen, die er der Reihe nach aus dem Rucksack holt.

»Sammelt Erinnerungen, verstanden? Ich will niemanden ellenlange Nachrichten schreiben sehen.«

Dann lässt er den nun leeren Rucksack auf den Boden fallen, packt mich von hinten an der Taille, so dass ich einen spitzen Schrei von mir gebe, bevor er sich hinsetzt und mich so an sich zieht, wie er es auch damals am Strand getan hat. Er vergräbt das Gesicht in meinen Haaren, legt beide Arme um mich und hüllt mich so mit seiner Wärme ein, die den kühlen Herbstwind vertreibt, der vom See her zu uns weht.

»Erzähl mir von New York«, murmelt er irgendwann

an meinem Nacken und lässt dann seine Lippen über meine Haut gleiten, was es mir schwer macht, mich zu konzentrieren.

Ich halte den Blick auf die Jugendlichen gerichtet, die barfuß im knöcheltiefen Wasser stehen, sich gegenseitig nassspritzen oder einfach nur dasitzen und auf den See schauen, während sie ihre Handys tatsächlich kaum zu beachten scheinen. Hin und wieder hört man das typische elektronische Klicken der Kamera-Apps, aber entgegen aller Erwartungen sind sie gerade einfach nur Kinder, die Spaß haben.

»Es ist überwältigend«, beginne ich. »Alles ist so groß und lebendig und laut. Überall sind Menschen. Es ist nie still, und egal, wohin man schaut, man entdeckt immer irgendwo etwas Neues. Es ist der absolute Wahnsinn.«

»Hm«, brummt er gegen meinen Hals und zieht mich noch enger an sich. »Ist es besser als Mississippi?«

»Man kann New York nicht mit Mississippi vergleichen«, erkläre ich. »Zudem fehlt dort eine entscheidende Sache.«

Die letzten Worte wollte ich gar nicht aussprechen, doch nun ist es zu spät, und Cole lässt es sich natürlich nicht nehmen, nachzuhaken.

»Ach ja? Die da wäre?«

»Du«, bringe ich leise hervor, was ihm ein Lachen entlockt, das ich an meinem Rücken und vor allem in meinem Herzen spüre.

»Das gefällt mir«, sagt er hörbar zufrieden und legt seine Hand an meinen Kiefer, um meinen Kopf zu ihm zu drehen und mich zu küssen.

Und Himmel … Was habe ich Coles Küsse vermisst!

Sie können so vieles sein. Mal sind sie völlig unschuldig, mal wild und ungestüm. Mal zeugen sie von der tiefen Liebe, die er für mich empfindet, mal von brennender Leidenschaft. Sie können trösten und Mut spenden und Ängste beseitigen. Sie schieben Zweifel beiseite, ersticken Ärger im Keim und bringen mich um den Verstand. Und manchmal sind sie all das auf einmal und rauben mir den Atem, während sich alles um mich herum auflöst und nichts mehr existiert bis auf seine Lippen an meinen.

Nach einer Zeit, die ich nicht beziffern kann, beendet er den Kuss und sieht mich mit halb geschlossenen Lidern an. »Dir ist klar, dass ich dich nicht mehr dahin zurück lasse, oder?«

»Ich habe dort meine ganzen Sachen, Cole. Ich muss –«

Er legt den Zeigefinger an meinen Mund, um mich zu unterbrechen, und deutet dabei ein Kopfschütteln an. »Ist mir scheißegal. Was auch immer dort noch ist, ich ersetze es dir«, beschließt er leise, aber ernst.

Weil ich weiß, dass es zumindest in diesem Augenblick keinen Sinn macht, ihm zu widersprechen, lasse ich das Thema fallen und kuschele mich an ihn, während wir beide auf den See schauen.

Es ist ein so friedlicher Moment, dass ich ihn am liebsten in ein luftdichtes Glas füllen und für immer darin aufbewahren will, weil ich weiß, dass es noch die ein oder andere Hürde geben wird, die wir bewältigen müssen. Doch jetzt zählt nur, dass wir hier sind; dass wir zusammen sind und es nichts gibt, was uns dieses Gefühl von Glück gerade nehmen kann.

Nicht einmal die beiden Johnnys, die sich aus uns

unbekannten Gründen in die Haare bekommen und so lange im seichten Wasser miteinander rangeln, bis sie zu Boden gehen und wie begossene Pudel aussehen, können unsere Laune trüben, auch wenn Cole ein überaus genervtes Stöhnen von sich gibt und sich mit mir zusammen nach hinten sinken lässt, so dass ich auf ihm liege. Mit einer schnellen Bewegung dreht er mich um, damit er mich ansehen kann, und ich stütze mich mit den Händen auf seiner Brust ab, was ihm jedoch nicht zu gefallen scheint.

»Sag mir bitte, dass unsere Kinder nicht solche Nervensägen werden«, murmelt er, nachdem er mich mühelos zu sich nach unten gezogen hat, und küsst mich, bevor ich auch nur die Chance habe, über eine Antwort nachzudenken. Denn Kinder sind etwas, woran ich gerade keinen Gedanken vergeuden will. Ich will an nichts von dem denken, was mit diesem Thema zusammenhängt, auch wenn ich Coles Männlichkeit überdeutlich an meinem Oberschenkel spüre.

»Hör auf damit«, bringe ich gerade so zwischen zwei Küssen hervor, da die Jugendlichen eindeutig schon mehr als genug zu sehen bekommen haben.

Widerwillig lässt er mich los, so dass ich mich neben ihn setze, woraufhin er ein Bein anwinkelt, um das, was in seiner Leistengegend passiert, zu kaschieren. Dabei wirft er mir einen Blick zu, der nun nicht mehr nur voller Zuneigung, sondern auch voller Verlangen ist.

»Das war nicht nett«, merkt er dann mit einem gespielt gekränkten Gesichtsausdruck an und verschränkt die Hände hinter dem Kopf. »Ich arbeite hier, weißt du? Du kannst mich nicht einfach ablenken, Kleines.«

Fassungslos starre ich ihn an, bevor wir beide in Gelächter ausbrechen und er mich wieder an sich zieht, bis wir uns irgendwann erheben, da es Zeit wird, die Heimreise anzutreten, weil die Welpen gefüttert werden müssen.

Es folgt eine kurze Diskussion wegen der Handys, die die Jugendlichen wieder abgeben müssen, und anschließend Coles Überlegung, ob er die beiden Johnnys in den Kofferraum stecken kann, was ich jedoch zu verhindern schaffe. Ja, ihre Klamotten sind triefend nass und voller Schlamm, aber das geht dann doch etwas zu weit. Stattdessen finden wir zwei Rettungsdecken aus Goldfolie, die wir über die Rückbank von Coles Van spannen, damit zumindest die Sitze des Wagens trocken bleiben.

Während der Fahrt frage ich mich, wie lange Cole sich wohl noch zurückhalten wird. Denn das tut er – dessen bin ich mir bewusst. Es ist nicht seine Art, so lange die Finger von mir zu lassen.

Wenn ich allein daran denke, dass er es damals gerade mal sechs Tage ausgehalten hat, mich nicht anzufassen, wird mir jetzt noch ganz heiß, auch wenn ich selbst nicht unerheblich dazu beigetragen habe, dass er seine guten Vorsätze aufgab.

Doch er ist ein Mann und liebt mich, und ich würde lügen, wenn ich sagen müsste, dass ich ihn nicht auch auf diese Art vermisse. Dennoch macht mich der Gedanke daran, jetzt mit Cole zu schlafen, unglaublich nervös, und so hoffe ich, dass ich den Moment noch ein wenig hinauszögern kann. Ich will einfach nicht, dass er das, was sich zwischen uns entwickelt, gefährdet.

Als Coles Wagen vor mir langsamer wird, merke ich erst, wo wir sind. Ich fluche gedanklich, als er den Blinker setzt und von der Rocky Hill Road abbiegt, um auf der unbefestigten Einfahrt des Hauses meiner Mutter zu parken.

Noch bevor die Jugendlichen fragen können, was los ist, springe ich aus dem Wagen, nachdem ich ihn hinter Coles abgestellt habe, und gehe zu ihm, als er aussteigt und die Fahrertür hinter sich zuwirft.

»Was soll das?«, frage ich beinah wütend, auch wenn ich es mir schon denken kann, weil er wieder dieses typische Grinsen aufgelegt hat, das nichts Gutes verheißt.

»Ich dachte mir, wir nutzen die Gunst der Stunde, um dein Zeug zu holen«, erklärt er und lehnt sich dabei gegen den Van.

Ich kann die Blicke der Jugendlichen auf uns spüren, ignoriere sie jedoch, während ich nach den richtigen Worten suche, um ihm klarzumachen, dass er mal wieder zu forsch ist, doch er kommt mir zuvor.

»Komm schon, Kleines«, sagt er und stößt sich vom Wagen ab, um meine Hand in seine zu nehmen und mit mir zur Haustür zu gehen. »Es ist doch Unsinn, dass du ständig hin- und herfährst. Also pack deine Sachen und komm nach Hause.«

Nach Hause. Da ist es wieder. Das, was ich all die Jahre nicht begreifen wollte, was jedoch unumstößlich ist: Das Wissen darüber, dass kein Ort ohne Cole jemals ein echtes Zuhause sein kann. Dass ich mich nie irgendwo wirklich heimisch fühlen konnte, weil es nirgendwo nach Leder,

Tabak und Lagerfeuer gerochen hat und er nicht bei mir war. Weil *Cole* mein Zuhause ist.

Und er weiß das, weswegen er die Situation schamlos ausnutzt, um zu bekommen, was er so dringend will: mich.

Ich möchte ihn gleichzeitig ohrfeigen und küssen, weil er manchmal so furchtbar herrisch sein kann und dabei auch noch genau das Richtige tut, was ich ihm jedoch besser nicht sage. Stattdessen starre ich ihn an, bis er eine Augenbraue hebt und mir damit zu verstehen gibt, dass ich endlich die Tür öffnen und meine Tasche holen soll, weil er nicht nachgeben wird.

Dieser verfluchte Mann. Er treibt mich wirklich in den Wahnsinn. Und das Schlimmste ist, dass ich ihn genau dafür liebe, also gebe ich letztendlich nach, hole den Haustürschlüssel aus meiner Tasche und gehe rein.

Weil er die Jugendlichen im Blick behalten muss, bleibt Cole draußen. Ich beeile mich damit, die wenigen Dinge, die ich ausgepackt habe, wieder in die Reisetasche zu stopfen und dem Haus gedanklich ein kurzes Lebewohl zuzurufen, bevor ich es wieder verlasse.

Cole empfängt mich mit einem selbstgefälligen Grinsen, beugt sich dann aber zu mir nach unten, um mir einen Kuss zu geben und mir die Tasche abzunehmen. »War gar nicht so schwer, oder?«

Mit diesen Worten dreht er sich um und marschiert zu seinem Van, während ich nur den Kopf schütteln kann und wir kurz darauf endgültig zurückfahren.

COLE

Mag sein, dass es etwas übergriffig war, Sophie vor vollendete Tatsachen zu stellen. Aber ich wäre nicht ich, wenn ich weiterhin dabei zusehen würde, wie sie versucht, das, was zwischen uns ist, nicht passieren zu lassen.

Denn wir *sind* schon längst passiert.

In dem Augenblick, in dem ihr Unterbewusstsein entschied, zu mir zu fahren, war im Grunde schon alles entschieden. Es wäre also absolut hirnrissig, dass sie weiterhin in diesem beschissenen Haus am Arsch der Welt schläft, wenn sie genauso gut neben mir schlafen kann. Und da Sophie verhältnismäßig schnell nachgegeben hat, vermute ich, dass ihr das ebenfalls klar ist.

Die Kids sind glücklicherweise klug genug, um keine Fragen zu stellen, und so verläuft die Heimfahrt ohne weitere Zwischenfälle.

Zuhause angekommen, steigen sie mit zufriedenen Gesichtern aus den Autos – bis auf Margo, die zu stolz ist, um sich von mir tragen zu lassen, und deswegen lieber humpelt –, und ich beschließe, solche Ausflüge zukünftig öfter zu machen. Sie sind nicht zum Spaß hier, aber es tut der allgemeinen Stimmung dennoch mehr als gut, wenn sie mal rauskommen und einfach nur sein können, was sie letztendlich sind: Kinder.

Während die beiden Johnnys nach oben gehen, um sich trockene Sachen anzuziehen, verteilen sich die anderen laut Plan und erledigen ohne Murren ihre Aufgaben, so dass ich einen Moment mit Sophie allein bin, was ich erneut nutze, um sie an mich zu ziehen und zu küssen.

Fuck, wie sehr ich das vermisst habe. Ihre Lippen sind der Himmel auf Erden, und ich frage mich, wieso ich vier Jahre lang zu feige war, um nach ihr zu suchen. Sie mag gegangen sein, aber ich hätte verhindern können, dass wir so lange voneinander getrennt waren, wenn ich die Initiative ergriffen hätte.

Doch das ist jetzt vorbei. Ich werde keine halben Sachen machen und auch nicht mehr zögern. Wir sind nur einmal jung, und die Zeit hat mich gelehrt, dass das Leben viel zu schnell in eine falsche Richtung abdriften und enden kann. Darum werde ich ab sofort jede Sekunde mit Sophie auskosten, als wäre es meine letzte, und nicht mehr stunden-, tage- oder ewigkeitenlang überlegen, was richtig oder falsch ist. Das ging bekanntlich schon damals schief und hat uns allen nur Kummer bereitet. Und ich habe nicht vor, dieselben Fehler erneut zu machen.

Nachdem wir die Welpen gefüttert haben, geht Sophie zum Zwinger der Dobermannhündin und betritt ihn wie selbstverständlich.

Ich bleibe in der Tür stehen und beobachte sie dabei, wie sie sich zu dem großen Hund setzt, der ein zufriedenes Schnaufen von sich gibt, als Sophie ihn zu streicheln beginnt.

»Faith«, sagt sie irgendwann in die Stille hinein und wendet mir den Kopf zu. »Lass sie uns Faith taufen. Denn ich glaube sehr wohl daran, dass sie ein fabelhafter Schutzhund sein kann, wenn wir sie nur lassen.«

Stirnrunzelnd betrete ich den Zwinger und gehe neben den beiden in die Hocke.

Die Hündin hebt den Blick und sieht mich an, rührt sich aber nicht, weil sie es viel zu sehr genießt, von Sophie gekrault zu werden.

»Wir behalten sie«, beschließt Sophie weiter, wobei sie wieder zu der Hündin sieht und sich dabei leicht auf die Unterlippe beißt, was mir zeigt, dass sie mit Gegenwind von mir rechnet.

Weiß sie denn nicht, dass ich ihr kaum etwas abschlagen kann, solange es nicht beinhaltet, dass sie sich von mir entfernt?

»Faith«, probiere ich den Namen und beginne ebenfalls damit, den Kopf der Hündin zu streicheln.

Ihre Narben werden von Tag zu Tag blasser, und ich muss zugeben, dass sie in Sophies Nähe tatsächlich noch um einiges ruhiger ist, als sie es seit ihrer Ankunft hier wurde. Sie schreckt nicht mehr bei jedem lauten Geräusch hoch, und auch das Bellen der anderen Hunde scheint sie nicht mehr so zu stressen.

»Und lass sie uns aus diesem Zwinger rausholen«, bittet Sophie. »Sie geht hier drin noch zugrunde.«

»Sie könnte davonlaufen«, gebe ich zu bedenken, doch Sophie schüttelt den Kopf.

»Das wird sie nicht.«

Ich gebe ein zweifelndes Brummen von mir, doch sie erhebt sich entschieden und geht zur Tür des Zwingers, um das Halsband der Hündin zu holen. Wie an allen, die wir besitzen, hängt auch an diesem eine runde Metallmarke, auf der meine Handynummer eingestanzt ist, falls einer der Hunde mal ausbüxen sollte – was Flee ja bereits mehrfach getan hat. Es ist natürlich kein Garant dafür, dass ein etwaiger Finder sich wirklich meldet, aber es beruhigt mich dennoch etwas.

Sophie legt Faith das Halsband vorsichtig um, wobei die den Kopf gehoben hat, als würde sie spüren, dass ein Wandel im Gange ist. Und entgegen allem, was ich vermutet hätte, erhebt sich die Hündin, als Sophie aufsteht, und folgt ihr – wenn auch etwas zögerlich – aus dem Zwinger.

Sophie wirft mir einen Blick über die Schulter zu, der überdeutlich *Siehst du?* sagt, und marschiert dann einfach mit Faith nach draußen ins Freie, während ich noch immer wie ein Idiot dahocke und ihr hinterherstarre.

Verdammt … Wie ich es vermisst habe, dass sie mir widerspricht.

***

Mein Leben hat sich gefühlt um hundertachtzig Grad gedreht, und erneut ist einzig und allein Sophie dafür verantwortlich.

Ich schlafe endlich wieder.

Ich wache morgens mit einem Lächeln auf den Lippen auf, weil ihre Bernsteinaugen das Erste sind, was ich sehe.

Ich muss mich tagsüber nicht mehr zerteilen, um den Kids gerecht zu werden, da Sophie mich unterstützt, wo sie kann.

Ich war zum ersten Mal seit Ewigkeiten allein einkaufen – wenn auch mit großem Unbehagen, weil ich Sophie und die Jugendlichen ungern allein lasse.

Ich sehe nicht mehr aus wie ein Zombie und mein Körper dankt mir die Reduktion meines Koffeinkonsums.

Ich habe den Mittelpunkt meines Lebens wieder bei mir, und es gibt nichts, was mich glücklicher machen könnte.

Bis auf …

»Warte mal. Willst du mir erzählen, dass sie seit zehn Tagen wieder bei dir wohnt und du sie noch nicht angerührt hast?«

Jules' Stimme klingt mehr als skeptisch, und ehrlicherweise weiß ich nicht einmal mehr, wie wir an diesen Punkt kommen konnten. Es ist nicht gerade so, als würden wir über unser Sexleben reden, aber etwas an Jules' Tonfall lässt mich aufhorchen, zumal sie in der Vergangenheit immer wie ein kleines Kind reagierte, wenn es auch nur im Entferntesten darum ging, dass Sophie und ich miteinander schlafen.

»Geht das von ihr oder von dir aus?«, will sie wissen, als ich nicht gleich antworte.

Ich reibe mir mit den Fingern über die Stirn, bevor ich nach dem Schlüsselbund greife, der auf dem Schreibtisch liegt, und ihn am Ring um meinen Finger schwingen lasse.

»Keine Ahnung. Es hat sich einfach nicht ergeben.«

»Du hast sie also nicht nackt gesehen?«

Stirnrunzelnd schüttele ich den Kopf. »Was ist das für eine bescheuerte Frage? Offensichtlich nicht, nein.«

»Hm.«

Gott, wie ich es hasse, wenn sie das macht! Sie verheimlicht irgendwas, und da wir hier gerade über Sophie reden, muss es mit ihr zu tun haben.

»Spuck's schon aus, Jules«, fordere ich mit Ungeduld in der Stimme, aber ich fürchte, dass ich keinen Erfolg haben werde.

Jules war schon immer dafür bekannt, sich von mir und meinem Gehabe nicht so schnell einschüchtern zu lassen, was mich schon unzählige Male zur Weißglut gebracht hat.

Zu meinem Ärger tut sie daraufhin etwas, wofür ich ihr ebenso den Hals umdrehen könnte: Sie erfindet eine fadenscheinige Ausrede, um das Gespräch zu beenden und somit ihren Kopf aus der Schlinge zu ziehen.

»Meine nächste Kundin ist gerade reingekommen«, sagt sie schnell, und allein die Tatsache, dass nicht wie sonst das nervige Glöckchen im Hintergrund ertönte, verrät ihre Lüge, doch sie spuckt noch ein schnelles »Bye!« aus und legt auf, bevor ich etwas sagen kann.

Das gefällt mir nicht. Es gefällt mir so überhaupt gar nicht, doch ich weiß auch nicht, wie ich die Situation lösen soll, da ich schließlich nicht einfach zu Sophie gehen und sie auffordern kann, sich auszuziehen, damit ich erfahre, was Jules so hat reagieren lassen.

Wenn es mit Sophies Nacktheit zu tun hat, muss es etwas mit ihrem Körper sein. Etwas Sichtbares. Sie hat sich doch nicht etwa ein Piercing stechen lassen? Oder schlimmer noch: ein Tattoo? Denn beides ist etwas, das nicht zu ihr passt. Aber New York ist eine große Stadt mit vielen Eindrücken und Gelegenheiten, und Sophie hatte vier lange Jahre Zeit, um sich auf Ideen bringen zu lassen, die sie womöglich irgendwann bereut.

Fieberhaft überlege ich, womit und vor allem wo sie sich hat verunstalten lassen. Nicht, dass ich etwas gegen Körperschmuck welcher Art auch immer hätte – aber Sophies Körper ist perfekt, so wie er ist, und ich kann mir einfach nicht vorstellen, dass etwas diese reine, unschuldige Perfektion durchbricht.

Mir wird jedoch schnell klar, dass es nicht mehr viel gibt, was ich nicht von ihr gesehen habe. Ihre Beine sind unversehrt, wie ich jeden Abend sehen kann, da sie – zu meiner Freude – immer in meinen Shirts schläft. Auch die Arme und Schultern sind frei von Tinte und Metall, und so bleibt letztendlich nur noch all das, was kein anderer jemals berühren sollte: ihr Oberkörper und alles, was sich darunter befindet und von mir schmerzlich vermisst wird.

Wenn ich an irgendeiner dieser Stellen tatsächlich ein Tattoo oder Piercing entdecken sollte, werde ich denjenigen, der es dorthin gebracht hat, aufspüren und ihm eigenhändig die Augen rausreißen.

Diese Überlegungen bringen mich zu einem Thema, welches ich im Grunde schon seit vier Jahren umgehe, das nun jedoch mit einer solchen Wucht in den Vordergrund rückt, dass ich mich beinah übergeben muss.

Hatte Sophie jemand anderen?

Verdammte Scheiße … Allein die Vorstellung davon,

dass sie jemand berührt haben könnte ... Dass jemand diese Lippen geküsst hat, die mein Paradies sind. Dass jemand seine Hände über ihren Körper hat gleiten lassen und mit ihr –

»*Cole!*«

Ich hebe den Kopf und sehe in das Gold ihrer Augen, während sie auf meine rechte Hand starrt.

Mein Blick folgt ihrem und landet auf meiner Faust, die sich so fest um den Schlüsselbund geschlossen hat, den ich völlig vergessen habe, dass sich die scharfen Kanten in das stellenweise taube Narbengewebe gebohrt haben müssen.

Blut sickert in einem feinen Rinnsal über meine Haut und tropft auf die Papiere, die auf dem Tisch liegen.

Während ich noch immer wütend auf meine Hand schaue, kommt Sophie mit schnellen Schritten zu mir und öffnet meine verkrampften Finger.

»Was machst du denn, verdammt?«, fragt sie fassungslos und nimmt den Schlüsselbund vorsichtig von meiner Handfläche. »Komm. Das muss ausgewaschen werden, bevor du dir eine Blutvergiftung holst.«

Ich stehe mechanisch auf und folge ihr in die Waschräume der Jungs, wobei ich nur daran denken kann, dass gerade etwas ganz anderes meinen Körper vergiftet: der Gedanke an Sophie mit jemand anderem.

Sie dreht den Wasserhahn am ersten Waschbecken auf und hält meine blutige Hand unter den kühlen Wasserstrahl, so dass das Rot zu einem Rosa wird und im Abfluss verschwindet.

Sobald sie die Wunde als sauber genug ansieht, schleift sie mich wieder in mein Büro, befiehlt mir, mich hinzusetzen, und legt mir dann mit geschickten Fingern einen Verband an, der mich daran erinnert, wie oft sie meine Wunden versorgt hat, während ich völlig weggetreten dalag und nichts davon mitbekam.

Ich habe sie zu einer Meisterin darin gemacht, und ich hasse mich dafür. Doch es überdeckt die glühende Wut nicht, die die Bilder in meinem Kopf schüren, und so sehe ich in ihr Gesicht, während sie hochkonzentriert die kleinen Klammern befestigt, die den Verband zusammenhalten sollen.

Wenn ich doch noch immer so in ihr lesen könnte wie damals … Denn ich traue mich nicht, die Frage auszusprechen. Ich weiß nicht, ob ich es ertragen würde, wenn ich wüsste, dass ein anderer mein Mädchen angefasst hat.

Es mag melodramatisch klingen, aber ich kann mit reinem Gewissen sagen, dass ich seit sechs Jahren keine Frau berührt habe, die nicht sie war. Nicht einmal angesehen habe ich jemanden, weil ich es einfach nicht konnte. Der Gedanke, einen Körper zu spüren, der nicht Sophies ist, war mir zuwider und erschien mir als zu großer Verrat. Diese Frau hat mir damals in gewisser Weise das Leben gerettet; ich hätte mich selbst angeekelt, wenn ich das beschmutzt hätte, indem ich mit einer anderen geschlafen hätte.

Aber ich habe keine Ahnung, ob es Sophie genauso erging.

»Was ist denn mit dir los?«

Ich fokussiere meine Gedanken auf Sophie, die mich nun stirnrunzelnd ansieht und noch immer meine Hand festhält.

»Nichts weiter«, antworte ich schnell und versuche, sie mit einem Lächeln und einem Kuss abzulenken. »War ein Versehen. Passiert hin und wieder.«

Eine Scheißlüge, aber sie wiegt weniger schwer als die Angst vor der Wahrheit, und Sophie lässt es glücklicherweise darauf beruhen, auch wenn ich ihr ansehen kann, dass sie sich sorgt. Sie glaubt mir zwar, dass ich wegen der Taubheit nicht alles fühlen kann, was ich berühre, da es den Tatsachen entspricht. Sie hat es selbst schon gemerkt, als sie vor ein paar Tagen mit den Fingerspitzen über meine Handfläche strich und ich ihr erklärte, dass ich hier und dort nichts mehr spüre. Doch ich befürchte, dass ihr nicht entgangen ist, wie abwesend ich war.

»Du musst besser aufpassen«, sagt sie traurig und streicht mir die etwas zu lang gewordenen Haare aus der Stirn. »Ich hasse es, dich verarzten zu müssen.«

Mein Gesicht verzieht sich augenblicklich zu einer Grimasse, weil auch sie offensichtlich an die vielen dunklen Nächte zurückdenkt, und entgegen aller Erwartung nehme ich mir vor, zukünftig wirklich aufzupassen. Sie sollte sich nicht mehr um mich kümmern müssen. Sie sollte nur noch von mir geliebt und auf Händen getragen werden, die nicht in zentimeterdicken Verbänden eingewickelt sind, weil ich ein rücksichtsloses Arschloch bin.

»Das werde ich«, flüstere ich an ihren Lippen, bevor ich sie auf meinen Schoß ziehe und erneut küsse, um auch die letzten schlechten Gedanken zu vertreiben.

COLE

Es ist bereits spät, als ich am Abend zurückkomme, weil ich mit einem der Vans in die Werkstatt musste.

Auch etwas, das dank Sophie um ein Vielfaches leichter ist: Ich kann die üblichen Erledigungen und Pflichten des alltäglichen Lebens nun einfach abarbeiten, da ich keine logistische Meisterleistung mehr daraus machen oder Theo um Hilfe bitten muss.

Als ich die Stahltür meines Lagerhauses aufschließe, werfe ich noch einen Blick nach nebenan, aber da es erst halb zehn ist, lasse ich es den Kids durchgehen, dass in ihrem Haus noch sämtliche Lichter eingeschaltet sind. Stattdessen betrete ich das Erdgeschoss und höre sofort, dass Sophie oben ist und meine Anlage, die sich im Schrank unter dem Fernseher verbirgt, gefunden haben muss. *The Power of Love* vom guten alten Frankie dröhnt bis nach unten, da es keine Tür gibt, und ich runzele die Stirn. Sophie war nie eine große Musikhörerin, als wir damals zusammen waren, aber das ist vermutlich etwas, das New

York aus ihr herausgekitzelt hat.

Ich schließe die Tür hinter mir ab und sehe nach einem schnellen Blick, dass sie bereits alle Hundeklappen geschlossen und die Wassernäpfe für die Nacht aufgefüllt hat. Also gehe ich direkt nach oben, wo sie mit einem Lappen in der Hand die Küchenzeile putzt, während Buster und Faith es sich auf der Couch bequem gemacht haben und das Leder zerkratzen, was mir jedoch egal ist.

»Ich finde ja die Version, die Jules ausgesucht hat, besser«, flüstere ich Sophie ins Ohr, als ich bei ihr angelangt bin.

Sie springt regelrecht an die Decke und gibt einen kurzen Schrei von sich, weil sie mich nicht hat kommen hören, was mich schmunzeln lässt.

Ich lege meine Hände an ihre Taille und drehe sie schwungvoll zu mir um, um ihr einen Begrüßungskuss zu geben.

»Du hast mich zu Tode erschreckt!«, beschwert sie sich und hat dabei noch immer eine Hand auf ihrer Brust liegen.

»Für mich siehst du noch ziemlich lebendig aus«, sage ich und will sie erneut küssen, doch sie schiebt mich entschieden von sich.

»Und nur um das klarzustellen: *Das* ist die einzig gute Version von dem Lied.« Mit diesen Worten dreht sie sich wieder um und schrubbt weiter die Arbeitsplatte.

»Ich wusste gar nicht, dass du auf Oldies stehst«, merke ich an und hole mir eine Flasche Wasser aus dem Kühlschrank, bevor ich mich an den riesigen Esstisch setze und nach ihrem Handy greife, um die Musik ein wenig leiser zu stellen.

Sophie wendet sich mir halb zu und sieht mich bedeutungsschwer an. »Ich habe mich in dich verliebt. Das sagt doch alles.«

Ich verenge die Augen, was sie nur grinsen lässt.

»Und es ist die Musik der Achtziger, die ich mag. Das sind noch keine echten Oldies«, erklärt sie weiter, bevor sie sich wieder der Küche widmet.

»Gibt es dahinter eine Geschichte oder ist es einfach nur eine Vorliebe?«, will ich wissen und leere dann die halbe Flasche Wasser in einem Zug.

Sophie zuckt mit den Schultern. »In dem Café lief fast nur Musik aus dieser Zeit. Ich hatte also die Wahl: Entweder verliebe ich mich in die Songs oder jede Schicht wird unerträglich.«

Lustig, wie sie die schummrige Kneipe, in der sie nachts gekellnert hat, *Café* nennt. Ich kriege mich kaum ein vor Lachen.

»Hast du ein Lieblingslied?«, frage ich gedankenverloren und sehe ihr dabei zu, wie sie sich zur Musik bewegt, während ich den Stuhl etwas zurückschiebe und meine Beine ausstrecke.

Wenn es nach mir ginge, könnte ich die ganze Nacht hier sitzen und dabei zusehen, wie sich ihre Hüften in diesen leichten Bewegungen hin und her wiegen.

»Einige.«

»Zeig mir eins«, bitte ich, woraufhin sie den Lappen liegen lässt und zum Tisch kommt, um nach ihrem Handy zu greifen. Kurz darauf verstummt die Musik, bevor *Love is a Battlefield* aus den Boxen kommt.

Sie hebt den Blick und sieht mich geradeheraus an,

während wir dem Song lauschen.

»Ganz schön melodramatisch«, stelle ich fest, als die letzten Töne verklingen, woraufhin sie mir einen fast schon bösen Blick zuwirft. »Darf ich?«

Sie nickt und reicht mir ihr Handy.

Ich scrolle durch die beachtliche Playlist, bis ich etwas finde, das mich anspricht. *Every Breath you take* von The Police ist nicht weniger dramatisch, dafür aber um einiges passender, wie ich finde.

Schon nach wenigen Sekunden verdreht Sophie die Augen, da sie den Song sofort erkennt.

»Wie subtil«, sagt sie sarkastisch und lehnt sich mit der Hüfte am Tisch an, wobei sie die Arme vor der Brust verschränkt, den Blickkontakt zu mir aber nicht mehr unterbricht.

Ich deute ein Schulterzucken an, während sich ein schiefes Grinsen auf meine Lippen legt und ich die Wasserflasche auf dem Tisch abstelle. »Es spricht mir eben aus der Seele.«

Dann stehe ich auf, um meine Hände an ihre Taille zu legen und sie an mich zu ziehen, so dass sie den Kopf in den Nacken legen muss, um mir weiterhin in die Augen sehen zu können.

»*You belong to me*«, singe ich leise mit, woraufhin sie die Augen wieder verdreht, ihre Hände aber an meine Brust legt und ein Lächeln unterdrückt, als ich mich langsam hin und her wiege und sie der Bewegung folgt, während ich in ihren bernsteinfarbenen Augen versinke.

»Du und tanzen?«, fragt sie ungläubig.

»Mh ...« Ich neige den Kopf zur Seite und beuge

mich nach unten, so dass meine Lippen ihr Ohr streifen. »Erhoff dir nicht zu viel. Ich bin immer noch ein taktloser, unsensibler Idiot.«

Dann küsse ich ihren Hals, woraufhin sie erschaudert. Ihre Haut ist so einladend, dass ich sie das gesamte Lied lang mit meinen Lippen erkunde und ihren neuen und zugleich vertrauten Duft einatme.

Als der Song von Neuem beginnt, weil Sophie die Repeat-Funktion aktiviert hat, hebe ich den Kopf und schaue in ihre nun traurigen Augen. Doch anstatt etwas zu sagen, nimmt sie mir das Handy aus der Hand, das ich noch immer darin gehalten habe. Ich kann den Blick nicht von ihrem Gesicht abwenden, während sie durch die Liste scrollt, daher erkenne ich den Song nicht gleich, als er ertönt.

Running up that Hill in seiner Urversion war mir bisher nicht bekannt, aber ich verstehe, wieso Sophie es ausgewählt hat. Ich kann in ihrem Gesicht lesen, dass es so vieles gibt, das sie mir gern abgenommen hätte. Doch leider können wir nicht tauschen; wir können nicht den Platz des anderen einnehmen, um ihn besser zu verstehen und ihm etwas von der Last zu nehmen, die ihn zu erdrücken droht, und die Trauer darüber steht klar in Sophies Augen. Sie hätte wirklich alles getan, um mich damals aus diesem dreckigen Loch zu holen, in das ich mich verkrochen hatte, aber ich habe sie einfach nicht gelassen. Und das bereue ich zutiefst.

Als ihr eine Träne aus dem Auge kullert, küsse ich sie weg und hebe Sophie hoch, um sie noch näher bei mir zu haben. Wie schon damals schlingt sie ihre Beine um meine Mitte und verschränkt die Finger in meinem Nacken.

»Es ist okay, Kleines. Hör auf zu weinen«, murmle ich leise. »Es geht mir gut.«

Sie soll nicht noch mehr darunter leiden, dass ich so krasse selbstzerstörerische Züge hatte. Es reicht, dass ich darunter gelitten habe, doch das Lied macht es nur schlimmer, also ändere ich meinen Griff und lege meinen linken Arm so um ihren Körper, dass ich mit der rechten Hand das Handy zwischen ihren Fingern hervorziehen kann.

Sophie schlingt ihre Arme und Beine fester um mich, während ich einen Song suche, der die Stimmung wieder etwas heben könnte.

»O mein Gott«, bringt sie theatralisch hervor und legt ihre Stirn mit einem lauten Stöhnen auf meiner Schulter ab, als *Hungry Eyes* von Eric Carmen den Raum erfüllt. »Ich dachte, du bist bei *Dirty Dancing* eingeschlafen«, merkt sie empört an.

»Vielleicht. Vielleicht aber auch nicht«, sage ich lachend und küsse ihren Hals, was ihr erneut ein Stöhnen entlockt, das jedoch nichts mehr mit dem Lied oder meiner Fähigkeit zu tun hat, bei Filmen einzuschlafen.

Ich spüre ihren Herzschlag, der wie meiner immer schneller wird, und als sie den Kopf hebt, finden sich unsere Lippen binnen eines Sekundenbruchteils. Ihre Finger fahren durch meine Haare, ihr Becken drückt sich auf schmerzhaft schöne Weise gegen mich, und unser Atem wird zu einem Keuchen, während wir uns küssen, als wären wir von Sinnen.

Ihre Zungenspitze streicht an meiner Oberlippe entlang, so dass mir ein Knurren entweicht und ich ihr sanft in die

Unterlippe beiße. Sie stöhnt auf, während sie sich kaum merklich an mir bewegt, was mich schier um den Verstand bringt. Ihr Körper erzeugt eine Reibung, deren Hitze bis in den letzten Winkel meines Seins vordringt und alle Gedanken auslöscht.

Ich entferne mich von ihrem Mund, als sie sich leicht nach hinten lehnt. Ihre Lippen sind geöffnet und von unserem Kuss geschwollen, während ihr Atem genauso abgehackt ist wie meiner.

Beinah hektisch nimmt sie mir das Handy erneut ab, um mit rasender Geschwindigkeit durch die Playlist zu scrollen, bis sie findet, wonach sie gesucht hat, und das Teil dann achtlos auf den Tisch fallen lässt.

Died in your Arms von Cutting Crew erklingt, und ich lege den Kopf leicht schief, wobei ich eine Augenbraue hebe.

»Du weißt, dass die Frau, von der er singt, nach dem Sex abgehauen ist, oder?« Das leichte Kratzen in meiner Stimme ist mir egal. Sie soll ruhig wissen, wie sehr ich sie gerade will, denn ich sehe das gleiche Verlangen auch in ihren Augen, und mit ihrer Songauswahl unterstreicht sie das nur.

Sophies Blick ist lustverhangen, als sie ihre Hände wieder in meinen Nacken legt und mich zu sich zieht.

»Und wenn ich verspreche, zu bleiben?«, flüstert sie an meinem Mund, womit sie endgültig alles in mir in Flammen setzt.

»Dann sterbe ich gern dabei«, murmle ich und küsse sie wieder, wobei ich zum Lichtschalter gehe, weil meine letzte funktionierende Gehirnzelle mich an die großen Sprossenfenster und die Teenager im anderen Lagerhaus erinnert.

Ganz egal, wie scharf ich auf Sophie bin: Ich werde den Kids keine Peepshow liefern.

Sophie scheint nicht mitzubekommen, dass ich mich bewege und das Licht ausgeschaltet habe, so dass nur noch das fahle Leuchten der Laterne von draußen durch die Fenster scheint. Als ich mich mit dem Knie auf dem Bett abstütze und nach vorne beuge, entkommt ihr ein erschrecktes Keuchen, doch ich dämpfe unseren Aufprall mit meiner linken Hand, so dass sie sanft und sicher landet, wobei ich meinen Mund keine Millisekunde von ihrem löse.

Im Hintergrund singt Nick Van Eede noch immer vom kleinen Tod, während Sophies Hände unter mein Shirt gleiten und verlangend über meine nackte Brust streichen.

Ich bin so hart, dass es schon fast wehtut, und erkunde ihren Körper ebenso hungrig mit den Händen wie sie meinen. Es ist wie nach Hause kommen, sie endlich wieder überall zu spüren und ihre warme Haut unter meinen Fingerspitzen zu fühlen.

Schuhe poltern zu Boden, während wir uns berühren, als hätten wir uns ein ganzes Leben lang aus den Augen verloren. Ihr entkommt ein Stöhnen, als ich meine Zähne sanft in der Haut an ihrem Hals versenke und meine Zunge darübergleiten lasse.

Irgendwie schafft sie es, mir das Shirt über den Kopf zu ziehen, und lässt ihre Hände dann ungehindert über meine Brust gleiten. Ich kann nur noch an ihren Körper unter meinem denken, also reiße ich ihre Bluse einfach achtlos auf, so dass die Knöpfe abspringen, was Sophie jedoch kaum zu registrieren scheint.

Sie hebt den Kopf, küsst meine nackte Brust und öffnet dabei mit fahrigen Bewegungen die Schnalle meines Gürtels. Einer von uns keucht ein leises »Ich liebe dich«, bevor unsere Lippen wieder miteinander kollidieren. Ich öffne den Verschluss ihres BHs, werfe ihn von uns, küsse mich an ihrem Hals hinab, immer tiefer und tiefer, und bekomme doch nicht genug von ihr.

Wir sind wie im Rausch. Alles verschwimmt, wird unklar, nichtig. In diesem Augenblick sind sogar die letzten vier Jahre vergessen. Da sind nur noch unsere Körper, die sich aneinander reiben, Haut an Haut, bis ich mich erhebe, um mich meiner restlichen Kleidung zu entledigen, während ich Sophie dabei zusehe, wie sie dasselbe tut. Und verdammt ... Sie ist noch immer das Schönste, was ich je gesehen habe. Ihre Haut ist von einem leichten Schweißfilm überzogen und glänzt leicht im warmen Licht der Straßenlaterne, während ihre Brust sich hektisch hebt und senkt.

Wie sie da auf der Bettkante sitzt – nackt und mit geröteten Wangen – und zu mir aufsieht, verschlägt mir buchstäblich den Atem.

Ich gebe ihr keine Gelegenheit, sich wieder hinzulegen. Stattdessen hebe ich sie hoch und gleite mit einer fließenden Bewegung in sie.

Sie klammert sich an mir fest, und unser beider Atem stockt, als kein Blatt Papier mehr zwischen uns passt und sie ihre Stirn gegen meine legt.

»Fuck«, flüstert sie gegen meine Lippen, und sie fluchen zu hören, bringt mich schon fast dazu, zu kommen.

Ich hatte vergessen, wie unbeschreiblich gut sie sich

anfühlt. Es ist tatsächlich wie sterben, nur dass ich nicht weiß, ob ich im Himmel oder in der Hölle bin. Alles in mir brennt, aber es ist der schönste Schmerz, den es nur geben kann, und als ich mit wenigen Schritten beim Tisch bin, mit einer Hand den Stuhl aus dem Weg fege und Sophie auf der Tischplatte absetze, um sie endlich so zu lieben, wie ich es all die Jahre nur in meinen Träumen konnte, ist es mir völlig egal, ob um uns herum die Welt untergeht.

Sie küsst mich, beißt in meine Schulter, zerkratzt mir den Rücken und stöhnt meinen Namen, während ich immer wieder in sie stoße und das süße Vergessen näher und näher rückt.

Nein, Sophie ist schon lange nicht mehr das unschuldige Mädchen, das damals in meinen Pick-up gestiegen ist, und ich liebe alles daran. Ich liebe ihre Hingabe, ihre leisen, gestöhnten Flüche, und die Spuren, die ihre Fingernägel auf meiner Haut hinterlassen. Ich liebe *sie*, und ich werde ihr das mit allem zeigen, was ich habe.

Ihre Muskeln zucken, und da ich weiß, was sie braucht, lasse ich meine Hand zwischen uns gleiten.

Ihr Keuchen wird lauter, der Atem heftiger, und ihre Finger bohren sich beinah schmerzhaft in meine Schultern, während ich sie küsse, sie streichle, und sie dabei liebe, als wäre es das Letzte, was ich tue, bis sie meinen Namen schreit und um mich herum kommt.

Ich folge ihr nur Sekunden später und ersticke ihren Höhepunkt mit meinen Lippen, weil sie sich immer noch um mich verkrampft und ich nicht glaube, dass die beschissenen einfachverglasten Fenster die Schreie dämpfen, doch alles andere ist in meinem Kopf zu einem

Haufen Asche verbrannt.

Ich weiß nicht, wann ich das letzte Mal diese Ruhe in mir verspürt habe, die nur Sophie und ihr Körper mir bescheren können. Es ist ein bittersüßes Vergessen, dem die abgrundtiefe Liebe folgt, die ich für sie empfinde, und so küsse ich sie noch lange, nachdem wir beide wieder zu Atem gekommen sind, und trage sie zum Bett, wo ich sie vorsichtig ablege und meine Arme um sie schlinge.

Ich habe keine Ahnung, wie lange wir so daliegen, aber ich weiß, dass ich ein gottverdammter Vollidiot war, weil ich es damals versaut habe, und ich schwöre mir, dass nichts und niemand mehr zwischen uns kommen wird. Einschließlich mir selbst.

SOPHIE

Nach einer Zeit, die mir unendlich erscheint, löse ich mich aus Coles Umarmung, erhebe mich und ziehe mir sein Shirt über, um anschließend ins Bad zu gehen, auch wenn es das Letzte ist, was ich tun will. Viel lieber möchte ich für immer neben ihm im Bett liegen und alles andere vergessen, doch körperliche Bedürfnisse lassen sich leider nicht einfach abschalten.

Während ich nebenan war, muss Cole mein Handy geholt haben, denn es ist still, und als ich auf ihn zugehe, legt er ein Grinsen auf, das die Polkappen schmelzen lassen könnte. Eine Sekunde später erklingt Dramaramas *Anything Anything*, und ich zucke beinah zusammen, weil Cole die Lautstärke hochgedreht hat.

»Du bist mich jetzt schon leid?«, rufe ich ihm zu, während ich mich neben ihn lege. »Ernsthaft?«

»Konzentrieren wir uns lieber auf die wesentlichen Aussagen des Textes«, antwortet er und zieht mich auf sich, so dass ich mein Kinn auf seiner Brust bette.

»Diamanten und Pillen? Oder soll ich dich etwa heiraten?«

Ich grinse ihn an, woraufhin nun er derjenige ist, der die Augen verdreht.

»Mach dich nicht lächerlich. Ich in einem Anzug vor einem Geistigen? Vorher friert die Hölle zu.«

»Du würdest in einem Anzug ausgesprochen gut aussehen«, stelle ich klar und strecke mich, um ihn zu küssen.

Er brummt zufrieden, was ich wegen der lauten Musik zwar nicht höre, aber deutlich spüre.

»Ich meinte eher die Tatsache, dass ich dir alles geben werde, was du willst, Kleines«, sagt er dann ernst und sieht mir dabei so geradeheraus in die Augen, dass mir das Atmen schwerfällt.

»Ich will nur dich, Cole«, erkläre ich. »Mehr brauche ich nicht. Weder Diamanten noch Geld oder einen blöden Ring.«

Und es stimmt. Mir ist alles egal, solange ich diesen Cole haben kann, der hier unter mir liegt. Den, der mir die Welt zu Füßen legen will und sich um verstoßene Tiere und vom Weg abgekommene Jugendliche kümmert. Den Cole, der mich mit einem Lächeln um den Verstand bringen kann und mich so viel fühlen lässt wie nichts anderes. Dessen Flüche mir eine Gänsehaut bescheren und dessen Küsse die Fähigkeit haben, mich bei lebendigem Leib zu verbrennen. Ich will alles von ihm, egal wie selbstgefällig, impulsiv oder schlicht unmöglich er sich dabei verhält.

In diesem Moment kümmert es mich nicht mal, ob er jemals wieder in diese Abgründe fallen wird, die seine

Vergangenheit in ihm erneut aufreißen könnten, weil ich kein zweites Mal gehen werde. Ich will nichts anderes als Cole, und es ist mir dabei sowas von scheißegal, ob das mein Untergang ist, weil es schon immer nur er war und niemand anderes jemals seinen Platz einnehmen könnte. Und so verrückt das klingen mag: Ich glaube, dass ein kleiner Teil von mir das bereits damals wusste. Als ich vor sechs Jahren in seinen Pick-up gestiegen bin, wusste ich schon, dass dieser Mann alles verändern würde, auch wenn mir da noch nicht bewusst war, wie richtig ich damit liegen würde.

»Ich liebe dich«, flüstere ich, weil ich es nicht mehr zurückhalten will. »Ich liebe dich. Ich liebe dich. *Ich liebe dich.*«

Ich kann gar nicht mehr damit aufhören, es zu sagen, und so muss Cole mich letztendlich mit seinen Lippen zum Schweigen bringen, bevor er mir zum zweiten Mal in dieser Nacht zeigt, wie sehr er mich ebenfalls liebt.

Nein. Um nichts in der Welt werde ich hier noch einmal weggehen.

***

Es ist völlig absurd, doch Cole besteht darauf, also beginne ich am Vormittag damit, unzählige Anrufe zu tätigen, um meine Zelte in New York abzubrechen.

Es dauert eine gefühlte Ewigkeit, bis ich meine Vermieterin und die Uni darüber informiert habe, dass ich sowohl die Wohnung als auch das Studium aufgebe. Erstere war zwar nicht sonderlich begeistert, doch auf

Coles Drängen hin habe ich ihr versichert, dass ich vier Wochenmieten bezahlen werde und sie die Kaution behalten darf, wenn wir den Vertrag mit sofortiger Wirkung kündigen. Zudem konnte ich mit ihr vereinbaren, dass sie das Unternehmen, welches ich damit beauftrage, mir meine Sachen zuzusenden, in die Wohnung lässt.

Ja, Cole meinte es wirklich ernst, als er sagte, dass er mich nicht noch mal nach New York fliegen lässt. Und ich kann es ihm nicht verübeln. Ich will genauso wenig von ihm getrennt sein, daher nehme ich die Strapazen gern in Kauf, ebenso wie den ganzen Papierkram, den der Abbruch meines Studiums an der NYU mit sich bringt. Der Wechsel an eine Fernuni und vor allem das Studium an sich wird Unsummen verschlingen, aber Cole versicherte mir, dass ich mich darum nicht kümmern muss. Er hat trotz des Kaufs und Ausbaus des zweiten Lagerhauses noch etwas von dem Geld übrig, das er damals mit diesen schrecklichen Underground Fights gemacht hat, und auch wenn es mir nicht gefällt, werde ich deswegen nicht mit ihm streiten. Er ist ein Dickkopf, und ich möchte das, was wir gerade zurückbekommen haben, nicht mit solchen Nichtigkeiten überschatten.

Zuletzt rufe ich in dem kleinen Café an, um auch dort zu kündigen, womit ich alles, was ich in New York hatte, aufgegeben habe. Es fühlt sich seltsam an, doch im tiefsten Inneren meines Herzens weiß ich, dass ich es dort keinen einzigen Tag mehr ausgehalten hätte. Ich frage mich sogar, wie ich die letzten Jahre so weit weg sein konnte, wenn Cole und alles, was ich liebe, hier ist.

Es war der reinste Betrug an mir selbst, zu denken,

ich wäre dort glücklich. Denn das war ich nie. Nicht so, wie ich es hier in Mississippi bei Cole bin.

Seufzend lehne ich mich auf dem Stuhl in seinem Büro zurück. »Jetzt muss ich nur noch den Mietwagen abgeben«, erkläre ich und sehe zu ihm.

Cole sitzt auf einem der Stühle, die auf der anderen Seite des Tisches stehen, und hat die Füße auf der Tischplatte abgelegt. Die Zufriedenheit darüber, dass er seinen Willen durchgesetzt hat und ich nun wieder hier bin, steht ihm so deutlich ins Gesicht geschrieben, dass ich kurz davor bin, ihm den Stift an die Stirn zu werfen, mit dem ich mir Notizen gemacht habe. Da ich jedoch weiß, dass er ihn vermutlich problemlos fangen würde, lasse ich es bleiben, zumal ich mich eigentlich genauso darüber freue wie er.

»Gib mir die Nummer«, sagt er und holt sein Handy raus. »Ich lasse ihn abholen, dann sparen wir uns die Fahrt nach Jackson.«

Augenrollend suche ich die Telefonnummer des Mietwagenunternehmens raus und diktiere sie ihm, bevor ich nach draußen gehe, um nach den Jugendlichen zu sehen.

Faith folgt mir wie ein Schatten, und es macht mich unbeschreiblich glücklich, dass sie mit jedem Tag mehr aus sich rauskommt. Sie wird immer selbstbewusster und spielt sogar hin und wieder ein wenig mit Buster, auch wenn der inzwischen fast ein Senior und entsprechend genügsam ist.

Margo kann wieder halbwegs gehen und säubert mit Sarah die Außengehege der Hunde, während Trent, Michelle und Big T mit einem Teil der Vierbeiner ihre Runden auf dem Gelände drehen und die beiden Johnnys und Alisha den Vormittag frei haben. Austin hat heute die leidvolle Aufgabe, die Waschräume der Jugendlichen zu putzen, weswegen er nicht zu sehen ist.

Da alle ihrer Arbeit nachgehen, beschließe ich, endlich meine Tasche auszupacken, die seit elf Tagen halb entleert neben den Armeeschränken liegt.

Ich bin gerade dabei, die letzten Kleidungsstücke zu falten, als mein Handy klingelt und *Wild Things* mir verrät, dass es Jules ist.

»Na?«, fragt sie anstatt einer Begrüßung. »Wie ist es, wieder die Freundin dieses Schwachkopfes zu sein?«

Kopfschüttelnd lache ich und setze mich auf die Bettkante. »Überraschend schön«, gestehe ich und lasse mich nach hinten fallen, so dass ich auf dem Rücken liege und an die hohe Decke des Lagerhauses blicke. »Wann kommst du uns endlich besuchen? Ich vermisse dich.«

Jules gibt ein langes »Oh« von sich, aus dem herausklingt, dass es ihr genauso geht. »Sobald ich Angelique begreiflich gemacht habe, wie man eine Schere hält. Es kann sich also nur noch um Jahre handeln.«

»Oje ...«

Sie seufzt. »Du sagst es. Aber ich will den Laden nicht für zwei Wochen schließen«, erklärt sie erneut. »Das kann ich meinen Kunden einfach nicht antun.«

»Ich weiß«, sage ich traurig, da Jules wirklich mehr als pflichtbewusst ist, wenn es um ihren Salon und alles, was dazugehört, geht. Er ist ihr Baby, und auch wenn ich sie viel lieber hier bei uns hätte, bin ich mächtig stolz auf sie.

»Erzähl mir lieber, wie es zwischen euch läuft«, bittet sie, um das Thema zu wechseln.

Sofort schleicht sich ein seliges Lächeln auf meine Lippen und mein Herz schlägt etwas schneller. »Ganz ehrlich? Ich habe keine Ahnung, wie ich es so lange ohne ihn ausgehalten habe.«

»Das frage ich mich auch«, gibt Jules zurück, woraufhin wir beide lachen müssen.

Es erscheint mir wirklich absurd, dass ich einfach so gegangen bin.

»Hast du es ihm mittlerweile gesagt?«, will sie dann wissen, was mein Lachen sofort ersterben lässt.

»Nein.«

»Sophie …«

»Ich weiß. Ich kann es nicht ewig vor ihm verstecken. Aber …«

Ja, aber was?

»Er liebt dich«, versucht sie, mir Mut zu machen. »Du musst es ihm sagen. Er hat ein Recht darauf, es zu erfahren.«

Weil ich nichts darauf erwidere, gibt sie ihr typisches Schnalzen von sich. »Sei froh, dass du ihm nicht beichten musst, dass du einen anderen hattest«, merkt sie an und versucht damit, die Stimmung zu heben. »Denn dann würde ich an deiner Stelle weglaufen. Schnell. Und weit.«

Das Lachen, das nun aus mir herausbricht, klingt traurig, doch ich kann ihr nur zustimmen. So besonnen Cole auch geworden sein mag – seine Reaktion auf eine vermeintliche Liaison kann ich mehr als gut voraussehen. Er würde durchdrehen, auch wenn es niemals etwas bedeutet hätte. Doch da ich nach der Trennung keinen anderen Mann hatte, wird mir dieser Ausbruch glücklicherweise erspart bleiben.

Ein leises Klingeln in der Leitung kündigt einen eingehenden Anruf an, weswegen ich mich schnell von Jules verabschiede und ihn annehme.

»Hallo Sophie«, sagt Theo, woraufhin ich mich aufsetze. »Gut, dass ich dich erreiche.«

»Was gibt es denn?«, frage ich verwundert, wobei es eigentlich nur einen Grund gibt, weswegen er mich so dringend sprechen wollen könnte.

»Es hat gerade ein Interessent für das Haus angerufen.«

»Wirklich? Das ging ja schnell.«

Wir haben beide nicht damit gerechnet, dass sich so bald jemand dafür interessieren würde. Das Gebäude hat seine besten Tage hinter sich, und die Lage ist bekanntlich auch nicht gerade die beste. Theo hat mich sogar darauf vorbereitet, dass es sich über Monate hinziehen könnte, falls sich überhaupt jemand melden sollte. Dass es jetzt nur wenige Tage gedauert hat, erstaunt mich also, doch ich freue mich auch.

Nicht, dass ich ausschließlich schlechte Erinnerungen an mein Leben darin habe, aber es ist dennoch alter Ballast, den ich gern abwerfen möchte.

»Ja. Er will in einer Stunde kommen. Ich kann nur leider nicht dabei sein, da ich gleich einen wichtigen Gerichtstermin habe.«

Ich hätte mich zwar wohler gefühlt, wenn ich die Besichtigung nicht allein durchführen müsste, da ich von solchen Sachen einfach keine Ahnung habe, aber es wäre unklug, sie zu verschieben. Schließlich möchte ich nicht, dass der potenzielle Käufer abspringt, also stehe ich auf und suche mir frische Kleidung zusammen, um kurz unter die Dusche zu steigen, bevor ich losfahre.

»Das macht nichts«, beruhige ich ihn schnell. »Ich kriege das schon hin.«

»In Ordnung. Aber pass auf dich auf.«

Ich verdrehe die Augen. Er klingt schon fast wie Cole, doch ich verkneife es mir, auch ihm zu sagen, dass ich mittlerweile sehr gut auf mich aufpassen kann. Stattdessen verabschiede ich mich von ihm und lasse das Handy aufs Bett fallen, um ins Bad zu gehen.

Ich komme gerade aus der Dusche und trockne mich ab, als Cole das Badezimmer betritt. Er gibt ein tiefes Stöhnen von sich, das mir direkt zwischen die Beine fährt, doch ich habe keine Zeit, um mich jetzt davon ablenken zu lassen.

»Ich muss zum Haus«, erkläre ich, während ich in dem kleinen Haufen frischer Klamotten, die ich mitgenommen habe, meine Unterwäsche suche. »Es kommt jemand, der es sich ansehen will.«

»Wird Theo dabei sein?«

»Nein. Er kann nicht. Aber ich nehme Faith mit.«

Cole verzieht das Gesicht, und ich mache mich bereits für den Aufstand bereit, der gleich kommen wird, als sein Blick zu meinem Bauch abschweift und er stockt.

»Was ist das?« Seine Stimme klingt dabei seltsam hohl und beschert mir eine Gänsehaut; nur leider nicht von der guten Sorte.

Verdammt. Das ist wirklich nicht der richtige Zeitpunkt, um darüber zu reden. Ich muss gleich los, damit ich noch mal lüften kann, bevor der Interessent kommt, und das Gespräch, das Cole gerade heraufbeschwört, wird vermutlich nicht nur fünf Minuten dauern. Zudem bin ich darauf emotional nicht vorbereitet, weswegen ich mich abwende, um in meinen Slip zu steigen.

»Nichts. Ich muss mich wirklich beeilen«, sage ich schnell und hoffe, dass er mich gehen lässt, doch Cole wäre nicht er, wenn er es einfach darauf beruhen lassen würde.

Ich höre seine Schritte hinter mir, als er auf mich zukommt. Kurz darauf legt er seine Hände an meine Hüften und dreht mich zu sich um, bevor ich auch nur die Chance dazu habe, mich zu bedecken.

»Cole …«

Ohne auf meine flehende Stimme einzugehen, sieht er an mir hinunter, wobei sein Blick an meinem Unterbauch haften bleibt.

»Was ist das, verdammt noch mal?«

Seine Stimme ist leise, aber so unheilvoll, dass es mir eiskalt den Rücken runterläuft. Er wird mich nicht gehen lassen. Nicht, bevor er eine Antwort bekommen hat. Doch ich kann das jetzt nicht, also winde ich mich aus seinem Griff, der plötzlich gar nicht mehr so fest ist, wie ich es gewohnt bin, und ziehe in Windeseile die restlichen Sachen an.

»Lass uns das bitte später besprechen.« Mit diesen Worten laufe ich aus dem Bad und hoffe, dass er mir nicht hinterherkommt, während ich die Tränen unterdrücke, die sich ihren Weg nach draußen bahnen wollen.

Während der gesamten Fahrt fühle ich Faiths Blicke auf mir, weil sie meinen Kummer zu spüren scheint.

Ich versuche, mich daran festzuhalten, dass Cole verstehen wird, wieso keiner von uns ihm erzählt hat, was ich durchgemacht habe. Zumal das lediglich Jules und mich einschließt, da ich es nicht einmal Theo gesagt habe. Er hätte sich zu sehr gesorgt, und ich war mir nicht sicher, ob er auch das vor Cole verheimlichen würde. Es gibt also tatsächlich nur zwei Menschen, die davon wissen, und spätestens, wenn ich von dieser Besichtigung zurückkomme, werde ich das Geheimnis lüften müssen, da Cole mich zwar hat fahren lassen, es aber ganz sicher nicht unter den Tisch fallen lassen wird.

Als ich endlich beim Haus meiner Mutter ankomme, habe ich mich etwas beruhigt. Ich steige aus, lasse Faith aus dem Wagen springen und gehe dann nach drinnen, um die Fenster zu öffnen und noch einen prüfenden Blick in alle Zimmer zu werfen.

Kurz darauf höre ich bereits das Geräusch eines sich nähernden Autos, trete nach draußen und reibe meine leicht schwitzigen Hände an meiner Hose ab, während ich zu dem jungen Mann sehe, der aus einem kleinen Kastenwagen steigt.

Faiths kräftiger Brustkorb ist gegen meinen Oberschenkel gepresst, daher höre ich das tiefe Knurren, das sie beim Anblick des Mannes plötzlich von sich gibt, nicht nur, ich spüre es auch.

Verwundert blicke ich nach unten. Die Hündin hat den Kopf leicht gesenkt und starrt den Interessenten an, während sie die Zähne fletscht und ihre Muskeln beben.

»Faith«, sage ich leise und lege meine Hand an ihre Schulter. »Hör auf damit.«

Cole würde sich zwar sicher darüber freuen, dass sie sehr wohl knurren kann, doch gerade jetzt kann ich ihren neuentdeckten Mut wirklich nicht gebrauchen.

Ich gebe ihr das Kommando zum Hinsetzen. Sie tut es umgehend und hört auch mit dem Knurren auf, wobei sie den Fremden, der nun auf uns zukommt, jedoch nicht aus den Augen lässt.

Nachdem ich mir ein Lächeln ins Gesicht gekleistert habe, gehe ich ihm entgegen und begrüße ihn, wobei ich ihm versichere, dass Faith brav ist, und wir dann das Haus betreten.

COLE

Ich stehe noch immer wie eine Statue da, als Sophie schon lange weggefahren ist. Das Einzige, was sich an mir bewegt, sind die Finger meiner rechten Hand, die ich unentwegt strecke und wieder krümme, weil der Schmerz mich von dem ablenken soll, was in meinem Kopf vorgeht, doch er tut es einfach nicht.

Das darf nicht wahr sein. Es kann einfach nicht so sein, wie ich vermute, da das etwas ist, das ich nicht zu begreifen vermag. Ich *will* es nicht begreifen, weil es zu viele weitere Fragen aufwirft. Und ich weiß nicht, ob ich die Antworten darauf hören möchte. Denn keine der Möglichkeiten, die mir durch den Kopf gehen, erscheint mir in diesem Moment auch nur annähernd erträglich.

Irgendwann löse ich mich aus meiner Starre und hole mit fahrigen Bewegungen mein Handy raus, um Jules' Nummer zu wählen, da ich nun begreife, dass sie im Gegensatz zu mir sehr wohl zu wissen scheint, was mir noch ein Rätsel ist.

Bevor sie auch nur ihr Hallo beenden kann, falle ich ihr schon ins Wort.

»Wusstest du davon?«, frage ich unheilvoll, was sie stocken lässt.

»Ähm … Ich habe keine Ahnung, was du meinst«, sagt sie dann scheinheilig, woraufhin ich ein Brüllen ausstoße und gegen den Spiegel schlage, der über dem Waschbecken hängt.

Das Splittern des Glases ist viel zu leise für meinen Geschmack, aber die Blutspritzer und der Schmerz gleichen es ein wenig aus.

»Hör auf, mich zu verarschen, Jules!«, fordere ich grollend. »Ich bin nicht bescheuert. Ich weiß, wie eine verdammte Kaiserschnittnarbe aussieht!«

Jules wird totenstill, während ich schwer atmend im Bad auf und ab gehe.

Ich kann noch immer nicht fassen, was ich gesehen habe, als Sophie nackt vor mir stand. Die Narbe ist kaum sichtbar; es ist also kein Wunder, dass sie mir in der Nacht zuvor nicht aufgefallen ist, da es zu dunkel war und ich viel zu sehr von meinem Verlangen abgelenkt wurde, um die silbern schimmernde Linie auf ihrem Unterbauch zu bemerken. Doch nun, da ich sie gesehen habe, verschwindet das Bild nicht mehr aus meinem Kopf. Schlimmer noch: Es kommen unzählige neue dazu, die mir die schrecklichste Übelkeit verursachen, die ich je hatte.

»Das ging jetzt aber schnell«, murmelt Jules, wobei ich heraushören kann, wie unwohl sie sich fühlt. Und das sollte sie auch; schließlich ist sie ein Teil dieser Verschwörung, die dazu beigetragen hat, dass ich nichts von dieser verfluchten Schwangerschaft weiß.

»Wusstest du es?« Ich erkenne meine Stimme kaum, so außer mir bin ich, doch es ist mir egal. Jules soll ruhig wissen, was ich davon halte, dass sie mir das verheimlicht hat.

»Ja«, gibt sie irgendwann leise zu. »Ja, ich wusste, dass sie schwanger war.«

»Ist es … von mir?«

»M-hm.«

Das ist zu viel. Ich ertrage es einfach nicht. Alles in mir wird taub und schmerzt zugleich auf eine Weise, die ich mir in meinen schlimmsten Albträumen nicht hätte ausmalen können.

Ich schließe die Augen und versuche, meinen Atem zu beruhigen, bevor ich die alles entscheidende Frage stelle. »Wo ist es?«

»Was?«

»Verdammt, Jules! *Wo ist das Baby?*«

Selbst durch den kleinen Lautsprecher hindurch kann ich hören, wie sie schluckt. »Cole …«

Nein … Bitte nicht …

Wie Jules meinen Namen ausgesprochen hat, sagt mehr, als tausend Worte es könnten. Diesen Klang in der Stimme eines Menschen, der vom Tod spricht – den vergisst man nicht. Und seit Milena gestorben ist, hat er sich auf ewig in mein Gehirn eingebrannt, weswegen ich ihn sofort wiedererkenne.

Kraftlos sinke ich auf die Knie und lasse den Kopf hängen.

Das kann alles nicht wahr sein.

Sophie war schwanger.

Von mir.

Sie hat mein Kind in sich getragen, und es … ist tot.

Alles, woran ich jemals geglaubt habe – alles, was ich für wichtig erachtet habe –, wird mit einem Mal nichtig. Meine Wut. Mein Starrsinn. Mein Glaube daran, kein gutes Leben zu verdienen. Mein Hass auf Jules und alles, was mit der Trennung zu tun hatte. Selbst die vier Jahre und mein Selbstmordversuch werden unwichtig, wenn ich daran denke, dass Sophie ein Kind von mir erwartet hat.

»Es ist noch in ihrem Bauch gestorben«, flüstert Jules irgendwann mit brüchiger Stimme. »Sie mussten es rausholen, weil –«

»Hör auf«, flehe ich sie an, da ich die Vorstellung nicht ertrage. Ich ertrage nichts an dem Gedanken, dass Sophie von mir schwanger war, als sie gegangen ist, und das Kind dann …

»Wusste sie es, als sie mich verlassen hat?«

Jules zieht die Nase hoch, bevor sie antwortet. »Nein. Sie hat es erst ein paar Wochen später gemerkt.«

Keine Ahnung, warum, aber dieses Wissen beruhigt mich ein wenig. Sie ist also nicht des Babys wegen gegangen. Doch die Erkenntnis, dass sie nicht zurückgekommen ist, als sie es dann wusste, lässt einen neuen Schmerz in mir aufkommen.

»Und du … Du bist nicht auf die Idee gekommen, dass ich das wissen sollte?«, frage ich Jules mit tonloser Stimme, während ich blind auf die Fliesen vor mir starre.

Alles in mir dreht sich, und ich würde am liebsten den Schädel gegen die Wand rammen, um für einen Moment durchatmen zu können.

»Es kam dir nicht in den Sinn, dass ich gern gewusst

hätte, dass ich Vater werde?«

Ich glaubte wirklich, dass ich Jules nicht hassen kann. Ja, ich war wütend auf sie. *Wirklich* wütend. Aber ich habe sie nie ehrlich und aus tiefstem Herzen gehasst.

Bis jetzt.

Sie hat mir das vorenthalten. Sie hat mich um das Wissen gebracht, das alles hätte ändern können.

Wenn ich erfahren hätte, dass Sophie ein Kind von mir erwartet, hätte ich die ganze Welt auf den Kopf gestellt, um sie zu finden und zu mir zurückzuholen. Weil das meine Pflicht gewesen wäre.

Als Vater wäre es meine Pflicht, mich um sie zu kümmern. Für sie da zu sein. Mit ihr zum Arzt, zu diesen bescheuerten Geburtsvorbereitungskursen und ins Krankenhaus zu fahren. Ich hätte ihr zentnerweise saure Gurken und Schokoladencreme gekauft. Mit ihr Atemübungen gemacht, ihren Bauch eingecremt oder was auch immer werdende Väter eben so machen sollten. Ich wäre für sie da gewesen und hätte mir von ihr im Kreißsaal die Hand brechen lassen, wenn es hätte sein müssen.

All das und noch so viel mehr hätte ich getan, doch wegen Sophies Sturheit und Jules' Hinterhältigkeit mir gegenüber konnte ich nichts davon tun.

Stattdessen habe ich mich beinah zu Tode gesoffen, während in Sophies Bauch der Beweis für unsere Liebe gewachsen ist, weil Jules mir kein Sterbenswörtchen davon gesagt hat.

»Sie wollte nicht, dass du es weißt«, flüstert sie, was meinen Ärger jedoch nicht mindert. »Ich musste es ihr versprechen.«

»Wusste Theo auch davon?«

»Nein. Nur ich.«

Gut. Andernfalls hätte er nämlich ohne Vorwarnung meine Faust zu spüren bekommen. Er ist selbst Vater. Wenn er mir das vorenthalten hätte, wäre das wirklich das Letzte.

Es wird still zwischen uns, während mir zum ersten Mal bewusst wird, was das alles überhaupt bedeutet. Ich verstehe nun, was Sophie meinte, als sie davon sprach, dass sie zu viel verloren hat. Ich verstehe den Schmerz – zumindest glaube ich, ihn ansatzweise erahnen zu können –, den dieser Verlust in ihr verursacht hat. Vor allem aber verstehe ich, was es aus mir macht.

»Ich war Vater, Jules«, bringe ich leise und mit brüchiger Stimme hervor.

Ich kann die Tränen nicht spüren, als sie über meine Wangen laufen, aber ich sehe sie auf dem Stoff meiner Jeans.

»Ich hatte ein Kind.«

Jules' Schluchzen dringt durch den dichten Nebel meiner Trauer kaum zu mir hindurch. »Ich weiß, Cole. Und es tut mir so unendlich leid …«

Ich ertrage ihr Mitleid nicht und lege wortlos auf, während ich noch immer stumme Tränen weine, weil ich nicht glauben kann, was geschehen ist. Gleichzeitig fragt sich ein Teil meines Gehirns, der sich vom Rest von mir abgekapselt haben muss, wie das passieren konnte.

Sophie hat die Pille genommen. Wir haben also nicht mehr mit Kondomen verhütet. Hat sie sie vergessen? War es ein Versehen? Absicht?

Nein … Sophie hätte niemals absichtlich die Pille weggelassen und sich dann von mir getrennt.

Was hat sie gedacht, als sie es erfahren hat? Was war es überhaupt? Hatte ich einen Sohn? Eine Tochter? In welcher Schwangerschaftswoche ist das passiert? Und warum, verdammt noch mal? Wieso ist das Kind gestorben, bevor es auch nur einen Atemzug nehmen konnte? Bevor ich es eine einzige Sekunde halten und lieben konnte?

Ich habe damals nie über Kinder nachgedacht. Das war immer etwas, das für mich nicht zur Debatte stand, weil ich – o Wunder – nie dachte, dass ich ein guter Vater hätte sein können.

Doch das hat sich jetzt schlagartig geändert. Zu wissen, dass ich streng genommen noch immer Vater bin, lässt mich keine Millisekunde mehr daran zweifeln, dass ich alles in meiner Macht Stehende getan hätte, um diesem kleinen Menschen alles zu geben, was er braucht. Ich hätte ihn mit allem überschüttet, was ich habe, und ihn mehr geliebt als alles andere. Ich wäre bis ans Ende der Welt gegangen für dieses Baby.

Stattdessen hatte ich nicht einmal die Gelegenheit, es auch nur anzusehen. Weil niemand mir von dieser Schwangerschaft erzählt hat und ich der Vater eines toten Kindes bin.

Für den Bruchteil einer Sekunde verwandelt sich all die Liebe, die ich für Sophie empfinde, in puren, unbändigen Hass. Sie hat es mir verwehrt, mein eigenes Kind zu sehen, und ich verfluche sie dafür.

Doch der Moment geht genauso schnell vorbei, wie er gekommen ist. Was auch immer sie dazu bewegt hat, das vor mir zu verbergen: Mein Schmerz kann ihren wohl niemals erreichen. Sie ist eine Mutter, die ihr Kind tot auf die Welt bringen musste, und die Vorstellung lässt mich auf dem harten Boden zusammenbrechen, weil ich nicht bei ihr war, als das geschehen ist. Weil ich ihr nichts von dem Leid abnehmen konnte, das sie ertragen haben muss. Weil ich zu einem Geist geworden bin.

Irgendetwas klingelt in meinem Kopf und bereitet mir beinah physische Schmerzen, bis ich merke, dass es mein Handy ist. Ich taste danach und nehme den Anruf entgegen, ohne nachzusehen, wer es ist.

»Hallo Cole«, sagt Theo beinah gehetzt. »Schlechte Nachrichten.«

Bitte nicht noch mehr … Ich halte das nicht aus. Ich sterbe hier gerade und ich ertrage nichts von dem, was er mir sagen will, und doch richte ich mich auf, weil sich sofort Sorge um Sophie in mir ausbreitet.

»Steve wurde vor ein paar Wochen vorzeitig entlassen«, erklärt Theo, bevor ich ihn auch nur fragen kann, was los ist.

Ich wische mir über die Augen, während ich aufstehe. »Und das sagst du mir erst *jetzt*?« Ich bin mit einem Mal völlig außer mir.

»Ich habe es selbst gerade –«

Ich lasse ihn den Satz nicht beenden, da in meinem Kopf die Rädchen ineinander rasten.

Der Wagen, der einfach nur dastand – als würde sich jemand einen Überblick verschaffen wollen. Sophie ist allein im Haus ihrer Mutter. Und dieser Wichser hat noch eine Rechnung mit mir offen, weil ich ihn damals verpfiffen habe.

Im Zuge meiner Festnahme wegen vermeintlicher

Kindesentführung und Vergewaltigung habe ich ein bisschen aus dem Nähkästchen geplaudert, um den überaus nervigen Detectives wenigstens irgendetwas zu geben, woran sie sich festbeißen können. Und da dieses Arschloch meine Wohnung verwüstet hat und mich von seinen Schlägertypen windelweich prügeln ließ, habe ich ihn den Wölfen zum Fraß vorgeworfen, weswegen er verknackt wurde. Nicht der feinste Schachzug von mir, aber die Organisation der Kämpfe war – wie sich bei den Ermittlungen herausstellte – nur die Spitze des Eisbergs. Es kamen Drogendelikte, Hehlerei und Gewalt gegen diverse Exfreundinnen hinzu, und nichts davon wunderte mich. Steve ist ein kranker Bastard, der an Selbstüberschätzung leidet. Und jetzt ist er mit Sicherheit scheißwütend auf mich.

Ich stürze beinah, als ich die Stufen nach unten laufe und dabei versuche, Sophie anzurufen. Doch sie nimmt nicht ab.

Völlige Ohnmacht überkommt mich, als ich an Margo vorbeigehe. »Hol die anderen. Verschanzt euch nebenan und lasst niemanden außer Sophie, Theo oder der Polizei rein, hast du verstanden?«

Etwas an meiner Stimme oder dem Ausdruck in meinen Augen muss ihr verdeutlichen, wie ernst es mir ist und dass irgendwas gerade furchtbar schiefläuft, denn sie nickt nur und humpelt los, während ich nach draußen renne und in einen der beiden Vans steige.

Mit schlitternden Reifen fahre ich über den Schotter, während ich erst die 911 wähle und anschließend Theo zurückrufe, um ihm zu sagen, dass er sofort zum Lagerhaus fahren und auf die Kids aufpassen muss. Er stellt keine weiteren Fragen, und so gehen mir den Rest der Fahrt die schrecklichsten Bilder durch den Kopf, während ich alle Geschwindigkeitsbeschränkungen ignoriere und den Mächten des Universums dafür danke, dass außer mir fast niemand auf den Straßen unterwegs ist.

Sie hat Faith dabei, sage ich mir in Gedanken. *Es ist nur ein blöder Zufall. So weit würde er nicht gehen. Sie wird mich jeden Moment zurückrufen und mir sagen, dass alles gut ist. Der Interessent ist* nicht *Steve und auch keiner seiner Handlanger. Sophie ist in Sicherheit. Sie wird mich mit einem Kopfschütteln empfangen, weil ich einen Polizeieinsatz ausgelöst und die Officers sie erschreckt haben. Ich werde kein leeres Haus vorfinden. Es ist alles gut. Ihr ist nichts passiert.*

Der gemietete Pick-up steht vor dem Haus, ein Streifenwagen ist jedoch nicht zu sehen. Mein Van kommt rutschend zum Stehen, und ich mache mir nicht die Mühe, den Motor auszuschalten, als ich rausspringe.

Ich renne förmlich gegen die Haustür, die einfach auffliegt, weil sie nicht zugezogen worden ist, und betrete das kleine Haus, wobei mir sofort ein leichter Eisengeruch in die Nase steigt, den ich nur zu gut kenne.

Blut. Da ist ein Meer aus Blut, das zwischen den umgefallenen Stühlen den Boden bedeckt. Ein schmerzerfülltes Röcheln dringt an meine Ohren, und als ich um den Tisch herumgehe, fällt mein Blick auf Faith.

Die Dobermannhündin liegt am Boden, schwer atmend, und alles ist voller Blut. Es ist so gottverdammt rot … Ihr dunkles Fell glänzt davon, und als ich neben ihr auf die Knie falle und ihren Körper berühre, gibt sie einen Laut von sich, den ich niemals mehr vergessen werde, während sich meine Hände nun ebenfalls blutrot verfärben.

Sie hat zwei Schüsse abbekommen. Einen in die Flanke, den anderen in die Schulter. Ihre Augen sind geweitet, während sie ins Leere starrt, röchelt, im Sterben liegt.

»Nein. Nein, nein, nein … Komm schon, Sweetheart …«

Ich lege ihren Kopf auf meinen Schoß, und für einen Moment, der so kurz ist wie ein Herzschlag, sieht sie mich an, als wolle sie sagen, dass es ihr leidtut, bevor sie einen letzten Atemzug nimmt und in meinen Armen stirbt.

Faith ist … Sie ist tot.

Alles in mir will um sie trauern. Um den Schmerz, den sie selbst in ihren letzten Sekunden erleiden musste, weil ein Mensch ihr wehgetan hat. Um die Zukunft, die sie bei uns gehabt hätte, und die Liebe, die sie nun nicht mehr bekommen wird. Um das Leben, das ihr genommen wurde.

Stattdessen zwinge ich mich dazu, aufzustehen, um das Haus nach Sophie zu durchsuchen, obwohl ich längst weiß, dass sie verschwunden ist. Dass Steve hier war, um mir das Wertvollste zu nehmen, was es je in meinem Leben gab.

Ich habe keine Ahnung, was ich tun soll. Ich weiß nichts über ihn, was mir helfen könnte. Keiner kann mir sagen, wo er sie hingebracht hat oder was er ihr antut. Sophie ist weg, und ich weiß verdammt noch mal nicht, was ich tun soll, so dass ich neben Faith auf den Boden sacke.

Mein Handy klingelt unentwegt. Ich erkenne am Klingelton, dass es Jules ist. Theo versucht vermutlich ebenfalls, mich zu erreichen, doch ich kann mich nicht bewegen.

Ich habe mich noch nie in meinem Leben so machtlos gefühlt. Alles ist mir entglitten, weil ich nicht vorsichtig genug war. Sophie ist in den Händen dieses Arschlochs, weil ich nicht besser auf mein Bauchgefühl gehört habe. Sie könnte –

Sophies persönlicher Klingelton ertönt. Das Handy muss ihn ihr automatisch zugewiesen haben, nachdem ich ihre aktuelle Nummer in ihrem Kontakt gespeichert habe.

Ich rutsche in Faiths Blut aus, als ich das Handy aus meiner Hosentasche hole, und beschmiere es mit dem dunklen Rot, als ich den Anruf endlich entgegennehme.

»Sophie?«

»Nicht ganz. Du hast noch einen Versuch.«

Mir gefriert das Blut in den Adern, weil meine schlimmste Befürchtung zur Realität wird.

Bis eben war es nur eine furchtbare Ahnung – beängstigend und die einzige Erklärung für Sophies Verschwinden –, doch als ich Steves Stimme höre, wird sie zu einer Tatsache, die jeden noch so kleinen Funken Hoffnung, den ich vielleicht in mir getragen habe, erlöschen lässt.

»Du kranker Wichser«, erwidere ich grollend. »Wo ist sie?«

Steve gibt ein unzufriedenes Schnalzen von sich. »So begrüßt man doch keinen alten Freund, Walker.«

»Wo ist sie?«

»Unbeherrscht wie eh und je«, sagt er missmutig und treibt mich damit in den Wahnsinn.

Er spielt mit mir. Er weiß genau, dass er mich in der Hand hat, und es macht ihm auch noch Spaß.

»Sie ist hier, mein Guter. Bei mir. Wohl behütet und in einem Stück. Und das bleibt sie auch, wenn du mir jetzt genau zuhörst.«

Ich umklammere das Handy so fest, dass es knackt, während ich versuche, nicht völlig durchzudrehen, weil ich um jeden Preis einen kühlen Kopf bewahren muss.

»Die Sache ist ganz einfach, Walker«, beginnt Steve, als ich nichts mehr sage. »Ich habe etwas, das du willst, und du schuldest mir etwas. Also lass uns einen Tauschhandel machen.«

»Ich habe das verfickte Geld nicht mehr«, blaffe ich in den Hörer, doch er redet einfach weiter, als hätte er mich nicht einmal gehört. Als wäre er in irgendeinem Wahn, was alles nur noch schlimmer macht.

»Weil ich allerdings so lange darauf warten musste und du mich auch noch um ein paar Jahre meiner Freiheit beraubt hast, genehmige ich mir noch ein paar ... *Zinsen.*«

»Wenn du sie auch nur anrührst … Ich schwöre bei Gott – ich bringe dich um.«

Es ist mir egal, wie viele Schläger er bei sich hat und dass ich keine Waffe mehr besitze, weil Sophie so besser schlief. Ich werde ihm jeden einzelnen Knochen brechen, wenn ich ihn finde. Steve ist tot.

»Beruhig dich ein wenig, hol das Scheißgeld und komm dann zu mir, damit wir die Sache da beenden können, wo sie angefangen hat.«

Natürlich. Es gibt nur einen Ort, an dem er sich so aufführt und wo er das, was er vorhat, zu Ende bringen könnte: die verlassene Halle, die er aus Gründen, die sich mir nicht erschließen, als sein Eigen ansieht.

Sie wird Dein sein, wenn ich mit dir fertig bin, denke ich, während ich aus dem Haus laufe und in den Van steige. *Dein gottverdammtes Grab.*

Aus weiter Ferne höre ich Sirenen, also gebe ich Vollgas, um zu verschwinden, bevor die Cops hier auftauchen, da ich nicht riskieren kann, dass sie mich aufhalten oder Sophie mit ihrem Eingreifen in Gefahr bringen. Das ist etwas zwischen Steve und mir, also werde ich auch dafür sorgen, dass wir es allein beenden.

»Und Cole: Ich werde es wissen, wenn du der Polizei auch nur ein Sterbenswörtchen davon erzählst. Das bleibt unser kleines Geheimnis, haben wir uns verstanden?« Mit diesen Worten legt er auf und lässt mich mit dem Grauen, das er in mir ausgelöst hat, allein.

Er hat Sophie. Er hat mein Leben, und ich werde viel zu lange brauchen, um bei ihr zu sein und ihm die Haut bei lebendigem Leib vom Körper zu ziehen.

Ich genehmige mir noch ein paar … Zinsen.

Grellweiße Wut lässt mich das Gaspedal durchtreten, und doch habe ich das Gefühl, rückwärts zu fahren. Die Wälder und Sümpfe ziehen viel zu langsam an mir vorbei, während mir klar wird, wie das alles passieren konnte.

Er hat mich beobachtet. Er muss gemerkt haben, dass er wegen der Jugendlichen nur schwer an mich rankommt. Und dann hat er Sophie gesehen. Ist ihr vermutlich gefolgt. Hat seine Fühler ausgestreckt und alles herausgefunden, was er wissen musste, weil Psychopaten sowas nun mal tun. Und mit ihr hat er das perfekte Druckmittel gegen mich. Er hat mich in der Hand, weil er genau weiß, was sie mir bedeutet. Weil ich schon damals deutlich gemacht habe, dass er sich von ihr fernhalten soll, wenn ihm sein Leben lieb ist.

Bei Gott … Wenn ihr etwas zustößt … Ich überlebe es

nicht, wenn ihr etwas zustößt. Ich habe sie doch gerade erst zurückbekommen! Und jetzt ist sie meinetwegen in Gefahr. Weil alles, was ich getan habe, sich nun gegen mich wendet. Ganz egal, wie sehr ich versucht habe, ein besserer Mensch zu werden – es war alles umsonst. Weil am Ende nichts mehr zählt, wenn er Sophie etwas antut.

SOPHIE

Benommen öffne ich die Augen, aber alles ist verschwommen, und ich brauche einen Moment, bis ich klar denken kann.

An meiner Stirn pocht es schmerzhaft. Ich will die Hand heben, um das, was meine Schläfe hinunterläuft, wegzuwischen, als ich merke, dass meine Handgelenke zusammengebunden sind.

Innerhalb von Sekundenbruchteilen erinnere ich mich wieder.

Der Interessent wollte nicht das Haus.

Er wollte *mich*.

Panik breitet sich in mir aus und will mich kopflos machen, doch ich versuche, ruhig zu bleiben und mich zu orientieren.

Der große, kahle Raum kommt mir seltsam vertraut vor, nur dass es mehr als sechs Jahre her ist, dass ich ihn gesehen habe, und ich nun nicht auf der Treppe stehe, auf die mein Blick fällt, sondern auf einem Stuhl sitze, der inmitten des Kellers steht.

»Hallo Kleines«, höre ich eine kalte, berechnende Stimme neben mir und drehe meinen Kopf in die Richtung.

Als ich Steve im schummrigen Licht des Kellers erkenne, macht sich Übelkeit in mir breit.

Wie kann er es nur wagen, mich so zu nennen? Und was will er? Wieso ist er überhaupt hier? Er sollte im Gefängnis sein! Cole hat für seine Festnahme gesorgt, also wieso ist er hier? Und wieso bin *ich* hier?

»Ist lange her, was?«, plaudert er drauf los und kommt zu mir, um vor dem Stuhl in die Hocke zu gehen und mich zu mustern.

Als er eine Hand auf meinen Oberschenkel legt, steigt mir die Galle die Kehle hoch, doch ich erwidere seinen Blick ausdruckslos.

»Du fragst dich sicher, was wir hier machen. Lass es mich erklären.«

Seine Finger streichen über den Stoff meiner Jeans, während sein Blick über meinen Oberkörper gleitet und an meinen Brüsten hängen bleibt, wobei er sich über die rissigen Lippen leckt, bevor er weiterspricht.

»Der gute Cole hat mir einiges genommen, weißt du?«

Seine Stimme bereitet mir beinah körperliche Schmerzen, während ich mich keinen Millimeter rühre.

Cole … Weiß er, dass ich hier bin? Bei Steve?

Sucht er nach mir?

O Gott … Wenn er nach mir sucht … Wenn er mich sucht und hierherkommt, wird etwas Schreckliches passieren. Ich sehe es an dem Wahnsinn in Steves Augen. Er steht völlig neben sich; ist besessen von etwas, das ihn dazu gebracht hat, mich zu entführen. *Damit er ein Druckmittel gegen Cole hat,* wird mir klar. Er will etwas von ihm. Er sinnt auf Rache, und ich bin zweifellos ein Teil seines Plans.

»Hast du eine Ahnung davon, wie es ist, im Gefängnis zu sitzen?«, will Steve wissen und schaut mir wieder ins Gesicht.

Als ich nichts erwidere, drückt er mit aller Kraft seine Finger in meinen Oberschenkelmuskel, was mir augenblicklich die Tränen in die Augen treibt.

»Antworte!«

Ich schüttele den Kopf und schlucke. »Nein.«

»Nein. Natürlich nicht. Denn du bist ja *perfekt* und würdest niemals im Knast landen. Du bist die perfekte kleine Prinzessin, für die Cole alles stehen und liegen lässt«, sagt er wütend und steht abrupt auf. »Ich habe alles wegen dir verloren. Wegen ihm! Weil er einfach –«

Er stockt und geht einige Schritte, wobei er seine Handflächen aneinanderlegt und die Augen schließt, bevor er sich wieder zu mir umdreht und mich ansieht.

»Aber ich hole mir zurück, was mir gehört. Und du hilfst mir dabei.«

Cole darf auf keinen Fall herkommen. Steve ist völlig unberechenbar, und die Angst, die ich um mein eigenes Leben haben sollte, gilt ganz Cole. Dem Mann, der lediglich getan hat, was er für richtig hielt, um mich zu beschützen. Er hat all der Gewalt und der Dunkelheit und den grauenvollen Dingen, die einmal sein Leben bestimmt haben, abgeschworen, und nun holt uns seine Vergangenheit in Form von Steve ein.

»Ich muss sagen, dass er es mir wirklich nicht leicht

gemacht hat«, erklärt Steve, verschränkt die Hände hinter seinem Rücken und geht vor mir auf und ab, als würde er einen Spaziergang durch den Central Park machen. »Ständig schwirren diese Kinder um ihn herum wie Schmeißfliegen. Es war so lästig. Aber dann habe ich dich endlich auftauchen sehen. Und wirklich, Prinzessin … *Das* war eine Freude! Und du hast es mir so einfach gemacht. Bist immer wieder in dieses alte Haus gefahren, in dem du sogar allein geschlafen hast.«

Das Auto … Jetzt wird es mir klar. Der Wagen, der nachts minutenlang ohne ersichtlichen Grund an der Kreuzung stand – das muss er gewesen sein. Er hat Cole und mich ausspioniert. Und Cole muss etwas gemerkt haben, darum war er so vorsichtig und wollte nicht, dass ich allein draußen herumlaufe. Er wusste, dass irgendetwas nicht stimmt, nur hat er offenbar nicht geahnt, dass es Steve ist, der seine Schlinge immer enger um uns gezogen hat. Denn sonst hätte er mich keine einzige Minute mehr aus den Augen gelassen. Er hätte nicht riskiert, dass mir etwas zustößt. Niemals.

»Ich konnte natürlich nicht selbst zu dem fingierten Besichtigungstermin kommen. Das verstehst du doch, oder? Ich meine … Dieses Weichei von einem Anwalt konnte ich ja noch irgendwie umgehen, aber ich war mir nicht sicher, ob Walker es nicht doch einrichten würde, dich zu begleiten, und dann wäre ich aufgeflogen. Immerhin bist du wie sein Augapfel, nicht wahr? Daher musste Micah das für mich übernehmen.« Bei den letzten Worten deutet er hinter sich.

Erst jetzt bemerke ich den zweiten Mann, der im Schatten

der Ecke steht. Es ist der vermeintliche Interessent. Der, der mich überwältigt hat, nachdem wir ins Haus gegangen sind. Der, der so unscheinbar aussah und dessen Lächeln so freundlich wirkte.

Die Welt ist böse, Sophie. Insbesondere Männer.

Mutters Worte schießen mir durch den Kopf, und für einen winzigen Moment wünsche ich mir, ich wäre damals nicht weggelaufen. Dann würde ich nicht hier sitzen. Cole hätte den Kampf nicht wegen mir abgebrochen. Er wäre nicht verhaftet worden, hätte Steve nicht der Polizei ausgeliefert und würde ihm nichts schulden.

Wäre ich doch nur geblieben …

»Faith!«, stoße ich keuchend aus, als ich plötzlich an die Hündin denke. »Was ist mit Faith passiert?«

Steve bleibt stehen und sieht mich mit einem Stirnrunzeln an. »Faith?«

»Der Köter«, brummt der andere Mann hörbar verärgert. »Hab ihn erledigt.«

Ich schließe die Augen, als die Welle aus Trauer und Schmerz über mir zusammenbricht.

O Faith …

Sie wollte mich beschützen. Sie hat mich mit ihrem Knurren warnen wollen, und ich habe es nicht ernst genommen. Sie musste sterben, weil ich nicht auf ihren Instinkt vertraut habe.

»Wo bleibt er nur?« Steve wird ungeduldig und wirft einen Blick auf seine Armbanduhr. »Er sollte längst hier sein.«

In mir machen sich Erleichterung und Angst breit.

Cole ist auf dem Weg hierher, um mich zu retten, doch

mein Gefühl sagt mir, dass es nicht gutgehen wird. Steve ist zu wütend. In der Hand dieses Micahs kann ich eine Waffe glänzen sehen. Ich bin völlig nutzlos, und nichts von allem hier kann ein gutes Ende nehmen, das spüre ich ganz deutlich.

Cole … Bitte, bitte komm nicht her! Bitte. Du darfst nicht –

Das leise Dröhnen eines Motors macht all meine Hoffnungen zunichte und lässt Steve triumphierend lächeln.

»Na endlich«, sagt er zufrieden. »Zeit für ein Wiedersehen!«

COLE

Nach einer gefühlten Ewigkeit ragt die Halle endlich vor mir auf. Ich warte nicht, bis der Wagen steht, sondern springe einfach raus und laufe durch das geöffnete Tor.

Das Erdgeschoss ist leer, doch das habe ich erwartet. Steves Bühne ist der Keller, also renne ich die Stufen hinunter und komme keuchend zum Stehen, als ich unten angelangt bin.

Sophie.

Sie sitzt auf einem Stuhl, der genau in der Mitte des schäbigen Raumes steht. Ihre Hände sind mit silbernem Panzertape zusammengebunden, die Fußknöchel mit dem gleichen Klebeband an die Stuhlbeine gefesselt. Als ob sie eine Chance hätte, davonzulaufen …

Ihre Augen weiten sich, und in mir zerbricht etwas, als ich sehe, dass sie eine Platzwunde an der Stirn hat, aus der Blut an ihrer Schläfe herab- und über ihre Wange läuft. Das weiße Oberteil, das sie extra angezogen hat, um einen guten Eindruck zu machen, ist voller Blutflecken, und ihre

Augen tränennass.

Ich will zu ihr laufen, sie losbinden, küssen, hier rausbringen – nur weg von dem, was auch immer sie ihr angetan haben, doch ein unzufriedenes Schnalzen lässt mich augenblicklich innehalten.

Erst jetzt bemerke ich Steve und einen seiner Schergen. Er steht wenige Meter von ihr entfernt, während der unscheinbar aussehende andere Typ auf mich zukommt und dabei eine Waffe auf mich richtet.

»Da bist du ja endlich«, begrüßt Steve mich, wobei er sich mit dem Handrücken über die Nase fährt. »Ist es nicht schön, alte Freunde nach so langer Zeit wiederzusehen?«

Selbst von hier erkenne ich die geweiteten Pupillen. Der Wichser muss sich etwas reingezogen haben, was ihn nur noch unberechenbarer macht.

»Lass sie gehen«, sage ich, so ruhig ich kann, während sein Handlanger sich neben mich stellt und mir die Mündung seiner Waffe an die Schläfe drückt.

Das kalte Metall presst sich gegen meine Haut, doch ich ignoriere es und konzentriere mich ganz auf Steve, in der Hoffnung, irgendeine Schwachstelle zu entdecken, die es mich schaffen lässt, Sophie hier unbeschadet rauszubekommen.

»Wo ist das Geld?«, will er wissen, woraufhin ich ein Kopfschütteln andeute.

»Ich habe es nicht. Es ist weg«, erkläre ich, da das mehr oder weniger stimmt. Denn das, was ich noch besitze, wird Steve nicht reichen, daher spare ich mir die Mühe. Stattdessen hebe ich die Arme langsam an und erwidere seinen Blick mit tödlicher Ruhe. »Aber ich bin hier. Du hast also, was du wolltest. Binde sie los und lass sie gehen.«

Sophie holt hörbar Luft. »Cole –«

»Sei still!«, fahre ich sie an und hoffe, dass sie den Ernst der Lage begreift.

Ich weiß nicht, ob ich uns beide hier lebend rausbekomme – das wird mir auf einen Schlag klar –, also muss sie jetzt wirklich tun, was ich von ihr will. Nur dieses eine Mal muss sie den Mund halten, damit ich Steve dazu bringen kann, sie gehen zu lassen, bevor ich das hier beende.

»Na, na, Walker. So redet man aber nicht mit einer Dame«, sagt er streng, bevor er zu Sophie geht und ihr mit den Fingern über die Wange streicht. »Erst recht nicht mit einer so hübschen.«

Sophie schließt die Augen, rührt sich aber keinen Millimeter. Sie versucht selbst jetzt, für mich stark zu sein, und das nach allem, was sie meinetwegen durchmachen musste.

»Nimm die Finger von ihr, bevor ich –«

Steves Schoßhund drückt die Waffe fester gegen meine Schläfe, als ich einen Schritt nach vorne machen will.

»Oh … Tut mir leid, dich enttäuschen zu müssen, aber du kommst zu spät. Wir hatten unseren Spaß bereits. Es war fabelhaft, nicht wahr, *Kleines*?«

Das wars. Damit hat er mich einen Schritt zu weit getrieben und sein Todesurteil unterzeichnet.

Alles verschwimmt zu einem Gemisch aus Blut, Schreien und Schmerz, als ich vollkommen ausraste.

Ich schlage dem Kerl neben mir den Ellenbogen ins Gesicht und reiße ihm im selben Moment die Waffe aus der Hand. Er geht nach dem befriedigenden Knacken von zerbrechenden Knochen zu Boden, während ich auf Steve ziele und einfach abdrücke.

Ich schieße ihm ins Bein, woraufhin er mit einem Schrei auf die Knie fällt, der sich in meinen Ohren wie Musik anhört. Ein zweiter Schuss trifft ihn seitlich in die Brust, und er sackt in sich zusammen, bis er regungslos am Boden liegt.

Ich nehme mir nicht die Zeit, darüber nachzudenken, dass ich gerade jemanden erschossen habe. Stattdessen werfe ich die Waffe achtlos zur Seite und laufe zu Sophie.

»Sch, Kleines. Es ist alles gut«, versuche ich, sie zu beruhigen, weil ihr unzählige Tränen aus den Augen treten.

Sie weint so schrecklich, dass ich erst gar nicht verstehe, was sie sagt, während ich das Tape vorsichtig löse, doch dann endlich begreife ich die Worte.

»Er hat mir nichts getan«, erklärt sie mit zitternder Stimme, weil sie genau zu wissen scheint, dass das alles ist, woran ich denken kann. Dass sich Bilder in meinem Kopf geformt haben, deren Ausmaß so grauenvoll ist, dass ich die Welt am liebsten abfackeln würde.

Alles in mir wird ruhig, und ich möchte Gott dafür danken, dass er sie verschont hat.

Mit bebenden Händen umfasse ich ihr Gesicht, wobei ich das Blut von Faith noch immer an den Fingern habe, und küsse Sophie, als würde mir sonst das Leben aus dem Körper entweichen, bevor ich sie endgültig befreie.

Ich will ihr gerade aufhelfen, um sie aus diesem Keller des Horrors zu bringen, als sie ein Keuchen ausstößt.

»Cole! Er hat –«

Sophies Worte gehen in einem Knall unter, der mir

in den Ohren dröhnt, und ich frage mich noch, woher er gekommen ist, bis mir klar wird, was sie gesagt hat.

Er hat eine Waffe.

Wie in Trance drehe ich mich um und sehe gerade noch, wie Steves Hand auf den Boden sinkt und sein Kopf, den er ein letztes Mal gehoben haben muss, ebenfalls nach hinten sackt, bevor es totenstill wird. In seiner Hand glänzt silbernes Metall, während seine Finger darum erschlaffen, und für den Bruchteil einer Sekunde frage ich mich absurderweise, ob es meine Desert Eagle ist, mit der er geschossen hat.

»Cole?«

Sophies Stimme ist nur ein Flüstern, doch sie hallt von den Kellerwänden wider und bohrt sich in meinen Kopf wie tausend Nadelstiche.

Ich will ihr antworten, doch da ist eine Hitze in meinem Bauch, die sich von der Seite aus immer weiter ausbreitet, bis sie zu einem unerträglichen Schmerz wird und ich vor Sophie auf den Boden sacke.

Als ich meine Hand an den Ursprung des Schmerzes lege und sie dann vor mein Gesicht halte, ist sie rot. Mehr noch, als sie es bereits von Faiths Blut war.

»Cole! O mein Gott …«

Mein Körper knickt einfach um, und ich falle auf die Seite. Der Boden ist so hart, und der Schmerz … Es fühlt sich an, als hätte jemand einen Feuerwerkskörper in mir gezündet. Es brennt so entsetzlich, dass ich kaum noch klar denken kann. Dieser verfluchte Schmerz ist nicht auszuhalten, und die Hitze wird immer stärker, während Sophies Gesicht in meinem Blickfeld erscheint.

»Nicht weinen, Kleines«, sage ich und hebe eine Hand, um die Tränen von ihren Wangen zu streichen. »Es ist alles in Ordnung. Es geht mir gut, hörst du?«

Ich weiß nicht, wen ich damit beruhigen will, denn es geht mir alles andere als gut. Das Schlucken fällt mir schwer. Ich schmecke Eisen auf meiner Zunge und mein Blickfeld wird unscharf. Mit aller Macht fokussiere ich mich auf Sophies Gesicht. Auf ihre Bernsteinaugen, aus denen immer mehr Tränen auf meine Haut fallen.

Sie weint so sehr. Wieso weint sie nur?

Weil du stirbst.

Die Erkenntnis kommt aus dem Nichts, und auch wenn sie mir keine Angst macht, wird mir klar, dass ich eigentlich nie sterben wollte. Dass ich hier sein wollte. Mit Sophie. Mit der Mutter meines Kindes. Mit der Frau, die ich mehr liebe als alles andere auf diesem gottverdammten Planeten.

Doch ganz egal, wie unvorstellbar es für mich ist, sie zu verlassen … Ich muss jetzt gehen. Ich werde nie wieder das leuchtende Gold in ihren Augen sehen, wenn die Sonne sich in ihnen bricht. Ich werde nie mehr neben ihr aufwachen, sie nie wieder so berühren können, wie ich es möchte. Ich werde ihre Stimme nicht mehr hören und sie nicht mehr küssen können.

Es macht mich unendlich traurig, doch ich weiß, dass das hier das Ende ist und ich absolut nichts dagegen tun kann, weil das Schicksal gegen mich entschieden hat.

Sophie beugt sich zu mir nach unten, legt ihre Hände an meine Wangen, weint, weint, weint immer mehr, flüstert meinen Namen, streicht mit ihren Fingerspitzen den kalten

Schweiß von meiner Stirn, küsst mich. Und oh … Ihre Küsse … Ihre süßen, süßen Küsse. Wie sehr ich ihre Küsse vermissen werde …

Es heißt immer, dass das ganze Leben an einem vorbeizieht, wenn man stirbt. Aber für mich scheint das nicht zu gelten.

Alles, was ich sehe, sind die Augenblicke mit Sophie.

Ich sehe, wie sie in meinen Pick-up gesprungen ist. Wie sie ihre Hand in meine gelegt hat und wie ich sie das erste Mal mit meinen Armen umschlungen habe, krank vor Sorge, weil sie einfach davongelaufen ist. Ich sehe den Moment, in dem sie am Morgen in meinem Bett saß, und höre die vielen Fragen, die sie mir immer gestellt hat. Ich erinnere mich an das Staunen in ihren Augen, wann immer sie etwas Neues kennenlernte.

Die Augenblicke vor unserem ersten Kuss ziehen an mir vorbei, und ich erinnere mich noch genau an den Moment, in dem meine Lippen ihre berührten. Ich weiß noch, wie sie geschmeckt hat; wie ihre Hände sich um meinen Nacken legten und sich ihr kaum hörbares Stöhnen an meinen Lippen anfühlte. Ich erinnere mich an alles, was ich ihr genommen habe und sie mir geschenkt hat.

»Halte durch, Cole«, fleht sie leise. »Bitte bleib bei mir. Du … Ich kann dich nicht verlieren. Bitte …!«

Ihre Stimme ist so schmerzerfüllt, dass sie meinen eigenen Schmerz in den Hintergrund drängt, weil es so wehtut, sie leiden zu sehen, aber fuck … Mir ist so kalt.

Ist es immer so kalt, wenn man verreckt?

Ich schlucke das Blut runter, das mir die Kehle hochsteigt, während ich Sophie unentwegt in die Augen sehe.

Ich wünschte, sie würde nicht weinen, und weiß zugleich, dass sie morgen noch viel mehr weinen wird. Morgen, wenn ich nicht mehr hier bin. Wenn ich nicht mehr bei ihr sein und sie trösten kann. Sie nicht mehr lieben kann.

Ich denke an all das, was ich nicht sagen konnte. An die viel zu kurze Zeit, die wir gemeinsam hatten, und die, die uns gerade gestohlen wird. Ich denke an jeden einzelnen Tag, den wir zusammen waren – die guten und die schlechten –, und ich hasse mich dafür, dass ich sie jetzt allein lasse. Dass ich gehe und sie zurückbleibt, ohne mich. Denn es sind nicht die, die sterben, um die man trauern sollte. Es sind die, die zurückbleiben.

Sophie wird zurückbleiben und mich vermissen, und der Gedanke tut so unendlich weh …

Ich will nicht mehr daran denken. Ich will an etwas Schönes denken. Etwas, das nicht nur aus purem Schmerz und Trauer besteht.

»Was war es?« Es ist schrecklich anstrengend, die Worte auszusprechen. Meine Zunge ist so schwer …

»Was?« Sie wischt sich mit dem Handrücken über die Wange, bevor sie die Hand wieder an mein Gesicht legt.

Ich weiß nicht, wie oder wann es passiert ist, aber mein Kopf liegt auf Sophies Schoß, während sie sich über mich beugt und eine Hand an meine Seite presst. Dort, wo der brennende Schmerz seinen Ursprung hat.

»Das Baby.« Ich huste und schmecke immer mehr Blut, das sich mit dem Salz ihrer Tränen auf meiner Zunge vermischt. »Was … war es?«

Sophie legt ihre Lippen auf meine, bevor sie mich

wieder anschaut. Da sind so unendlich viele Tränen auf ihren Wangen …

»Es war ein Mädchen.« Ihre Stimme bricht, weil sie so sehr weint.

Ein Mädchen.

Ich schließe die Augen.

Ich bin der Vater einer Mädchens. Der Gedanke erfüllt mich mit so viel Freude und Frieden, dass der Schmerz in den Hintergrund gedrängt wird. Bilder von einem kleinen Mädchen tauchen in meinem Kopf auf. Es hat die Augen seiner Mutter und deren Fähigkeit, jede Dunkelheit zu vertreiben.

Wir hatten eine Tochter.

»Sie war schön, Cole. Sie war so wunderschön …«

Meine Zunge fährt über meine Lippen, aber ich spüre es kaum noch. Der Schmerz ist jetzt vollständig verschwunden. Ich fühle gar nichts mehr. Nichts außer dem Glück und der Liebe, weil Sophie jetzt in Sicherheit ist und ich eine Tochter hatte. Mir ist nicht mal mehr kalt. Alles ist jetzt ganz friedlich und ruhig, und ich zwinge meine Lider dazu, sich zu öffnen, auch wenn sie unendlich schwer sind. Ich will noch einmal in ihre Bernsteinaugen sehen, bevor es vorbei ist.

Sophies Gesicht ist das Letzte, was ich sehe, bevor meine Augen wieder zufallen.

Ich atme noch mal ein, um ihr zu sagen, was ich viel öfter hätte sagen sollen, bevor sich die Dunkelheit endgültig über mich legt.

»Ich liebe dich, Kleines.«

SOPHIE

FÜNF JAHRE SPÄTER

Die Sonnenstrahlen scheinen durch die riesigen Sprossenfenster und lassen die feinen Partikel, die in der Luft schweben, wie Feenstaub aussehen.

Buster liegt schlafend in seinem Korb. Er steht nur noch selten auf, und wir müssen ihn mehrmals am Tag die Treppe hinunter- und wieder hochtragen, weil er inzwischen so alt ist. Wir wissen nicht, wie lange er noch hier sein wird, daher versuchen wir, jeden Tag zu einem schönen für ihn zu machen.

Aus dem unteren Stockwerk dringt das Lachen der Jugendlichen an mein Ohr, während Jules wen auch immer in die Schranken weist, weil er nicht still sitzenbleibt, während sie ihm die Haare schneidet.

Sie ist zurückgekommen; sie hat alles in Chicago aufgegeben und wohnt jetzt wieder hier, weil jede helfende Hand nötig ist, um das weiterzuführen, was Cole aufgebaut hat.

Es tut so unglaublich gut, sie wieder um mich zu haben, nach allem, was passiert ist …

»Fertig!«

Ich hebe den Blick und sehe in die sturmgrauen Augen meiner Tochter, die ihren Teller von sich schiebt und mich mit einem Lächeln anschaut, das mich jedes Mal aufs Neue verzaubert. Dann springt sie von ihrem Stuhl und kommt zu mir. Ihre rabenschwarzen Haare, die ich zu zwei Zöpfen hochgebunden habe, schwingen bei jedem ihrer kleinen Schritte, und ich strecke meine Arme aus, um sie hochzuheben und auf meinen Schoß zu setzen.

»Erzählst du mir jetzt von Daddy?«, fragt Grace mit ihrer kindlichen Stimme, die alle Herzen schmelzen lässt, und ich kann noch immer nicht ganz fassen, dass sie hier ist.

Nach der Totgeburt unserer ersten Tochter und dem damit einhergehenden Eingriff sagten die Ärzte, es sei überaus unwahrscheinlich, dass ich noch mal schwanger werde. Also fing ich gar nicht erst damit an, die Pille wieder zu nehmen, zumal es sowieso niemanden gab, mit dem ich hätte verhüten müssen. Und so habe ich auch in dieser einen Nacht mit Cole nicht darüber nachgedacht.

Grace ist also mein kleines Wunder. Mein Wunder, das der Liebe, die Cole und ich füreinander empfunden haben, entsprungen ist.

Ich streiche ihr die Tomatensoße vom Mundwinkel und küsse ihre Stirn. »Was willst du denn wissen?«

»Mmh … Alles!«, ruft sie freudig aus und spielt dabei mit den Knöpfen meiner Bluse.

»Ach Gracie-Schatz. Du weißt doch alles über ihn«, sage

ich, weil ich es ihr schon unzählige Male erzählt habe, doch sie windet sich aus meiner Umarmung und springt von meinem Schoß.

Mit schnellen Schritten läuft sie zur Kommode, auf der der Fernseher steht, und nimmt mit ihren süßen kleinen Kinderhänden vorsichtig den Bilderrahmen herunter, um damit zu mir zurückzukommen und ihn mir hinzuhalten.

Ich hebe sie wieder hoch und setze sie auf meinem Oberschenkel ab, während wir beide auf das Foto schauen.

Es ist an dem Tag am See entstanden. Sarah hat es heimlich geschossen und uns nach ihrer Heimkehr per Mail zugeschickt. Es zeigt den Moment, in dem Cole mich geküsst hat. Seine Hand liegt an meiner Wange, mein Kopf ist ihm zugewandt und unsere Augen sind geschlossen. Das Sonnenlicht glänzt auf seinen tiefschwarzen Haaren, die vom Wind zerzaust wurden, und ich klammere mich an seinen Beinen fest, die er links und rechts von meinem Körper angewinkelt hat.

Es ist das einzige Foto, das von uns existiert, und Cole hätte Sarah vermutlich die Hölle heißgemacht, wenn er damals gemerkt hätte, dass sie es geschossen hat.

Der Anblick dieses so kostbaren Moments und vor allem der von Cole schnürt mir jedes Mal die Kehle zu.

»Erzähl mir die Geschichte, Mommy«, fleht Grace erneut, also tue ich es, wobei ich sie immer etwas beschönige, da unsere Tochter erst vor kurzem vier Jahre alt geworden ist und zu vieles einfach noch nicht verstehen würde oder wissen muss.

Ich erzähle ihr, wie ich ihn zum ersten Mal gesehen habe. Dass er mich immer Kleines genannt und was er mir alles gezeigt hat. Ich erzähle ihr von Buster und davon, dass ihr Dad mich irgendwann einfach geküsst hat, weil er so verliebt in mich war.

Die schlimmen Dinge lasse ich aus; die Kämpfe, das Trinken, seine Inhaftierung. Ich lasse aus, dass ich ihn verlassen habe, weil sie zu klein ist, um das zu begreifen, und ich erzähle ihr auch nicht, was vor fünf Jahren genau passiert ist. Sie weiß nur, dass ihr Vater mich beschützen wollte und ihm jemand deswegen ganz schrecklich wehgetan hat.

»Dein Dad war der wunderbarste und liebevollste Mensch, den deine Mom damals kannte. Und er liebt dich über alles«, beende ich die Geschichte, wobei sich Tränen in meinen Augen sammeln.

»Auch wenn er nicht da ist?«, fragt Grace und sieht mich dabei traurig an, was mir das Herz nur noch schwerer macht.

»Immer, mein Schatz. Ganz egal, wo er ist, dein Dad liebt dich unendlich. Vergiss das nie, ja?«

Sie nickt und senkt den Blick wieder auf das Foto. Ich tue es ihr gleich, wobei ich mit den Fingerspitzen über das kühle Glas und sein Gesicht darunter fahre.

Plötzlich ertönt das Poltern von schweren Schritten auf der Treppe, und nur Sekunden später sehe ich Cole im Augenwinkel am Treppenabsatz erscheinen.

»Habe ich da meinen Namen gehört?«

Wie auf ein Stichwort springt Grace von meinem Schoß und rennt auf ihn zu. »Daddy!«, schreit sie freudig. »Du bist wieder da!« Dann macht sie einen großen Sprung und fliegt förmlich in seine Arme, als er in die Hocke geht.

Wie so oft, wenn er wegfährt – sei es nur kurz zum Einkaufen oder für einen ganzen Tag ins Gericht, um seine Schützlinge zu begleiten – und wieder zurückkommt, freut Grace sich wie verrückt, während sich in mir endlose Erleichterung ausbreitet. Denn immer, wenn er geht, erinnert es mich an den Moment, in dem ich ihn beinah verloren hätte, wenn nicht Sekunden später die Polizei mit Rettungskräften eingetroffen wäre.

Es ist allein Theo zu verdanken, dass es nicht so gekommen ist. Wenn er nicht so geistesgegenwärtig gehandelt hätte, um unsere Handys sofort orten zu lassen, damit sie uns finden konnten, wären alle zu spät gekommen.

Cole ist in meinen Armen gestorben.

Für unendlich lange drei Minuten war er tot, bevor sie ihn zurückgeholt und gerettet haben.

Noch heute flackert jedes Mal das Bild von seinem wunderschönen Gesicht vor mir auf, als der letzte Atemzug aus ihm entwich, wenn ich die Narbe an seiner Taille sehe. Dort, wo die Kugel ihn getroffen und umgebracht hat, bevor irgendeine Macht entschied, dass er genug Buße getan hat und es verdient, weiterzuleben.

Er hebt unsere Tochter hoch und wirbelt sie schwungvoll durch die Luft, so dass sie vor Freude schreit und lacht, bevor er sie auf seiner Hüfte absetzt.

»Wo sollte ich auch sonst sein, mein Engel?«, fragt er und küsst ihre Wange.

Seine Augen sind so voller Liebe für unser kleines Mädchen, dass es mir unvorstellbar erscheint, wie wütend er damals war. Denn jetzt ist da nur noch Stolz und Glück und unendliche Zuneigung, und mir geht das Herz auf, wenn ich dabei zusehe, wie er Grace neckt und ihre Wange mit unzähligen Küssen bedeckt, während er auf mich zukommt.

»Hi Kleines.«

Ich schließe die Augen. Seine unverkennbare Stimme beschert mir auch nach all den Jahren noch eine Gänsehaut, wie keine andere es kann.

Er beugt sich mit Grace auf dem Arm zu mir nach unten, um mich zu küssen, und Himmel ... Seine Küsse ... Seine Küsse sind das Beste. Sie sind rau und süß und wild und liebevoll, und sie erinnern mich jeden Tag aufs Neue daran, dass Cole der Einzige ist, dem mein Herz gehört.

»Mach die Augen auf, Kleines«, flüstert er, als ich noch immer mit geschlossenen Lidern und von dem Kuss wie betäubt dasitze.

Als ich sie öffne, ertrinke ich in dem Silber seiner Iriden und weiß, dass alles, was geschehen ist, gut war, weil es uns genau hierher gebracht hat. Weil wir Cole und Sophie sind und das, was wir haben, das Wertvollste ist, was man besitzen kann, auch wenn wir das für eine Weile vergessen und dabei beinah alles verloren haben.

Aber jetzt – jetzt ist alles gut.

Es ist perfekt.

Ich bereue keine einzige Sekunde lang, vor über elf Jahren in diesen Pick-up gestiegen zu sein, weil mich diese Entscheidung und alles, was ihr folgte, hierher gebracht hat. Weil sie mich zu Cole gebracht hat und ich nie wieder woanders sein möchte.

TRIGGERWARNUNG

ACHTUNG: SPOILER!

Folgende Themen werden in diesem Buch aufgegriffen:

Sternenkinder
Suizid

DANKSAGUNG

Bitte lies diese Danksagung erst, wenn du das Buch beendet hast! Sie enthält Spoiler, und die mag bekanntlich niemand.

Die Geschichte von Sophie und Cole ist auch nach über einem Jahr noch immer meine liebste. Es war also vermutlich nur eine Frage der Zeit, bis ich wieder nach Mississippi zurückkehre, um herauszufinden, was aus den beiden geworden ist. Und ich habe mich augenblicklich wieder in sie verliebt.

Schon beim ersten konkreten Gedanken daran, *Like Fire and Ice* zu schreiben, war jedoch klar, dass es tragischer werden würde als *Like Day and Night*, und recht schnell stand auch fest, dass ich das wohl schlimmste Kapitel meiner Autorenkarriere schreiben werde: Den Tod meines liebsten Protagonisten. Denn ja, in der Urfassung stirbt Cole tatsächlich. Und ich kann euch versichern, dass es grauenvoll für mich war, das vorletzte Kapitel mit dem Wissen zu schreiben, dass es sein Ende ist. Dass ich ein paar Tränchen verdrückt habe, ist die Untertreibung des Jahrhunderts, aber irgendetwas in mir wollte einen

Abschluss schaffen, der kein Come Back mehr möglich macht.

Für das Marketing wäre es vielleicht sogar clever gewesen, die Geschichte so zu beenden, da sich Coles Tod vermutlich viel tiefer in eure Köpfe eingebrannt hätte. Auch meine beiden Testleserinnen sagten, ich solle das Ende so lassen, da es passt. Dennoch fühlte ich mich schrecklich; immerhin hätte ich mit Cole meinen absoluten Liebling getötet!

Also schrieb ich eine zweite Version des letzten Kapitels; ein Happy End, in dem Cole überlebt. Und dann stand ich vor der Aufgabe, eine Entscheidung zu treffen.

Es war nicht leicht. Ich habe lange überlegt und abgewogen, aber letztendlich hat ein Gespräch mit einer Kollegin den entscheidenden Impuls gegeben: Cole verdient es nicht, zu sterben. Er mag keine weiße Weste haben, aber er war immer einer der Guten. Was hätte ich also für ein Zeichen gesetzt, wenn ich ihn trotz all seiner Bemühungen hätte sterben lassen? Wenn alles, was er getan hat, umsonst gewesen wäre?

Nein. Das ist nicht das Ende, dass ich mir für ihn und Sophie wünsche. Die beiden haben genug Schlimmes erlebt. Sie haben mehr als gelitten. Sie verdienen ihr Happy End, also sollten sie es auch bekommen.

Ein großes Dankeschön geht also an Mila Olsen, eine meiner liebsten und talentiertesten Kolleginnen (deren Bücher ihr übrigens unbedingt lesen solltet, falls ihr das noch nicht getan habt!). Danke, dass du mich daran erinnert hast, worum es eigentlich geht. Dank dir lebt Cole noch, und ich bin mehr als nur erleichtert darüber.

Selbstverständlich will ich mich auch bei meinen Testleserinnen bedanken, obwohl es ihnen vermutlich schon aus den Ohren rauskommt.

Becca: Danke, dass du ohne zu zögern jede meiner Geschichten liest und dabei immer so wunderbar ehrlich bist. Ich hoffe, wir werden noch lange miteinander arbeiten können!

Carrie, ich liebe deine Kommentare und die Sprachnachrichten, die du mir schickst. Für mich gehörst du zweifellos in die Verlagsbranche. Danke, dass du dir immer so unglaublich viel Mühe gibst!

Liebe Anna-Sophie: Vielen Dank, dass du mich weiterhin als Pink Heart unterstützt!

Mein größter Dank gilt jedoch meinen Leserinnen und Lesern! Ihr habt die Geschichte von Sophie und Cole mit eurer Liebe zu etwas ganz Besonderem für mich gemacht. Ohne euch hätte ich diesen zweiten Band vermutlich nie geschrieben. Danke dafür!

ÜBER DIE AUTORIN

Bricht gern die Herzen ihrer Leser, liebt Schachtelsätze genauso sehr wie Repetitionen, findet düstere Typen interessanter als Millionäre und hat eine Schwäche für fluchende Protagonisten.

April G. Dark wurde 1989 in Polen geboren, ist jedoch bereits wenige Monate später in die Toskana Deutschlands gezogen. Sie lebt mit ihrem Verlobten am Rande des Pfälzer Waldes, hasst Wein und hat sich schon als Kind Geschichten ausgedacht, wenn sie nicht einschlafen konnte (Zugegeben: Es war jede Nacht die selbe Geschichte. Aber sie war echt gut!).

www.april-dark.com
Instagram: @april.g.dark
Facebook: April G. Dark

APRILS LESEEMPFEHLUNGEN

Du kennst bereits all meine Bücher und brauchst neuen Lesestoff, um die Zeit bis zum nächsten Release zu überstehen?

Dann habe ich hier genau das Richtige für dich!

Scanne einfach den QR-Code oder gehe auf folgende Seite:
www.april-dark.com/leseempfehlungen

Dort findest du meine ganz persönlichen Leseempfehlungen. Alle Bücher wurden von wundervollen Kolleginnen geschrieben und von mir geliebt. Wenn du meine Bücher magst, wirst du dort ganz bestimmt noch mehr Geschichten finden, die dich berühren oder dir den Atem rauben.

Also viel Spaß beim Verlieben!